BERND FLESSNER

# Morden
## wie gedruckt

Tod im Gartenbuch-Verlag

blv

**Dr. Bernd Flessner** studierte Germanistik, Theater- und Medienwissenschaft
sowie Geschichte in Erlangen und promovierte 1991. Er arbeitet als Zukunfts-
forscher am Zentralinstitut für Angewandte Ethik und Wissenschaftskom-
munikation der Friedrich-Alexander-Universität Erlangen-Nürnberg sowie
als freier Autor. Er schreibt u. a. für die *Neue Zürcher Zeitung*, die *Nürn-
berger Nachrichten,* die Zeitschriften *mare* und *Kultur & Technik* sowie für
Fernsehsender wie den Bayerischen Rundfunk. Als Autor wurde er 2007 mit
dem Utopia-Preis (Aktion Mensch) und 2011 mit dem International Corpo-
rate Media Award ausgezeichnet. Von ihm erschienen zahlreiche Kriminaler-
zählungen in verschiedenen Verlagen und fünf Romane mit dem Hauptkommissar Gerd Greven (Leda-Verlag). Dr. Bernd Flessner ist außerdem Mitglied
im »Syndikat«, einer Autorengruppe für deutschsprachige Kriminalliteratur.
Mehr Infos unter www.bernd-flessner.de.

Bibliografische Information der Deutschen Nationalbibliothek

Die Deutsche Nationalbibliothek verzeichnet diese Publikation
in der Deutschen Nationalbibliografie; detaillierte bibliografische
Daten sind im Internet über http://dnb.d-nb.de abrufbar.

blv
BLV Buchverlag
GmbH & Co. KG

80636 München

© 2016 BLV Buchverlag GmbH & Co. KG, München

www.facebook.com/blvVerlag

Umschlagkonzeption und -gestaltung: BLV-Verlag
Titelbild: Gettyimages; Buchstaben: Fotolia;
Einklinker Radieschen: Stockfood/Vfoodphotography; Blut: Fotolia
Idee: Bernd Flessner, Caroline Kaum

Lektorat: Silvia Goics
Herstellung: Ruth Bost
Layout: Kathrin Michel, München

Printed in Germany
ISBN 978-3-8354-1396-2

# 1

Gelächter.

Partykakophonie.

Sektkelche wurden von Tabletts gerissen und kollidierten sanft und klangvoll.

Strahlende echte und strahlende falsche Sieger fielen sich in die Arme.

Der Keyboarder erwischte einen falschen Ton, korrigierte sich aber im selben Augenblick und machte aus dem F doch noch ein schnelles Fis. Aber nur er und seine Band hatten den kleinen Fauxpas bemerkt. Die Party hatte in diesem Augenblick tatsächlich nur Augen und machte darin dem Riesen Argus Konkurrenz.

Blitzlichter schossen durch die einsetzende Dämmerung und begrüßten den Hochbeetexperten Fridtjof Simander, der wiederum von zwei jungen Frauen begrüßt wurde, von denen jede zwei Gläser bereithielt. Blicke duellierten sich kurz, ohne eine Siegerin zu ermitteln.

Auftritt Britta von der Heyden.

Noch ein bekanntes Gesicht.

Die ungekrönte Königin des Feng Shui. Nicht nur die Geister der Luft und des Wassers waren ihr gewogen.

Wieder applaudierten die Blitzlichter. Wieder schwebten

Sektgläser durch die Luft, wurden Küsschen verteilt, wurden Arme emporgerissen, wurde Überraschung gespielt, wurden Blusen und Frisuren bewundert.

Auftritt Dr. Karl-Friedrich Boletus.

Ein noch weitgehend Unbekannter. Der aufsteigende Stern am Mykologenhimmel. Seine Frisur ähnelte dem spitzen, klebrig schwarzen Hut eines Schopftintlings. Wahrscheinlich ein bloßer Zufall. Nur ein Blitzlicht bemerkte den Enddreißiger, dessen Augen lange Zeit vergeblich nach bekannten Gesichtern fahndeten. Eine Lektorin entdeckte ihn schließlich, winkte und beendete seine Suche. Erleichtert streckte er ihr unsicher seine Hand entgegen.

Farina Dollinger versuchte, die Zahl der Gäste zu schätzen und entschied sich für hundert plus X. Aber noch immer trafen neue Gesichter ein, unter ihnen auch prominente. Verbrauchte und noch unverbrauchte Stadträte. Landtagsabgeordnete. Bekannte und fast vergessene Medienstars. Buchhändler, Lektoren, Fotografen, Grafiker und natürlich Autoren. Schließlich ging es um den siebzigsten Geburtstag des Bayerischen Landwirtschaftsverlags. Gegründet 1946 vom Bayerischen Bauernverband, lizensiert von den Alliierten, um die bayerischen Bauern mit landwirtschaftlichem Fachwissen zu versorgen. Lebensmittel waren knapp, die Nachkriegszeiten schlecht. Jeder Kohlkopf zählte.

Heute, siebzig Jahre später, kam der Verlag ohne fürsorgliche Alliierte und strohgefütterte Behelfskochkisten aus. Die Zeiten waren andere, die Leser kamen längst nicht mehr nur aus dem ruralen Milieu, sondern auch und gerade aus dem urbanen. Bio, Öko, Deko. Fitness, Wellness, Coolness. Selbstversorgung, Kreativität, Do-it-yourself. Bergsteigen, Jagen, Tierhotels. Das waren jetzt die Themen. Jeder Tipp zählte.

Farina Dollinger sah auf die Uhr und suchte Blickkontakt zu Rose Fuchs, der Verlagsleiterin, die in der Nähe der Bar stand. Aus ihren Gesten schloss Farina, dass der wohl wichtigste Gast des Abends weiterhin zu den Vermissten zu zählen war. Fuchs zog ihr Smartphone aus der Tasche und ließ es wählen. Vergeblich, wie Farina ihrer Reaktion entnahm. Mit wütendem Lächeln schob die Verlagsleiterin das Smartphone zurück in ihre Tasche und verließ den Barbereich.

»Die ist auf hundertachtzig!«

Neben Farina war Theresa Schneider erschienen, eine Lektorin des Verlags.

»Was denkst du? Kommt der noch?«, fragte Farina.

»Der kommt. Aber eben als Letzter. Wie sich das für einen richtigen Bestsellerautor gehört. Der weiß, wie man das macht. Auch wenn Rose das nicht gefällt. Die macht jetzt bestimmt der Julia die Hölle heiß. Wetten, dass sie …?«

»Wahrscheinlich«, nickte Farina. »Bestimmt hat sie noch eine andere Handy …«

Der Rest ging im Blitzlichtgewitter der Fotografen und im aufkeimenden Applaus unter. Einige demonstrative Schreie und ein Pfiff waren auch noch beteiligt. Farina schüttelte den Kopf. Im Eingang des großen Innenhofs, der hinter dem Verlagsgebäude lag, posierte, fast gespenstisch illuminiert, wie auch immer er dies bewerkstelligt hatte, Hektor Beetschneider. Was für ein Auftritt! Als wäre er ein Rockstar. Gekleidet war er jedenfalls wie einer. Wie Mick Jagger vor ein paar Jahrzehnten. Grüne Glitzerjacke, endlos langer, schwarzer Schal, weißes T-Shirt, eine mehr als enge, schwarze Röhrenjeans, weiße Chucks. Nicht zu vergessen die scheinbar unfrisierten, schwarzen Haare, die eher bei Jim Morrison als bei Mick Jagger abgekupfert waren.

Farina schüttelte noch immer den Kopf, während der Star die Huldigungen des Publikums mit einem kühlen, selbstbewussten Lächeln entgegennahm.

»Was hab ich dir gesagt? Der weiß, wie man das macht«, kommentierte Theresa. »Das muss man ihm lassen. Er ist einfach ein geiler Typ.«

Das becircte Publikum gab Rose Fuchs frei, die sich erst einen Weg durch das Gedränge hatte bahnen müssen, um Beetschneider zu erreichen. Selbstverständlich wollte er abgeholt und geleitet werden. Gönnerhaft nahm er die Umarmung der Verlagsleiterin entgegen und tauchte mit ihr in das Auditorium ein. Ein zweites Mal ertönte Applaus. Küsschen und Umarmungen wurden ausgetauscht. Besonders innig langte er bei Julia Semina zu, seiner Lektorin. Es dauerte eine gute Viertelstunde, bevor sich die Jubiläumsgäste wieder beruhigten und in ihre unterbrochenen Gespräche zurückfanden oder neue begannen. Beetschneider war im hinteren Bereich eingetroffen und für Farina nicht mehr auszumachen.

»Was für ein Typ.«

»Sag ich doch«, grinste Theresa. »Los, wir holen uns noch einen Cocktail.«

»Ein Glas Sekt wär mir lieber.«

»Von mir aus. Ich steh auf Cocktails.«

Als sie zur Bar vorgedrungen waren, gaben die Lautsprecher einen lauten, kurzen Pfeifton von sich. Die Partykakophonie erstarb augenblicklich. Rose Fuchs hatte sich des Mikrofons bemächtigt und brauchte nicht um Ruhe zu bitten. Ein zweiter Pfeifton brachte auch die letzten Flüsterer zum Schweigen. Jetzt kam ihr Auftritt. Ihr fehlten zwar die Starambitionen, sie konnte sich aber auf ihr Charisma und ihren Stil verlassen. Ein tailliertes grünes Paillettenkleid reichte aus, die Konkurrenz auf die Plätze zu verweisen. Sie ließ sich Zeit, bis alle Augenpaare auf sie gerichtet waren. Erst dann holte sie Luft.

»Ich will nicht viele Worte machen …«

»Eine Paralipse«, flüsterte Theresa. »Eine rhetorische Figur. Sie kündigt an, etwas nicht zu machen oder zu erwähnen, macht dann aber genau das.«

Farina nickte, ohne genau zugehört zu haben.

»Sie wissen alle, warum wir hier heute feiern. Siebzig Jahre blv. Siebzig Jahre Arbeit, Engagement und Qualität. Siebzig Jahre Liebe zum Detail und ein untrügliches Gespür für Themen und Titel. Siebzig Jahre …«

»Was hab ich gesagt?«, flüsterte Theresa. »Das kann dauern. Siebzig Jahre sind eine sehr lange Zeit.«

Die beiden Frauen wandten sich auf leisen Sohlen dem Barkeeper zu und orderten ein Glas Sekt und einen Sex-on-the-beach. Hinter ihnen ließ Rose Fuchs konsequent die angekündigten siebzig Jahre Verlagsgeschichte Revue passieren, vergaß die Krisen nicht, die selbstverständlich vorbildlich gemeistert worden waren. Es folgten die Autorinnen und Autoren der Gründerjahre, denen man so viel zu verdanken hatte.

Die beiden Frauen nahmen ihre Gläser in Empfang, stießen kaum hörbar an und genossen die Kühle in ihren Mündern. Die Hitze des Augusttages schien die Nacht im Innenhof verbringen zu wollen; die Schweißperlen auf so mancher Stirn waren nicht zu übersehen.

Als sich Rose Fuchs die zweite Generation von Autoren vorknöpfte, vernahm Farina einen merkwürdigen Laut aus dem rückwärtigen Bereich des Innenhofs, in dem sich zwei Partyzelte dem stimmungsvollen Licht des Abends entzogen. Dort wartete das Büfett.

»Was war das denn?«, fragte sie leise.

»Was war was?«, erwiderte Theresa.

»Dieses komische Geräusch. Hast du das nicht gehört? Da! Schon wieder!«

»Tatsächlich. Jetzt habe ich es auch gehört«, flüsterte Theresa. »Da hat wohl jemand schon einen Cocktail zu viel erwischt.«

»Oder es geht einem nicht gut.«

»Dann lass uns mal nachsehen. Nicht, dass gleich jemand in Roses Rede grätscht oder auf den Lachs kotzt.«

So unauffällig wie möglich tasteten und arbeiteten sich die beiden Kolleginnen an den losen Reihen der Gäste vorbei, bis sie die Rednerin im Rücken hatten und die Partylichter ihnen nur noch widerwillig folgten. Als sie die letzten Zuhörer passiert hatten, stießen sie im rechten der beiden Zelte auf einen großen Schatten, dessen Choreographie sie auf Anhieb zu verstehen glaubten.

»Hab ich doch gesagt«, raunte Theresa. »Ein Cocktail zu viel. Los, komm! Sonst steigt uns Rose aufs Dach!«

Weit kamen sie nicht, denn der Schatten löste sich in diesem Augenblick aus dem diffusen Licht des Zeltes und torkelte auf sie zu.

»Beetschneider!«, entfuhr es Farina und trat respektvoll zur Seite. Ohne sie auch nur eines Blickes zu würdigen, taumelte der Starautor an ihr vorbei, ruderte sanft mit den Armen, als suchte er Halt, röchelte laut, fasste sich an die Brust und platzierte mühsam die nächsten Schritte.

»Mit dem stimmt etwas nicht«, hauchte Theresa besorgt. »Dem geht's nicht gut.«

Die beiden Frauen überwanden ihre vorübergehende Benommenheit und setzten Beetschneider nach, der Fahrt aufgenommen hatte. Vornübergebeugt vergrößerten sich seine

Schritte. Als die Frauen ihn endlich eingeholt hatten, breitete er unmittelbar hinter Rose Fuchs seine Arme aus. Er hob aber nicht ab, sondern riss die Verlagsleiterin und mehrere Gäste zu Boden. Die Verstärkeranlage schrie kurz elektronisch auf und verstärkte dann die Geräusche der am Boden Liegenden.

»Scheiße!«, fluchte Theresa und bemühte sich um ihre Chefin. Farina Dollinger griff einem Radiomoderator unter die Arme, dessen Name ihr spontan nicht einfiel. Seine rechte Hand blutete. Offenbar hatte er sein Glas zerbrochen.

Immer mehr helfende Hände näherten sich den Gestürzten, die bald wieder auf ihren Füßen standen. Lädiert, bekleckert, erschrocken, aber sie standen. Alle, außer Hektor Beetschneider, der noch immer auf den Betonplatten lag, die so gar nicht zu seinen Buchtiteln passten. Nicht einmal vier bis fünf Händen gelang es, ihn zum Aufstehen zu bewegen.

»Jetzt kommen Sie schon!«, mahnte Rose Fuchs. »Von so einem kleinen Missgeschick wollen wir uns doch den Abend nicht verderben lassen!«

Doch auch ihre Hände ließen ihn kalt. Er blieb regungslos und bäuchlings liegen. Seine grüne Jacke glitzerte im Partylicht, die erste kühle Brise des Abends fuhr ihm in die Haare.

Während Fragen aller Art kursierten, ging Rose Fuchs in die Knie und rüttelte vorsichtig an seinem Arm. Die Menge drängelte sich um die Szene.

»He! Herr Beetschneider!«

Schließlich fasste sie energisch zu und drehte ihren Starautor auf den Rücken. Sein Kopf war noch nicht zur Ruhe gekommen, da ertönten die ersten Schreie. Auch Farina Dollinger konnte sich nicht mehr zurückhalten. Denn Beetschneiders weit aufgerissene Augen starrten derart leblos in die Nacht, dass sich jede Diskussion seines Zustands erübrigte.

»Ein Arzt! Ist ein Arzt anwesend?«, rief die Verlagsleiterin. Aber die Antwort blieb aus. Es war ja auch kein Hollywooddrama, sondern nur eine kleine Party anlässlich eines Verlagsjubiläums. Immerhin outete sich einer der anwesenden Autoren als ehemaliger Zivildienstleistender mit Krankenhauserfahrung und bemühte sich furchtlos um die Halsschlagader Beetschneiders. Die Diagnose folgte umgehend.

»Er ist tot!«

Wieder waren Schreie zu hören. Die Menge wich zurück, vergrößerte den Kreis, wollte dem Tod nicht zu nahe sein. Rose Fuchs erhob sich langsam, stellte dem Exzivildienstleistenden ein paar Fragen und zog ihr Handy aus der Tasche.

Farina Dollinger verfolgte das Geschehen wie in Trance. Kurzzeitig zweifelte sie sogar an dem Erlebten. War das wirklich geschehen? Oder war es nur ein Traum, ein Albtraum? Ein toter Starautor auf einem Verlagsfest? Das konnte doch nicht wirklich wahr sein! Oder? Erst das Martinshorn des Notarztes riss sie wieder aus ihren Gedankenspielen.

»Farina? Alles okay?«, fragte Theresa.

»Nein. Nichts ist okay.«

**2** Walter Dollinger drückte vorsichtig die haarigen Blätter seiner Radieschen zur Seite, um den dicken unter ihnen auf die Spur zu kommen. Es war seine dritte oder sogar vierte Aussaat in diesem Jahr. Er fand sie nicht mehr ganz so scharf und aromatisch wie die ersten Radieschen, die er Anfang Juni geerntet hatte. Wahrscheinlich war der August zu trocken. Aber sie schmeckten trotzdem gut und sollten den bunten Salat noch bunter machen. Den braunen Pflücksalat hatte er schon in der Küche liegen. Auf Tomaten wollte er jedoch verzichten und sie lieber für eine provenzalische Tomatensoße aufheben. Mit Oliven, Knoblauch und frischen Kräutern. Kaufen musste er nur die Oliven, alles andere wuchs in seinem Garten.

Fast wäre ihm ein Radieschen entwischt. Die waren ganz schön schnell. Wenn man nicht aufpasste, waren die Hände längst über sie hinweg, bevor die Augen sie tatsächlich registrierten. Aber ebenso schnell kehrten seine Hände zurück und zogen vorsichtig die rote Knolle aus der lockeren Erde. Nicht ohne Stolz betrachtete er das stattliche Exemplar.

»Nicht besonders groß. Sie hätten noch eine Woche warten sollen.«

Dollinger hob den Kopf. Keine zwei Meter entfernt hatte sein Nachbar seinen Kopf über die Ligusterhecke geschoben. Friedrich Prechtel. Ein Vertreter der fränkischen Biestigkeit und der preußischen Disziplin, der seinen Garten nach militärischen Kriterien beackerte. So schien es Dollinger zumindest. Unkraut gab es im Garten seines Nachbarn wohl schon seit Jahrzehnten nicht mehr. Dafür aber alles, was die Chemie des 21. Jahrhunderts für Gärtner dieses Typs bereithielt.

»Seien Sie mir nicht böse, aber es kommt nicht auf die Größe an«, konterte Dollinger. »Ich weiß, dieser Irrtum ist weit verbreitet, Herr Prechtel. Ich finde meine Radieschen genau richtig.«

Sein Nachbar schüttelte den Kopf, grinste und zog eine bis dahin verborgen gehaltene Riesenknolle hinter der Hecke hervor.

»Das nenn ich ein Radieschen, Herr Dollinger! Aber Sie lehnen ja noch immer meinen Spezialdünger ab.«

»Ein Prachtstück. Wirklich. So etwas habe ich ja noch nie gesehen. Wissen Sie was? Das gehört ins Guinnessbuch! Sie könnten es auch ausstopfen lassen. Und an die Wand hängen.«

»Bestimmt nicht!«, murrte Prechtel und warf ihm das Radieschen über die Hecke zu. »Probieren Sie mal!«

»Danke! Ich hoffe allerdings, dass es keine Drohung ist!«

»Eine Drohung? Wie soll ich denn das verstehen?«

»Schon gut. Vergessen Sie's. Es war nicht so gemeint«, antwortete Dollinger, während er die Monsterknolle zu seinen deutlich kleineren Exemplaren legte.

»Ich bin gespannt, was Sie sagen«, brummte sein Nachbar und verschwand.

Dollinger legte die Radieschen in einen Korb und ging zum nächsten Beet, um dort noch eine von den kleinen Gurken zu ernten. Die mochte er lieber als die großen Schlangengurken aus seinem Gewächshaus, für die seine Frau so schwärmte. Gleich unter dem ersten Gurkenblatt wurde er fündig. Seine Gurken ließ er über einige trockene Zweige seiner Zwetschgenbäume ranken, um sie vom feuchten Boden fernzuhalten. Sicher würde sein Nachbar darüber lachen und ihm Rankhilfen aus grünem Kunststoff unter die Nase halten. Die Gurke, die er vorsichtig pflückte, war jedenfalls wohlgeformt. Jetzt noch zwei, drei Möhren und das Abendessen war komplett.

Er griff gerade mit der rechten Hand ins Grün der Möhren, als sein Vorname in den Garten flog.

»Walter! Telefon! Farina!«

Der Ton, den seine Frau gewählt hatte, ließ ihn keine Sekunde zögern. Er sprang auf, ließ den Korb zurück und sprintete über den Innenhof zur Hintertür, in der ihn bereits Karin erwartete. Sie war nicht zu ihm in den Garten gekommen, weil der Apparat die Entfernung nicht überwinden konnte.

»Sie ist unter Verdacht!«, erklärte seine Frau mit fragenden Augen.

»Wie? Unter Verdacht?«

»Wegen der Jubiläumsfeier.«

»Welcher Feier? Ich verstehe kein Wort«, sagte Dollinger, nun ebenfalls mit fragenden Augen, und nahm seiner Frau den Hörer aus der Hand.

»Farina?«

Er hörte sofort, dass seine Tochter weinte.

»Jetzt beruhige dich erst einmal. Okay?«

Das Schniefen wurde langsam leiser.

»Geht schon wieder. Hallo Papa.«

»Du wirst verdächtigt? Von wem? Und warum?«

»Wegen Beetschneider«, schluchzte seine Tochter.

»Was für ein Beetschneider? Soll das ein Gartengerät sein?«

»Hektor Beetschneider. Das ist … das war ein Autor. Er ist gestern Abend ermordet worden. Auf der Feier von meinem Verlag. Habt ihr das nicht gelesen? Online ist alles voll davon. Oder wenigstens in den Nachrichten gehört?«

»Tut mir leid, mein Kind, weder das eine, noch das andere. Die Nachrichten sind derzeit nicht unbedingt nach unserem Geschmack. Also, dieser Autor ist gestern auf eurer Jubiläumsfeier ermordet worden. Aber was hast du damit zu tun?«

»Nichts, Papa, gar nichts! Ich bin nur auf dem Foto!«

»Auf welchem Foto?«

Farina musste erst einmal Luft holen.

»Auf einem Foto, das einer der Fotografen gemacht hat. Auf der Feier. Darauf bin ich zu sehen. Direkt hinter Beetschneider. Ein paar Sekunden vor seinem Tod.«

Dollinger versuchte, sich das Foto vorzustellen.

»Wie wurde er umgebracht?«

»Keine Ahnung«, schluckte Farina. »Er ist tot zusammengebrochen. Vor unseren Augen. Es war schrecklich. Wie der so dalag.«

»Und die Polizei verdächtigt dich? Aber du bist doch nicht dort? Auf einem Revier? Haben sie dich etwa verhaftet?«

»Nein, sie haben mich nicht verhaftet. Sie verdächtigen mich bloß. Ich rufe von meiner Wohnung aus an.«

Jetzt holte Dollinger tief Luft.

»Gut. Jetzt noch einmal zum Mitschreiben. Die Polizei verdächtigt dich, weil du auf dem Foto hinter dem Mordopfer stehst. Sie hat dich aber nicht mitgenommen. Aber verhört haben sie dich?«

»Vernommen, hat der Kommissar gesagt. Vernommen. Eine halbe Stunde lang. Gerade eben. Dann durfte ich gehen. Aber die anderen haben sie auch vernommen.«

»Weil sie auch auf dem Foto sind.«

»Nein, auf dem Foto bin nur ich. Theresa, meine Kollegin, war direkt neben mir, ist aber nicht auf dem Bild zu sehen. Sie ist auch verdächtig. Weil wir Beetschneider verfolgt haben.«

»Wie, verfolgt?«

»Wir dachten, er sei betrunken oder ihm sei nicht gut. Da sind wir zu ihm hingegangen und wollten verhindern, dass er die Rede von unserer Chefin stört. Wir konnten ihn aber nicht aufhalten. Er ist an uns vorbei und wir hinterher. Theresa und ich. Das haben natürlich ein paar der Gäste beobachtet. Sehr verdächtig, hat der Kommissar gesagt. Wir sollen uns zur Verfügung halten, hat er gesagt. Was soll ich jetzt machen, Papa?«

Während seine Tochter wieder Tränen vergoss, dachte Dollinger kurz nach. Die Nummer seines Anwalts schoss ihm durch den Kopf. Dessen Kanzlei befand sich aber in Erlangen. Aber vielleicht kannte er in München …

»Ich bin gleich bei dir«, antwortete Dollinger. »In gut zwei Stunden. Ich setz mich gleich ins Auto. Karin kommt nach. Vielleicht bekommt sie ein paar Tage Urlaub. Das kriegen wir schon hin. Ist ja nicht mein erster Mordfall.«

»Danke, Papa!«

Dollinger blickte seiner Frau in die nunmehr sorgenvollen Augen und nahm sie in den Arm. Der Telefonapparat rutschte in den Obstkorb, der in der Küche neben der Tür stand.

»Das Radieschen. Ich hätte es wissen müssen«, raunte er leise.

»Das Radieschen?«

»Prechtel hat mir eines seiner Atomradieschen vermacht.«

»Verstehe. Wenn das kein Zeichen ist! Was hältst du von der Sache?«, fragte sie.

»Ich glaube nicht, dass es besser als unsere schmeckt.«

»Walter! Ich meine den Mordverdacht!«

»Ach so. Schwer zu sagen«, antwortete er nachdenklich. »Das hängt von den Zeugen und der Todesursache ab. Und von den ermittelnden Beamten natürlich. Wie die den Fall sehen.«

»Wie die den Fall sehen? Die sehen Farina als Verdächtige an. Das hast du doch gehört.«

»Ich weiß. Aber ganz so einfach ist das nicht. Da muss viel zusammenpassen. Das Motiv. Fingerabdrücke. DNA. Zeugenaussagen. Das wird sich schon aufklären.«

»Kommissare können sich irren«, entgegnete Karin. »Das weißt du doch. Walter, ich mach mir große Sorgen.«

»Deshalb fahre ich ja auch nach München. Sieh zu, dass du nachkommen kannst. Und wenn es am Wochenende ist. Immerhin hat es Farina in München nicht mit diesem Schwerdtfeger zu tun.«

»Der stand neulich in der Zeitung. Im Erlanger Tageblatt. Er hat irgendeine Auszeichnung bekommen. Hab ich ganz vergessen, dir zu erzählen.«

»Solange er in Erlangen sein Unwesen treibt, ist mir das egal«, brummte Dollinger, obwohl ihm der Hauptkommissar ein Jahr zuvor mehr oder weniger das Leben gerettet hatte. Dafür hatte Dollinger dessen Fall gelöst.

»Du musst los. Ich pack dir schnell ein paar Sachen«, sagte Karin. »Ist noch genug im Tank?«

»Fast voll. Weißt du, wo das Tablet liegt? Ah, ich seh's schon.«

Während Karin die Treppe hinaufging, befragte Dollinger schnell das World Wide Web. Seine Tochter hatte natürlich Recht gehabt. Der Mord war eine der Schlagzeilen des Tages.

Selbst der aktuelle Dopingskandal war in den Hintergrund getreten. *Mord vor 100 Zeugen*, hatte eine Zeitung getitelt. *Bestsellerautor kaltblütig ermordet*, schrieb eine andere. *Tragisches Ende einer Ära*, übertrieb ein Gartenmagazin. Oder etwa doch nicht? Als Dollinger die Verkaufszahlen Beetschneiders las, beschlichen ihn Zweifel an seinem schnellen Urteil. *Intime Gespräche. Das geheime Nachtleben von Brokkoli, Zucchini, Rhabarber und Co.* hatte sich mehr als eine viertel Million Mal verkaufen lassen. Daran hatte auch das blanke Entsetzen der Kritik nichts ändern können. *Berührte Blätter. Berührende Blätter. Fühlen mit Pflanzen* war noch häufiger über den Ladentisch gegangen. Das war Dollinger komplett entgangen. Weder der Name Beetschneider noch die Buchtitel hatten bislang seine Aufmerksamkeit erregt.

»Du hast nichts verpasst«, unterbrach ihn seine Frau. »Die Moni hatte mir mal eines seiner Bücher ausgeliehen. Sie schwärmt für diesen Beetschneider. Das eine muss man ihm allerdings lassen. Er hat es auf eine durchaus beeindruckende Weise geschafft, Pflanzen zu vermenschlichen. Schon nach wenigen Seiten willst du deinen Salat wieder zurück in den Garten bringen, deine Tomaten trösten und Namen für deine Kohlköpfe aussuchen.«

»Keine Lektüre für Vegetarier und Veganer.«

Zehn Minuten später fuhr er bereits auf der Autobahn. Als er Nürnberg passierte, zogen dunkle Wolken auf. In der Oberpfalz musste er den Fuß vom Gaspedal nehmen, weil ihm der einsetzende Sommerregen die Sicht nahm und das Wasser auf der Fahrbahn stand. Auch die anderen Fahrer gingen auf Nummer sicher, von ein paar Kamikazepiloten abgesehen, deren Ziele nicht auszumachen waren. Dollinger hoffte darauf, dass sie andere Fahrzeuge verschonen würden.

Bei Ingolstadt schloss er sich einem Stau an und suchte im Radio den Verkehrsfunk, der aber auf allen Kanälen schwieg. Dafür erwischte er einen Nachruf auf Beetschneider. Der Mann war weitaus bekannter, als er gedacht hatte. Ein echter Star. Auch außerhalb der Gartenszene. Je mehr Dollinger hörte, umso mehr wunderte er sich, dass ihm der Mann bislang entgangen war. Vielleicht lag es an der Klatschpresse, die er nie las. Selbst beim Friseur oder beim Arzt mied er den dritten Bildungsweg. Die Schlafzimmerprobleme der Aristokratie interessierten ihn ebenso wenig wie die Partyexzesse von Hollywoodgrößen, deren Namen er nicht einmal kannte. So wie bis vor kurzem den Beetschneider, den die Radiostimme als Blumenversteher bezeichnete. Dollinger musste unwillkürlich schmunzeln. Sogar in einem *Tatort* hatte Beetschneider mitgewirkt. Ein kurzer Cameoauftritt als esoterisch angehauchter Botaniker und Experte für exotische Pflanzengifte. Laudator auf der Bundesgartenschau für eine neue Rosenzüchtung. Talkgast in allen Freitagabendtalkshows der Dritten. Die sah Dollinger auch nie. Kolumnist aller möglichen Illustrierten und Magazine. Die Aufzählung schien gar kein Ende zu nehmen, riss dann aber doch plötzlich ab. Jetzt wurde es spannend. Der Nachrufer wandte sich dem Mord zu. Aber Dollingers Hoffnungen erfüllten sich nicht. Statt interessanter Details betonte der Sprecher die Tragik, die sich seiner Meinung hinter dem Mord verbarg, der auf einer ganz besonderen Bühne verübt worden war. Was für ein Abgang. Ermordet auf dem Zenit seiner Karriere und Beliebtheit im Kreise seiner Verleger und Lektoren. Im Kreise von Fans und Bewunderern. Im Kreise …

»Nein, bitte nicht.«

Dollinger hatte den kleinen, schwarzen Knopf gedrückt.

Endlich! Die roten Lichter vor ihm bewegten sich wieder. Wenig später kroch er an einem gelben Abschleppwagen vorbei, dessen Fahrer sich um das Wrack eines SUV bemühte. Das Fabrikat war nicht mehr zu erkennen. Mehrere Einsatzfahrzeuge illuminierten die Szene mit ihren Blinklichtern. Immerhin ließ der Regen nach und Dollinger konnte bald wieder etwas schneller fahren. Kurz vor München war die Fahrbahn dann knochentrocken.

Es dämmerte längst, als er in Sichtweite von Farinas Wohnung einen Parkplatz fand. Die Tage wurden wieder kürzer. Mit flauem Gefühl im Bauch suchte er den Namen seiner Tochter auf dem Klingelbrett.

**3** »Julia Semina, Beetschneiders Lektorin. Mein Vater.«

Farina hatte Dollinger ohne Umschweife in das große Büro ihrer Kollegin geführt. Außer einem langen Flur hatte er nichts von dem Verlag gesehen. Seine Tochter hatte ihn geschoben, lanciert und gedrängt. Widerstand war zwecklos gewesen.

»Mein Vater ist Privatdetektiv. Ich hab dir ja schon von ihm erzählt. Er stellt unabhängig von der Polizei Ermittlungen an.«

Eine Frau um die Vierzig nickte und reichte ihm fast schüchtern die Hand. Ihre Betroffenheit war nicht zu übersehen. Auch der Sonntag und viel Schminke hatten nichts am Zustand ihrer Augenringe ändern können. Schon kullerte eine Träne über ihre Wange.

»Bitte entschuldigen Sie. Das war wirklich ein Schock für uns. Eigentlich hätten wir alle zu Hause bleiben sollen. Aber Rose hat gemeint, es wäre besser, sich auf die Arbeit zu stürzen.«

»Rose ist die Verlagsleiterin. Rose Fuchs«, erklärte Farina. »Sie hat bestimmt auch noch Zeit für uns.«

»Ja. Das kann ich mir vorstellen. Und wenn man das auch noch miterleben muss«, versuchte Dollinger der Lektorin Trost zu spenden, war sich aber nicht sicher, die passenden Worte gefunden zu haben. »Das ist ja ganz etwas anderes, als vom Tod eines Menschen aus den Nachrichten zu erfahren. So wie wir. Und selbst wir waren betroffen. Schließlich war Beetschneider ein bekannter und … sehr guter Autor. Meine Frau sieht unseren Garten, dank ihm, mit ganz anderen Augen.«

»So oder so, er ist tot«, sagte Semina und bearbeitete kurz ihre Nase mit einem Taschentuch. »Er war unser Star. Unser erfolgreichster Autor. Sie können sich nicht vorstellen …«

»Sie haben ihn entdeckt, hat mir meine Tochter erzählt«, nutzte Dollinger eine weitere Taschentuchpause der Lektorin.

»Ja. Das war vor … vor neun Jahren. Ich hatte gerade im Verlag angefangen, da bin ich über einen Artikel von Beetschneider in einem IT-Magazin gestolpert. Das Thema weiß ich gar nicht mehr. Es war aber nichts Technisches, sondern eher etwas Philosophisches. Der Computer als Familienmitglied. Etwas in der Art. Jedenfalls war er gut geschrieben. Der Text ging runter wie Öl. Ich habe mir dann noch weitere Artikel besorgt. Einer besser als der andere. Einfach eine tolle Schreibe.«

Semina holte sich ein frisches Taschentuch von ihrem Schreibtisch, auf dem sich nicht nur Manuskripte stapelten, sondern auch Bücher, Kaffeebecher und Bonbontüten. Und Taschentücher.

»Und da haben Sie ihn abgeworben«, half ihr Dollinger zurück in die Geschichte.

»Das brauchte ich gar nicht, denn er arbeitete damals als freier Journalist. Von der Hand in den Mund. Einen Beitrag hier, einen Artikel dort. Seine Wohnung hätten Sie mal sehen sollen. Prekär ist da noch untertrieben. Es war nicht schwer, ihn zu überreden.«

»Hatte er denn je etwas mit Pflanzen zu tun?«, fragte Dollinger. »Wenn er für IT-Magazine geschrieben hat?«

»Kein Gramm, keinen Millimeter«, schniefte Semina. »Der konnte eine Primel nicht von einer Sonnenblume unterscheiden.«

»Julia hat alles entwickelt«, warf Farina ein. »Sie hat sich auch die Titel ausgedacht.«

»Was blieb mir anderes übrig. Aber es hat ja geklappt. Ich habe ein paar Ideen skizziert und ein bisschen recherchiert …, und er hat geschrieben. An den ersten Texten musste ich noch viel arbeiten. Dafür hatte er diesen suggestiven, diesen verführerischen Stil. Er konnte den Leser einfach von allem überzeugen. Wenn er behauptet hätte, der Mond sei ein Schweizer Käse, Sie hätten es geglaubt. Schon sein erstes Buch war ein Überraschungserfolg. Noch kein Bestseller, aber das war nur eine Frage der Zeit.«

»*Allein unter Orchideen. Wie Blüten dich sehen*«, ergänzte Farina den Titel.

»Das war noch zu sehr ein Fensterbankthema«, erklärte Semina. »Hinterher ist uns das klargeworden. Den nächsten Titel haben wir dann nach draußen verlegt.«

»*Lebensretter Hochbeet. Wie uns Tomaten und Rosenkohl helfen, Lebenskrisen zu meistern*«, fügte Farina hinzu.

»Klingt spannend«, kommentierte Dollinger.

»Von da an war er nicht mehr aufzuhalten. Und jetzt ist er tot«, schniefte die Lektorin. »Für immer.«

»Erzähl ihm von Kurzmann«, schlug Farina vor.

Die Lektorin hatte aber zunächst eine andere Frage: »Und Sie sind wirklich Privatdetektiv?«

Die Frage war gar nicht so leicht zu beantworten, denn offiziell war Walter Dollinger Frührentner. Davor war er Einkaufsmanager eines fränkischen Chemieunternehmens gewesen. Bis ihn eine multiple Allergie mit 58 Jahren in den vorzeitigen Ruhestand katapultiert hatte. Die Ärzteschaft hatte in dieser Maßnahme die einzige Möglichkeit gesehen, ihn von verdächtigen Rohstoffen und Chemikalien aller Art weitgehend fernzuhalten. Zum Detektiv hatte ihn der Zufall gemacht. Der Mord an einem Sonderling in Biberbach, seinem Wohnort, seinem Dorf. Ihm war es schließlich gelungen, den Täter aufzuspüren. Aber ob man durch eine solche Tat gleich zum Privatdetektiv befördert wurde? Doch wohl eher nicht!

»Ja, ich bin Privatdetektiv. Seit gut einem Jahr. Vielleicht haben Sie den Fall Kunrath verfolgt. Johann Kunrath.«

Julia Semina schüttelte den Kopf.

»Wie auch immer, ich werde versuchen, meiner Tochter und auch Ihnen zu helfen. Äh, wer ist dieser Kurzmann?«

»Das ist auch ein Autor. Simon Kurzmann«, antwortete die Lektorin, ohne noch einmal auf Dollingers Beruf einzugehen. Die minimalistische Auskunft hatte ihr offenbar gereicht. »Er schreibt ähnliche Bücher wie Beetschneider und wurde von ihm aus den Bestsellerlisten verdrängt. Beetschneider ist … war eben der bessere Autor.«

»Der Prozess!«, warf Farina ein und lieferte damit das nächste Stichwort. »Erzähl ihm von dem Prozess! Das war eine Riesensache. Stand in allen Blättern.«

»Vor einem Jahr hat Kurzmann Beetschneider verklagt. Er hat behauptet, *Ich denke oft an Paprika*, sei ein Plagiat seines Buchs *Nicht ohne meine Paprika*. Beides sind übrigens Erzählungen, keine Sachbücher. Aber Kurzmann hat den Prozess natürlich verloren. Das war ja klar. So ein zweitklassiger Schreiberling. Als ob Beetschneider es nötig gehabt hätte, bei dem abzukupfern. Aber Kurzmann hat nicht aufgegeben und Beetschneider immer wieder in der Presse beschimpft. In Frankfurt hat er Beetschneider sogar öffentlich gedroht. Für den Fall, dass er sich noch einmal bei ihm bedienen würde. Auf einer Podiumsdiskussion seines Verlags.«

»Frankfurt?«, unterbrach Dollinger.

»Die Buchmesse«, erklärte Farina.

»Klar. Natürlich. Aber ich nehme nicht an, dass dieser Kurzmann auf der Jubiläumsfeier am Samstag war. Oder?«

»Nein, was sollte er da auch«, antwortete Semina.

»Na, den Beetschneider erschießen«, meinte Farina. »Vom Dach aus. Mit Zielfernrohr und Schalldämpfer. Oder er hat ihn vergiftet. Vielleicht schon, bevor er zur Feier gekommen ist. Der hatte doch einen leichten Schwips.«

»Vorsicht«, mahnte Dollinger. »Noch kennen wir weder die Todesursache noch den Aufenthaltsort von diesem Kurzmann zur Tatzeit.«

»Aber Ihre Tochter hat Recht. Kurzmann wäre ein Topkandidat. Er hat Beetschneider wirklich gehasst. Der hat ihn um viel Geld gebracht. Um sehr viel Geld. Und was man nicht vergessen darf, Kurzmann hat vor ihm mit Bärlauch und Basilikum gekuschelt.«

»Dann war die Konkurrenz kein Zufall?«

»Natürlich nicht. Wir wollten das Feld nicht einfach Kurzmann und seinem Verlag überlassen. Wer macht denn so etwas? Beetschneider war unsere Antwort auf ihn.«

»Verstehe«, nickte Dollinger. »Der Markt. Aber was ist mit …?«

In diesem Augenblick klingelte das Telefon. Semina drehte sich um und nahm ab.

»Ja, die sind bei mir. Ja, ich schicke sie gleich zu dir«, sprach die Lektorin in den Hörer und legte auf. »Rose Fuchs. Am besten, Sie gehen gleich. Und falls Sie noch Fragen haben, wissen Sie ja, wo Sie mich finden.«

»Danke. Bis bald«, sagte Dollinger und wurde schon von seiner Tochter am Ärmel gepackt. Die Lektorin zog ein frisches Taschentuch aus einer frischen Packung und schlich zum Fenster, hinter dem ein kühler Augusttag wartete. Ein Tief aus Schottland hatte der wochenlangen Hitze ein jähes Ende bereitet.

»Nicht so schnell!«, mahnte Dollinger auf dem Flur.

»Jetzt mach schon! Die Chefin hat nicht viel Zeit«, widersprach seine Tochter, deren Stimmung eine ganz andere war als die der Lektorin. Farina hatte Beetschneider ein oder zweimal getroffen, denn sie hatte erst vor zwei Monaten im Verlag angefangen. Tief saß nur der Verdacht, mit dem irgendein unsensibler Kommissar sie konfrontiert hatte. Abgesehen vom Mord natürlich, der vor ihren Augen verübt worden war. Aber nach Dollingers Ankunft und einer ruhigen Nacht hatte sie sich wieder gefangen. Jetzt konnte es ihr nicht schnell genug gehen. Gleich um neun hatte sie schon die Verlagsleiterin telefonisch aufgescheucht.

»Die letzte Tür!«

»Jetzt mach mal langsam! Du tust so, als könnte ich den Täter aus dem Hut zaubern und noch heute der Polizei präsentieren. So einfach geht das nicht. Eigentlich weiß ich nämlich noch gar nichts.«

»Deshalb sind wir ja hier, Papa. Du wirst das schon machen!«, lächelte Farina, die ihre roten Augen über Nacht verloren hatte. Ohne anzuklopfen, öffnete sie die Tür und schob ihren Vater in das große Büro von Rose Fuchs.

Die Verlagsleiterin erwartete sie vor einem aufgeräumten Schreibtisch, der deutlich größer war als der von Julia Semina. Ein repräsentativer Flugzeugträger, der seine Wirkung nicht verfehlte. Als Insel, also als Brücke des Trägers, diente ein imposanter Monitor neuester Bauart. Drei luxuriöse Bürostühle, eigentlich fast schon Sessel, eskortierten das mächtige Schiff. Dollinger kannte derartige Flottenformationen aus vielen Chefetagen seiner beruflichen Vergangenheit.

Rose Fuchs brauchte kein Taschentuch. Sie besaß Disziplin, Selbstbewusstsein und Charisma, was auf den ersten Blick zu erkennen war. Nur ihr schwarzes Kleid signalisierte Trauer. Es stand ihr so gut und entsprach so sehr dem Anlass, dass in ihm der Verdacht aufkeimte, sie hätte es eigens dafür gekauft. Es war zwar figurbetont, aber in keiner Weise lasziv. Dollinger war beeindruckt. Mit Stil kannte er sich nicht so aus, war sich aber sicher, dass die Verlagsleiterin dies tat. Ihre schulterlangen Haare waren schwarz, ihre Augen braun. Ihre rechte Hand nahm eine Haltung ein, die nach einer Zigarette verlangte, die jedoch fehlte. Zwei Schritte kam sie ihm entgegen.

»Herr Dollinger. Es freut mich, Sie kennenzulernen. Ihre Tochter hat mir schon viel von Ihnen erzählt.«

Dollinger war kurz vor dem Handkuss, der irgendwie in der Luft lag, hielt sich dann aber doch zurück. Ein Händedruck besiegelte die freundliche Begrüßung. Fuchs wies ihnen Plätze zu und eröffnete das Gespräch.

»Sie sind tatsächlich Privatdetektiv?«

»Meine zweite Karriere. In meiner ersten war ich Geologe und für die Beschaffung von Ressourcen eines Chemieunternehmens zuständig.«

»Und das war Ihnen auf Dauer zu langweilig.«

»So könnte man es ausdrücken.«

»Ihre Tochter hat Sie beauftragt?«

»Ja. Also keine Sorge, ich stelle Ihnen nichts in Rechnung.«

»Das hatte ich auch nicht befürchtet«, lächelte Fuchs mit einer winzigen, aber dennoch spürbaren Dosis Überheblichkeit. »Haben Sie sich schon ein Bild der Lage gemacht?«

»In der Kürze der Zeit? Da muss ich Sie leider enttäuschen. Ich stehe ganz am Anfang«, gab Dollinger zu und gab sich zugleich so professionell wie möglich. »Ich will mich zunächst auf Beetschneider konzentrieren. In Fällen dieser Art liefert oft das Mordopfer den Schlüssel für die Tat.«

»Davon bin ich fest überzeugt«, stimmte Fuchs ihm zu. »Neid und Missgunst. Aus diesem Pool stammt meiner Meinung nach das Motiv.«

»Haben Sie eine Idee?«

Die Verlagsleiterin führte ihre rechte Hand zum Mund, als wollte sie einen Zug aus einer Zigarette nehmen, und dachte kurz nach.

»Beetschneider war erfolgreich. Sehr erfolgreich. Erfolg aber ruft naturgemäß Neider auf den Plan. Vor allem, wenn dieser Erfolg nicht ohne Weiteres nachvollziehbar ist.«

»Was bei Herrn Beetschneider der Fall war«, fügte Dollinger hinzu.

»Das können Sie laut sagen. Eine riesige Fangemeinde auf der einen, ebenso viele Verständnislose und Kritiker auf der anderen Seite. Beetschneider hat eben polarisiert. Was glauben Sie, was wir für Mails und Briefe bekommen haben. Sie würden staunen. Ich könnte Ihnen ganze Listen von potenziellen Mördern liefern.«

»Der eine oder andere Tipp würde mir reichen.«

Fuchs nahm wieder einen imaginären Zug.

»Ich muss natürlich vorsichtig sein und kann nicht einfach irgendwen bezichtigen. Sie verstehen?«

Dollinger nickte.

»Aber ich könnte Ihnen eine Geschichte erzählen. Am Donnerstag, also zwei Tage vor seinem Tod, hat Beetschneider sein neues Buch hier in München vorgestellt. Bei *BigBook* am

Marienplatz. Eine Schlange bis zum Rathaus. Beetschneider war nicht nur ein toller Autor, er war auch ein Vortragskünstler. Seine Lesungen waren Shows. Events. Gleich zwei Privatsender haben ihm erst kürzlich eigene Shows angeboten. Aus denen jetzt allerdings nichts werden wird. Beetschneider hat die Menschen mitgenommen in eine andere Welt. Eine andere Pflanzenwelt, genauer gesagt. Und sie sind ihm willig gefolgt.«

Es folgte ein weiterer Zug, der Dollinger vermuten ließ, die Verlagsleiterin könnte tatsächlich Raucherin sein.

»Das war die Geschichte?«, fragte er nach.

»Die Einleitung, Herr Dollinger, nur die Einleitung. Der Wendepunkt kommt jetzt. Also, seine Show war wie immer ein Triumph. Ich weiß nicht, wie viele Bücher der am Donnerstag signiert hat, ich war ja nicht dabei. Es müssen hunderte gewesen sein. Eigentlich hätten alle zufrieden sein müssen. Waren es aber nicht. Wie Sie sich denken können, wird am Ende einer Lesung ein Honorar für den Autor fällig. Der Autor stellt also eine Rechnung. Manche Autoren, zu denen Beetschneider gehörte, bringen diese Rechnung zur Lesung mit und händigen sie anschließend dezent dem Buchhändler aus. Als nun der gute Beetschneider seine Rechnung Linda Benedikt überreicht, winkt sie ab.«

»Das ist die Geschäftsführerin des *BigBook*-Stores. Eine unangenehme Person«, erklärte Farina.

»Euphemistisch formuliert«, ergänzte Fuchs kühl.

»War das Honorar denn nicht im Vorfeld vereinbart worden?«, hakte Dollinger nach.

»Natürlich. Aber Frau Benedikt meinte, die Honorarforderung habe sich in Anbetracht der hohen Zahl an verkauften Büchern bereits von selbst erledigt. Ohnehin sei die Lesung eine reine PR-Aktion für Beetschneider gewesen, deren Kosten sie habe tragen müssen.«

»Dabei handelt die Partien aus, die keinem anderen Buchhändler gewährt werden«, bemerkte Farina.

»Das sind eigentlich Interna«, blickte sie daraufhin die Verlagsleiterin scharf an, schloss sich dann aber ihrer Linie an. »Aber es stimmt. Mit 115 zu 100 gibt die sich nicht ab. Unter 120 zu 100 kauft die kein Buch. Richtig ekelig wird es aber erst bei größeren Partien. Da bleibt für uns kaum etwas hängen.«

»115 zu 100?«, fragte Dollinger nach.

»Wenn du hundert Bücher kaufst, legt der Verlag 15 kostenlos drauf. Die kannst du zum vollen Preis verkaufen. Gut für die Buchhändler.«

»Prozente, mit anderen Worten«, fügte Fuchs hinzu.

»Und wie ist die Geschichte ausgegangen?«, wollte Dollinger wissen.

»Es gab natürlich Streit. Und was für einen. Lesungen von Bestsellerautoren in großen Buchläden können teuer sein. Und Beetschneider war teuer. Gut, aber teuer. Der hat einen Aufstand gemacht, das können Sie sich ja vorstellen. Aber die Benedikt hat mitgehalten, ihn schließlich an die Luft gesetzt und ihm Hausverbot erteilt.«

»Und das alles wegen des Honorars?«, fragte Dollinger. »Warum hat sie ihn dann überhaupt eingeladen?«

»Das kann man nur vermuten. Wahrscheinlich, um Beetschneider genau diesen Abgang zu verpassen. Meiner Meinung nach ging es nicht wirklich um das Honorar. Das hätte ihr nichts ausgemacht. Nein, es ging um den Eklat, es ging um den Triumph über Beetschneider. Fragen Sie mich nicht nach den Motiven, aber darum ging es. Sie wollte ihm eine Niederlage beibringen.«

»Klingt nach einer alten Rechnung«, dachte Dollinger laut.

»Wer weiß. Jedenfalls hat Carla Naber, zuständig für unsere Öffentlichkeitsarbeit, von wüsten Beschimpfungen berichtet, die Benedikt ihm mit auf den Weg gegeben hat. Zwei Tage vor seinem Tod. So, das war die Geschichte.«

»War diese … Dame auch auf der Party?«, fragte Dollinger.

»Die Benedikt? Natürlich! Was denken Sie denn? Das lässt die sich doch nicht entgehen. Sehen und gesehen werden. Keep smiling while killing. Gute Miene zu bösem Spiel. Wir sind hier in München, nicht in Woodstock. Und wer weiß, vielleicht wollte sie auf dem Fest ihren Triumph noch einmal so richtig auskosten. Aber dazu ist es ja nicht mehr gekommen. Ich habe jedenfalls die Benedikt nicht in seiner Nähe gesehen.«

4 »Sind das wirklich alle Fotos?«
»Ja, das sind alle. Alle, die etwa zur Tatzeit aufgenommen wurden«, beteuerte Farina.
»Vielmehr hat die Polizei auch nicht«, versicherte Theresa.

»Papa, das sind die Fotos von fünf Fotografen und sieben Mitarbeitern«, stöhnte Farina.

»Warum haben die da so viel fotografiert? Ich meine, in diesem Augenblick?«

»Weil die Fuchs ihre große Rede gehalten hat«, erklärte Theresa.

»Sorry, ist ja klar, das hatte ich vergessen. Die große Rede. Und die … die haben euch die Fotos einfach so überlassen?«

»Papa! Die Fotografen haben die Fotos an den Verlag gemailt. Völlig unabhängig von der Polizei. Und die von den Kollegen …«

»Jaja, ist ja schon gut. Dann legt mal los. Wo war jeder zum Zeitpunkt des Mordes? Ihr kennt doch die meisten Gäste«, brummte Dollinger.

»Und du meinst wirklich, die Polizei zeichnet auch so eine Grafik?«

»Was denn sonst? Die sind bestimmt schon fertig. Aber wir haben sie auch bald. Habt ihr die Liste?«

Theresa Schneider reichte Dollinger die Gästeliste.

»Von Carla. Sie hat die Liste zusammengestellt.«

»Die Pressetante?«

»Genau«, antwortete Farina. »Aber sie ist keine Tante, sondern total nett.«

»Was macht die Grafik?«

»Papa! Wir können nicht zaubern! Vollständig wird deine Grafik auch nicht werden. Wir kennen nämlich nicht alle Gesichter und Namen. Und das betrifft nicht nur die Bedienungen und die Musiker. «

Auf Farinas Schreibtisch, nicht einmal halb so groß wie der Flugzeugträger von Rose Fuchs, wartete die Rückseite eines alten Posters auf erste Bleistiftkreise und erste Bleistiftnamen. Irrtümer mussten korrigierbar sein.

»Nicht zu groß«, merkte Theresa an. »Das muss für einhundertdreißig Leute reichen.«

»Am besten, wir fangen mit uns an. Wir waren im rechten Festzelt«, sagte Farina und skizzierte mit dem Bleistift die beiden Zelte, die das Büfett vor Wind und Wetter hatten schützen sollen.

»Vor uns der Beetschneider«, fuhr Theresa fort. »Und dann kommt auch schon die Fuchs und alle, die rechts und links neben ihr standen. Da wären Dr. Selcher, Caroline, Robert, dieser Sedlmayr…«

»Halt, halt, nicht ganz so schnell«, bremste Dollinger den Eifer der beiden Lektorinnen. »Auch auf die Gefahr hin, dass ich mich wiederhole: Ihr habt wirklich niemanden in dem Zelt gesehen oder gehört? Denkt bitte noch einmal nach!«

Zwei Augenpaare sahen ihn genervt an, gaben dann aber nach.

»Da war sonst niemand. Nicht, als wir das Zelt erreicht

hatten«, beteuerte Theresa Schneider. »Ob vorher jemand dort war, wissen wir nicht.«

»Das hab ich doch alles schon erklärt, Papa. Das Zelt lag im Dämmerlicht, weil das Büfett noch nicht eröffnet war. Da brannte nur irgendeine Notbeleuchtung, um die Gäste nicht unnötig anzulocken. Erst nach der Rede sollte die Schlacht am Büfett beginnen.«

Dollinger gab sich mit der Antwort zufrieden, zumal er den Innenhof längst auf seine Liste gesetzt hatte.

»Können wir jetzt weitermachen, Papa?«

»Natürlich. Ich störe jetzt auch nicht mehr.«

Während die Lektorinnen Fotos verglichen und erste Kreise zeichneten, klickte sich Dollinger zum x-ten Mal am Laptop seiner Tochter durch die Online-Nachrichten. Vergeblich hatte er bislang nach Neuigkeiten zu Beetschneiders Tod gesucht. Die Schlagzeilen hatten immer nur das längst Bekannte verkündet, die Artikel sich auf die Biografie konzentriert und die Tat als heimtückisch bezeichnet. Aber kein Wort zur Todesursache oder zu den Ermittlungen der Polizei. Am schönsten wäre natürlich die Verhaftung eines Geständigen gewesen, aber diese Hoffnung erfüllte sich nicht.

**\*\*\* Eilmeldung \*\*\***

Fast hätte er wieder die Kreise seiner Tochter gestört, doch er blieb ruhig und las, was ein Sprecher der Staatsanwaltschaft vor wenigen Minuten preisgegeben hatte. Beetschneider war vergiftet worden. Allerdings hatte ihm niemand etwas in den Ingwertee getan. Vielmehr war ihm das Gift mit einer Spritze in den rechten Unterarm injiziert worden, und das offenbar ebenso schnell wie professionell. Der Einstich war makellos. Bei dem Gift handelte es sich um das Lösungsmittel Phenylmethan.

»Toluol«, flüsterte Dollinger, der lange genug in der Chemiebranche gearbeitet hatte.

Dieses Lösungsmittel aber war ihm nicht pur verabreicht worden, sondern zusammen mit einer Substanz, für deren Lösung es zu sorgen hatte, nämlich Druckerschwärze. Jemand musste den angetrunkenen Beetschneider irgendwie getäuscht oder überrumpelt haben, ihn oder seinen Arm kurz festgehalten und dann eine tödliche Dosis Druckerschwärze in den Arm gespritzt haben. Auch war es wohl keine zeitgemäße Druckerschwärze gewesen, sondern eine Sorte, die nicht mehr hergestellt wurde. Das vermuteten zumindest die Forensiker. Mehr verriet der Pressesprecher nicht. Das war alles.

»Druckerschwärze? Die ist ja viel zu dick zum Spritzen«, dachte Dollinger halblaut. »Es sei denn, sie wird beim Tiefdruck eingesetzt. Oder jemand hat den Toluol-Anteil erhöht. Irgendein Xylol war bestimmt auch noch im Spiel. Eine giftige Mischung. Und dann auch noch intravenös.«

Die Kommentare im Netz ließen nicht lange auf sich warten. Die Druckerschwärze als Tatwaffe beflügelte umgehend die Fantasie der Journalisten. *Mord mit spitzer Feder*, formulierte einer, *Der schwarze Tod* ein anderer, *Autoren morden anders* ein dritter. Keiner der Kommentatoren hatte auch nur den geringsten Zweifel daran, dass der Druckerschwärze eine symbolische Bedeutung zukam. Der Mörder musste ausgesprochen gute Gründe für seine Wahl gehabt haben. Gründe, die für einen Täter aus der Verlagsbranche, dem Buchhandel oder der Autorenschaft sprachen. Ein vierter Autor brachte die Vermutung auf den Punkt, indem er von einem Szenemord sprach, einem *Mord unter lieben Kollegen*.

Dollinger lehnte sich auf dem schon betagten Bürostuhl zurück und lenkte seinen Blick auf die beiden Grafikerinnen.

An der Spekulation der Journalisten war einiges dran. Wahrscheinlich war der Täter auf dem Schaubild zu finden, stand der Name in einem der kleinen Bleistiftkreise. Nichts anderes würde auch die Polizei denken. Farina und Theresa gehörten jetzt noch mehr zum Kreis der Verdächtigen. Wer auch immer die Tat verübt hatte, musste hautnah an Beetschneider herangekommen sein. So wie Farina und Theresa. Eine Spritze war etwas ganz anderes als eine Kugel, die auch aus großer Entfernung ins Ziel fand. Die Druckerschwärze sprach zudem für viel Fantasie, wenn auch für eine zynische. Der Mörder hatte den Aufwand nicht gescheut, sich eine Mischung zu beschaffen, die flüssig und tödlich genug war. Ein ehrgeiziger Täter, der ein hohes Risiko eingegangen war. Ein Täter, der bewusst die große Bühne für seinen Auftritt gewählt hatte, um seinem Opfer einen öffentlichen Abgang zu verpassen, der seinem kometenhaften Aufstieg entsprach. Das alles war ebenso akribisch wie perfide geplant. Dieser Täter hatte nichts dem Zufall überlassen. Also musste er auch einen Weg gefunden haben, Beetschneider in den rückwärtigen Teil des Innenhofs und in das Partyzelt zu locken. Und das während der Rede, die sämtliche Zeugen paralysierte. Da stimmte einfach alles. Abgesehen von Farina und Theresa, die ihm seinen ausgeklügelten Plan fast vermasselt hätten.

»Das ist nicht der Klocke, das ist der Schroll«, zischte Theresa.

»Bist du sicher?«, fragte Farina.

»Und ob. Die da hinten mit dem Cocktail, das muss diese Moderatorin vom Bayerischen Rundfunk sein. Wie heißt die noch?«

Die Grafik wuchs und Dollinger schwieg, um den Flow der beiden nicht zu gefährden. Nachdem er den Tathergang auf verschiedene Weise durchgespielt hatte, kreisten seine Gedanken um die Druckerschwärze, die im Wesentlichen aus Ruß bestand. Was der Leser vor Augen hatte, war Verbranntes, waren Verbrennungsrückstände, waren Überbleibsel, die Neues hervorbrachten und Geschichten sichtbar machten. Druckerschwärze war eine ganz besondere Farbe, die mit keiner anderen vergleichbar war. Sie war menschliche Kultur pur. Sie war Leben und konnte zugleich tödlich sein, und das auf sehr unterschiedliche Art und Weise. Die Feder ist mächtiger als das Schwert. Hatte irgendein Engländer mal behauptet.

Druckerschwärze. Dollinger ließ die tödliche Farbe nicht mehr los. Alte Druckerschwärze. Aber woher …?

Die Nummer war im Internet schnell gefunden. Da die beiden Frauen noch immer mit Namen jonglierten, stand er leise auf und ging in die kleine Küche der kleinen, aber teuren Wohnung. Er setzte sich auf den einzigen Stuhl und gab die Nummer ein. Es dauerte lange, bevor sich jemand meldete.

»Lutz? Hier ist Walter. Walter Dollinger. Ja, ich weiß, ich habe lange nichts von mir hören lassen. Geht's dir gut? Was macht dein Knie?«

Nach dem Austausch gesundheitlicher und familiärer Minimalinformationen kam Dollinger zum Grund seines Anrufs.

»Lutz, ich brauche ein paar Tipps von dir. Es geht um die schwarze Kunst, insbesondere aber um das Schwarze dieser Kunst.«

Mit wenigen Sätzen skizzierte er die Situation und erklärte seinem langjährigen Münchner Verhandlungspartner aus alten Zeiten seine Idee.

»Einen Moment. Ich schreib mir die Adresse auf«, sagte Dollinger, wechselte kurz ins Arbeitszimmer und kehrte gleich wieder zurück.

»Ja, hab ich. Sagen wir … zehn Uhr? Gut, sehr gut. Ich bin um zehn Uhr bei dir. Mit der U3. Ja, das finde ich schon. Bis morgen. Tschüss.«

Dollinger legte sein Smartphone auf den kleinen Küchentisch und notierte sich noch eine Frage, die ihm in den Sinn gekommen war. Aber die konnte ihm Lutz Hagedorn mit Sicherheit beantworten. Er war Chemiker und hatte ihm oft genug bei Verhandlungen gegenüber gesessen. Trotzdem hatten sie sich im Laufe der Zeit angefreundet, ohne enge Freunde geworden zu sein. Hagedorn hatte ihn zwei- oder dreimal in Erlangen und Biberbach besucht, während er es noch nie zu ihm nach München geschafft hatte. Dabei war er Pensionär. Mit neunundfünfzig bürgerlichen, aber gefühlten neunundvierzig Lebensjahren. Hagedorn hatte den Beruf gewechselt und arbeitete wieder als Grafiker. Als freier Grafiker. Aber ohne darauf angewiesen zu sein. Hagedorn hatte gut verdient und auf sein Geld aufgepasst.

»Papa? Wir sind fertig!«, freute sich Farina, die unvermittelt in der Tür stand. »Warum bist du in die Küche gegangen?«

»Ich habe einen alten Bekannten angerufen. Eher einen Freund. Ist ja auch egal. Ich treffe mich morgen mit ihm. Apropos morgen. Wann müsst ihr zur Vernehmung erscheinen?«

»Um 14.30 Uhr. Aber ich weiß nicht, was das noch bringen soll! Wir haben schon alles gesagt. Nicht nur einmal.«

»Sie werden euch neue Fragen stellen«, sagte Dollinger. »Die Staatsanwaltschaft hat nämlich die Todesursache bekannt gegeben.«

Farina riss die Augen auf und öffnete ihren Mund.

»Druckerschwärze. Intravenös.«

»Was ist das denn? Das ist ja total pervers! Druckerschwärze? Geht das überhaupt?«

»Offensichtlich. Wenn sie dünnflüssig und toxisch genug ist.«

»Aber dann ist doch klar, dass wir es gar nicht gewesen sein können! Das müssen die doch kapieren!«

»Müssen sie nicht.«

»Und die Spritze?«

»Ihr hattet Zeit genug, sie verschwinden zu lassen. Es hat zwölf Minuten gedauert, bis der Notarzt zur Stelle war.«

»Mensch, Papa!«

»Farina, ich muss dir das sagen. Die Presse meint nämlich, die Druckerschwärze sei ein Indiz dafür, dass der Mörder in der Verlags- und Buchbranche zu suchen sei.«

Farinas Miene verfinsterte sich. Schon rannen die ersten Tränen über die Wangen.

»Aber wir waren es nicht! Warum sollten Theresa und ich denn diesen blöden Beetschneider umbringen?«

»Das weiß ich doch«, sagte Dollinger, stand auf und nahm seine Tochter tröstend in den Arm. »Die Vernehmung bleibt euch trotzdem nicht erspart. Geht bitte pünktlich hin. Sollten die Ernst machen, habt ihr ja die Nummer von dem Anwalt, die ich euch gegeben habe. Der soll mich dann gleich anrufen, damit ich auch Bescheid weiß.«

Farina heulte los und Dollinger ließ sie heulen. Als Theresa in der Tür erschien, schüttelte Dollinger kurz den Kopf und signalisierte ihr, sich zurückzuziehen. Er streichelte das Haar seiner Tochter, als sei sie nicht fünfundzwanzig, sondern fünf. Das kostete ihn eine Träne, mit der er lange zu kämpfen hatte, um weitere zu verhindern.

»Das wird schon. Keine Sorge. Darum bin ich ja gekommen. So, und jetzt zeigt mir mal die Grafik!«

Farina löste sich langsam aus der väterlichen Umklammerung, nickte und wischte sich mit den Handflächen die Tränen aus dem Gesicht.

»Wir haben nicht alle gefunden.«

»Das habe ich auch nicht erwartet. Also komm.«

Im Arbeitszimmer wartete eine verunsicherte Theresa, die sofort von Farina in den Arm genommen wurde.

Dollinger ignorierte die Szene und inspizierte die Grafik aus Kreisen und Namen. Seine Tochter hatte nicht untertrieben. Ein gutes Drittel fehlte, erkennbar an namenlosen Kreisen in der Mitte des Posters und kreisfreien Namen, die am Rand notiert waren.

»Offenbar keine leichte Aufgabe«, bemerkte Dollinger. »Ich habe es geahnt. Es sind einfach zu viele.«

»Insgesamt aber haben wir die meisten«, stand plötzlich Theresa neben ihm. »Fast alle von Carlas Liste. Es sind ja auch nicht alle gekommen. Dafür haben wir Gäste auf den Fotos, die wir nicht kennen oder die wir nicht identifizieren können.«

»Die zum Beispiel«, erklärte Farina und deutete mit dem Zeigefinger auf eine Frau, deren Gesicht hinter einer Federboa und einem übergroßen Hut fast verschwand.

»Wo stand die?«

»Wissen wir nicht. Aber sie ist auf sechs Fotos zu sehen. Steht aber immer allein«, sagte Farina. »Hier. Da dreht sie sich weg. Sie muss den Fotografen bemerkt haben.«

Tatsächlich ließ das Foto den Schluss zu, dass die Frau versuchte, sich der Aufnahme zu entziehen.

»Sehr androgyn«, stellte Dollinger fest. »Das könnte auch ein Mann sein. Und ihr habt keine Ahnung, wer sie ist und wo sie zur Tatzeit war?«

»Nein, haben wir nicht«, betonte Farina. »Sieh mal. Auf

den Fotos von der Fuchs ist sie nicht zu sehen. Bei der Rede muss sie also ganz weit hinten gestanden haben.«

»Oder sie war im Zelt«, meinte Theresa.

»Dabei fällt mir ein, war der Beetschneider eigentlich verheiratet?«, fragte Dollinger. »Sicher eine blöde Frage.«

»Nicht, dass ich wüsste«, antwortete Farina.

»Er war verheiratet«, widersprach Theresa. »Ich weiß es von Julia.«

»Das ist ja ein Ding«, wunderte sich Dollinger. »Aber bestimmt war er geschieden.«

»War er nicht. Aber das durfte niemand wissen. Sein Image. Sie verstehen? Es war sogar ein gut gehütetes Geheimnis.«

»Wegen der weiblichen Fans?«, vermutete Dollinger.

»Wegen seiner Themen. Julia hielt es für besser, den Lesern seine Frau vorzuenthalten. Die Ehe war nämlich alles andere als harmonisch«, wusste Theresa.

»Aber seine Bücher waren es.«

»Ganz genau. Sie haben es erfasst. Wer sogar mit Radieschen und Kohlköpfen harmonische Beziehungen pflegt, der kann nur eine ausgesprochen harmonische Ehe führen. Harmonie ist der zentrale Punkt seiner Bücher. Harmonie mit allem und jedem.«

»Lebten die beiden getrennt?«

»Zeitweise. Er in München, sie in Salzburg. Und das nicht schlecht. Beetschneider war ihr gegenüber sehr großzügig. Sie hat sich dafür nicht in sein öffentliches Leben eingemischt. Ein Arrangement, wenn man so will. Nur wenige wussten davon.«

»Sie war demnach nicht auf dem Fest?«

»Nein. Definitiv nicht«, antwortete Theresa. »Das hätte die Legende zerstört.«

»Und wenn sie es doch war? Seid ihr seiner Frau schon einmal begegnet? Habt ihr ein Bild von ihr?«

»Nein, haben wir leider nicht. Vielleicht Julia.«

»Hatte Beetschneider Affären? Eine Geliebte, eine Freundin?«

»Keine Ahnung. Julia hat nie etwas erwähnt. Nein, ich glaube nicht.«

»Klar, aus denselben Gründen. Die lauwarme Harmoniesoße«, sagte Dollinger nachdenklich und nahm die Fotos in die Hand, auf denen die unbekannte Frau mit der Boa und dem Audrey-Hepburn-Hut zu sehen war.

**5** Das Atelier von Lutz Hagedorn lag in einem Schwabinger Hinterhof, den es eigentlich so nicht mehr geben durfte. Die meisten Hinterhöfe waren längst kaputtsaniert, die ansässigen Handwerker und Künstler schon vor Jahrzehnten vertrieben worden. Das Geld hatte den Geist verdrängt. Nur alte Filme hielten die Erinnerung noch wach. Oder die Serie *Der Kommissar*, in der Erik Ode als Kommissar Keller ab und zu in Schwabinger Hinterhöfen Tätern auf der Spur war, darunter auch langhaarigen, drogenabhängigen Künstlern mit glasigen Augen und Sehnsuchtsblick, wie es die Drehbücher von Herbert Reinecker und die Klischees der späten sechziger Jahre verlangten. Doch das war längst Schnee von gestern.

Hagedorn hatte sich behaupten können, weil er beides besaß, Geld und Geist. So wurde Dollingers Besuch auch zu einer Zeitreise ins alte Schwabing, in einen engen, alles andere als lichtdurchfluteten Innenhof, der ohne Wilden Wein, Liguster und Holunder nur graue Wände zu bieten gehabt hätte. Eine karge Idylle mit dürftiger, matter Patina und Waschbetonpflaster. Dollinger wanderte mit seinem Blick langsam die Wände hinauf, bevor er die Klingel betätigte.

Hagedorn reichte ihm als alter Mann die Hand, der er ja

mittlerweile auch war. Nur hatte er bei der letzten Begegnung noch sehr jugendlich gewirkt. Aber die Zeit hatte ihn eingeholt. Sein volles Haar war ergraut, seine Falten waren Furchen, seine Augen indes noch immer voller Glanz. Er passte also perfekt in den Hinterhof, die fleckige, braune Cordhose und das bunte Baumwollhemd inklusive. Ohne viele Worte führte ihn der Grafiker in sein Atelier, das sich unter dem Dach befand und Dollinger in Erstaunen versetzte. Mindestens achtzig helle Quadratmeter. Vielleicht war der Hinterhof deshalb so dunkel, weil das Atelier das meiste Sonnenlicht für sich beanspruchte.

Auf drei Tischen lagen Entwürfe aller Art, auf einem vierten stapelten sich Farben, Pinsel, Stifte, Kreiden und Werkzeuge. Ein Computer fehlte.

»Back to the roots?«

»Ich habe lange genug vor Rechnern gesessen. Jetzt arbeite ich so, wie ich es mir vorstelle. Ich muss ja kein Geld damit verdienen. Aber du wirst lachen, ich bin trotzdem gut im Geschäft. Computergrafik kann heute ja jeder.«

Dollinger ließ sich von dem alten Konkurrenten und späteren Partner durch dessen Reich führen und war beeindruckt. Buchcover und Illustrationen für Kleinstauflagen, ungewöhnliche Plakatentwürfe für Musiker und Rezitatoren, Skizzen von Wandbildern für unbezahlbare Villen. Dollinger musste sich bewusst von den Entwürfen losreißen, um sich nicht in der Zeit zu verlieren. Schließlich hatte ihn der Tod nach Schwabing geführt und nicht die Gebrauchskunst.

»Lass uns über die Druckerschwärze sprechen«, begann er und schilderte Hagedorn kurz den Mordfall und dessen Bedeutung für seine Tochter.

»Du? Ein Privatdetektiv? Das hätte ich nicht gedacht«,

kommentierte der Grafiker aus Leidenschaft Dollingers Ausführungen, kam dann aber schnell zur Sache.

»Wenn der Täter sich das Zeug nicht im Internet besorgt hat, wie du meinst …«

»… weil es jemand ist, der ungerne Spuren hinterlässt. Zeichen ja, aber eben keine Spuren. Der ist vorsichtig, äußerst vorsichtig. Der weiß, dass sich im Internet nichts mehr verbergen lässt. Das ist ja ein offenes Buch geworden. Der war auch in keinem Fachgeschäft, der war in gar keinem Geschäft. Der hat sich nirgendwo gezeigt.«

»Und da bist du dir ganz sicher?«

»Nein. Aber ich vermute es. Würde zu dem Mord passen.«

»Also dein berühmtes Bauchgefühl.«

Dollinger nickte schmunzelnd.

»Du hattest immer schon einen guten Riecher«, sagte Hagedorn. »Lass mich mal überlegen. Wenn ich mir unauffällig die klassische Druckerschwärze beschaffen wollte, würde ich einer kleinen Druckerei im Glockenbachviertel einen unauffälligen Besuch abstatten. Die verwenden das Zeug noch, das du meinst. In der Nähe vom Gärtnerplatz wüsste ich auch noch so einen alternativen Laden. Und dann wären da noch zwei längst stillgelegte Betriebe, einer hier in Schwabing, der andere in Haidhausen. Ich suche dir die Adressen raus. Über *Selchinger-Druck* hier in Schwabing gibt es übrigens eine tolle Dokumentation. Die wurde erst vor ein paar Wochen im Bayerischen Fernsehen wiederholt. Der Film ist bestimmt dreißig Jahre alt. Da hat der Selchinger Senior noch gelebt und führt vor, wie man früher …«

»Wann wurde die Dokumentation gezeigt?«, fragte Dollinger.

»Das war … vor drei oder vier Wochen müsste das gewesen sein. Wieso?«

»Und die steht immer noch da, die Druckerei?«

»Seit der Schließung vor … vor vielen Jahren. Ich kann es dir nicht mehr sagen. Ist schon zu lange her. Seitdem streiten die Erben, was passieren soll. Museum oder Abriss. Was weiß ich. Ab und zu steht mal was in der Zeitung. Wenn einer der Erben einen Prozess gewonnen hat.«

»Ist es weit?«

»Zehn Minuten von hier«, erklärte Hagedorn überrascht.

»Kommst du mit?«

»Du willst da jetzt hin?«

»Natürlich. Wann denn sonst?«

»Aber da kommst du nicht rein! Der Laden ist total verrammelt! Und ich glaube nicht, dass die Erben dir einfach so …«

»Wir werden sehen«, entgegnete Dollinger. »Also, was ist jetzt?«

Hagedorns Blick nahm die Antwort vorweg. Dollinger kannte sie, noch bevor er ein Wort sagte.

»Du, nimm's mir nicht übel und lass mich hier. Das ist nichts für meine alten Tage. Was ist, wenn wir erwischt werden? Ne, halt mich da bitte raus. Ich wünsch dir viel Glück, aber lass mich hier.«

Dollinger nickte verständnisvoll, legte ihm die Hand auf die Schulter und ließ sich den Weg beschreiben. Irgendwie war es ihm sowieso fast lieber, sich allein auf die Suche zu begeben. Als er seinen alten Mitstreiter betrachtete, während er die Adresse auf einen Notizzettel kritzelte, fragte er sich, warum er ihn überhaupt hatte zum Komplizen machen wollen. Wahrscheinlich aus einem freundschaftlichen Impuls heraus. Um der alten Zeiten willen.

Keine Viertelstunde später stand Dollinger vor einem großen, blaugrünen Holztor, das tatsächlich verrammelt war, wie Hagedorn sich ausgedrückt hatte. Eine schwere Kette samt Vorhängeschloss unterstrich die Sicherungsmaßnahmen. Über dem Tor, dessen Farbanstrich an vielen Stellen bereits kapituliert hatte, schwebte ein museumsreifes Firmenschild mit emaillierten oder aus Keramik gefertigten Majuskeln. *Selchinger*. Ein Hinweis auf die Branche fehlte. Rechts und links vom Tor kroch Efeu über eine Backsteinmauer. Dahinter erhoben sich zwei Birken und schließlich ein stattliches Werkstattgebäude aus der Gründerzeit.

Dollinger rüttelte am Tor, ließ aber davon ab, als sich Passanten näherten und ihn ins Visier nahmen. Also setzte er die Miene eines Unbeteiligten und Arglosen auf und spazierte langsam an der Mauer entlang. Dabei fiel sein Blick zufällig auf eine schmale Lücke in der Bebauung, keinen Meter breit, rechts von der hohen Mauer des Nachbargrundstücks begrenzt, links von der Backsteinmauer und der Wand des Druckereigebäudes. Fast hätte er diesen Pfad übersehen, denn der Efeu hatte die Lücke fast komplett erobert.

Dollinger wartete, bis kein Passant mehr in seiner Nähe war, drehte sich kurz um, taxierte blitzschnell die Fenster der gegenüberliegenden Häuser und die der davor parkenden Autos und tauchte unter. Hinter ihm schloss sich der Efeu wie eine Dornröschenhecke. Von einer Sekunde zur anderen stand er im Halbdunkel und musste warten, bis sich seine Augen an das Zwielicht gewöhnt hatten. Erst dann begann er, sich vorsichtig durch den schmalen Großstadtdschungel zu tasten, der sich zwischen den beiden Mauern verbarg. Aber der Weg war bereits bereitet worden, denn nach zwei Metern stieß er auf eine abgebrochene Efeuranke. Offenbar hatte sie den Durchgang versperrt. Eine naheliegende Lösung waren natürlich

48

Kinder. Zumindest wären sie es früher gewesen, als Verstecke dieser Art noch eine magische Anziehungskraft besaßen, die längst an Monitore und Displays übergegangen war.

Nach weiteren fünf, sechs Metern gelangte er an eine Tür, die mit der gleichen Farbe wie das Tor bemalt worden war, auch wenn man wenig davon sah. Der Efeu hatte natürlich auch die Tür in Beschlag genommen. Umso deutlicher konnte er die hellen und frischen Bruchstellen der Ranken erkennen. Daher war es auch keine Überraschung, dass sich die Tür mühelos öffnen ließ. Er hätte die Klinke gar nicht herunterdrücken müssen, denn das Schloss war aufgebrochen worden. Dollinger glaubte, eine Druckstelle zu erkennen, die von einem großen Schraubenzieher oder einem Kuhfuß stammen könnte. Dollinger griff in seine Jackentasche und zog ein paar Latexhandschuhe heraus. Er hatte sich vorbereitet.

Die Tür ließ sich nur einen Spaltbreit öffnen, der jedoch genügend Platz für seinen Körper bot. Im mehr als fahlen Licht erkannte er ein weitgehend leeres Regal sowie zwei Türen. Eine führte zu einer Toilette, die andere in einen großen Raum, die Druckerei. Hier war mehr zu sehen, da der Efeu nicht alle Fenster besetzt hielt. In der Mitte standen zwei große Druckmaschinen, an den Seiten je eine kleine. Tische, Kisten, Regale, Setzkästen, Körbe, Werkzeuge, Kanister. Die Idee einiger Erben, den stillgelegten Betrieb in ein Museum zu verwandeln, konnte er nach wenigen Blicken nachvollziehen. Im Grunde würde es ausreichen, die Maschinen zu entstauben. Sowie der Efeu außen die Herrschaft übernommen hatte, regierte innen der Staub. Hier und da musste er seine Macht jedoch mit Spinnweben teilen. Seit Jahren, wenn nicht seit Jahrzehnten, hatte niemand mehr die Druckerei betreten. Bis auf eine Person, die sich erst kürzlich Zugang verschafft hatte. Überall stieß Dollinger auf deren Spuren, denn Staub und Spinnweben waren hervorragende Chronisten. Wenn es um kurze Zeiträume ging. Er brauchte nur den Fußabdrücken zu folgen, die zwar blass, aber dennoch sichtbar waren. Eine Schuhgröße konnte er leider nicht ableiten.

Die Abdrücke führten ihn zunächst in den hinteren Bereich, bevor sie sich den Regalen näherten, dann aber nach links abbogen und schließlich auf einige Kanister und Flaschen zuhielt. Wieder war Dollinger nicht überrascht. Höchstens von der Tatsache, wie schnell und intuitiv er die Herkunft der Druckerschwärze ermittelt hatte. Wobei ihm bewusst war, auf welch wackeligen Beinen sein Erfolg stand. Denn ohne eine kriminaltechnische Untersuchung war seine Entdeckung ohne jeden Beweis. Der Einbruch in die Werkstatt konnte bedeutungslos sein und in keinem Zusammenhang zum Mord stehen.

Dollinger hatte die Kanister, die auf einem großen Arbeitstisch standen, noch nicht erreicht, als er ein Geräusch wahrnahm, das nicht von außen an sein Ohr drang. Instinktiv ging er in die Knie und versuchte, das Geräusch zu orten. Ohne Erfolg. Auch konnte er die Art des Geräusches nicht identifizieren. Er war sich nur sicher, dass es keine Katze war. Diese Geräusche waren ihm nur zu vertraut. Er tippte auf einen Menschen, der in einem der Nebenräume Papiere oder Akten durchsuchte.

»Typisch«, hauchte er. »Kaum sehe ich mir mal ein verlassenes Haus an, kommt noch jemand.«

Dollinger entschied sich, hinter einer der großen Druckerpressen in gebückter Haltung abzuwarten. Aber das Geräusch verstummte nicht.

»Da ist aber jemand hartnäckig. Und kennt einen anderen

Eingang. Oder er hat einfach einen Schlüssel. Vielleicht einer der Erben.«

Eine Wolke schob sich vor die Sonne und verdunkelte die Werkstatt. Das schottische Tief war immer noch aktiv. Der Besucher auch. Ab und zu machte er eine Pause, dann schien er wieder in Papieren zu stöbern.

Nach ein paar Minuten meldeten sich Dollingers Knie.

»Mist!«

Vorsichtig stand er auf und streckte ein Bein nach dem anderen.

»Privatdetektiv mit fast sechzig. Was für eine Idee!«

Statt wieder in die Knie zu gehen, blieb er einfach stehen. In diesem diffusen Licht konnte er kaum etwas ausmachen, musste jedoch auch selbst nicht leicht zu sehen sein. Vielleicht schaffte er die paar Meter zu den Kanistern und Flaschen und konnte sich anschließend davonschleichen? Er kniff die Augen zusammen und tastete den Boden ab. In Zeitlupe setzte er einen Fuß vor den anderen. Sekunden vergingen wie Minuten. Das Geräusch im Ohr, suchte er sich durch die Dunkelheit. Den Arbeitstisch ahnte er mehr, als er ihn sah.

»Diese blöde Wolke. Wie lange braucht die denn?«

Ein hohles, tiefes, metallenes Geräusch hallte plötzlich durch den Raum. Er hatte gegen einen Kanister getreten, der unsichtbar auf dem Boden unter dem Tisch stand.

Auf einem Bein stehend, gefror er zu einem Standbild, wurde zu einer Salzsäule. Schweißperlen kitzelten ihn auf beiden Wangen. Kurzzeitig stellte er die Atmung ein.

In diesem Augenblick kam die Wolke seiner Bitte nach. Es wurde Licht. Und Dollinger stand wie ein Flamingo auf der großen Bühne. Er hatte keine Wahl und ließ sich in die Hocke fallen, um hinter der zweiten Druckmaschine in Deckung zu gehen. Seine Ohren flogen durch die restaurierte Stille auf das Geräusch zu.

Es war immer noch da.

Nichts hatte sich geändert.

Noch immer schien jemand in Aktenordnern zu blättern.

Dollinger holte tief Luft und stand vor einem Rätsel. Wenn er das Geräusch hörte, musste sein blecherner Gongschlag auch im Nebenraum zu hören gewesen sein. War da jemand taub?

Es hatte keinen Zweck, seine Knie wollten nicht schon wieder in dieser merkwürdigen Position ausharren, die keinem Kind etwas ausmachte. Langsam erhob er sich wieder, Ohren und Augen in Alarmbereitschaft.

Nichts rührte sich. Bis auf das Geräusch.

Ein paar Minuten stand er so da, unentschlossen, ratend, verschiedene Szenarien durchspielend. Dann hatte er genug.

Er drehte sich um und watete durch den Staub zurück in den hinteren Bereich. Es gab nur zwei Türen. Seine Ohren entschieden sich für die linke. Fast lautlos überwand er den Raum und horchte. Erneut kitzelten ihn Schweißperlen, die er ignorierte. Trotz der Angst spürte er nun auch die Erregung, spürte er sich. Plötzlich erinnerte er sich an seinen ersten Fall, an die Lust am Abenteuer. Aber es war ein schmaler Grat, auf dem er sich emotional bewegte.

Das Geräusch war nicht verebbt. Jemand blätterte und blätterte und blätterte. Dollinger holte tief Luft, berührte die Klinke und drückte sie nach unten. Er hatte Glück, der Mechanismus war nicht trocken und gab keinen Laut von sich.

Nach einer kurzen Pause schob er das Türblatt ein paar Zentimeter in den Nebenraum. Das Geräusch schwoll an und wurde eindringlicher, mahnender, klarer.

Mit pochender Schläfe steckte Dollinger seine Nase durch

den Türspalt. Ein dunkler Nebenraum, dessen Größe er nur schwer abschätzen konnte. Ein menschenleerer Nebenraum. Erleichtert und enttäuscht zugleich öffnete er die Tür und trat ein. Das Geräusch war nicht verflogen und konnte es auch gar nicht. Verursacht wurde es nämlich von einem Vogel, von einer Amsel, die irgendwie in den Raum gelangt war und sich in einem Berg von Spinnweben verfangen hatte. Wie Zuckerwatte hatte sich das Gespinst um die Flügel gelegt.

Mit einem Griff fing Dollinger die Amsel ein und befreite sie von den Spinnweben, die ihm gegenüber keinen Widerstand leisteten. Mit dem Vogel in der Hand ging er zur Tür und übergab ihn der Freiheit, die er mit lautem Geschimpfe begrüßte.

Ohne Wolke und ohne Besucher im Nacken fand er sich wieder vor dem Arbeitstisch ein. Erst jetzt hatte er die passende Idee und machte sein Smartphone zur Taschenlampe. Der Geruch lag noch in der Luft, hatte sich noch nicht vom Muff gelöst. Toluol. Xylol. Druckerschwärze. Dollinger kannte diesen Geruch aus Kindertagen. Aus der Druckerei, die der Vater eines Schulfreundes betrieben hatte. Drucksachen aller Art. Verlobungskarten, Hochzeitskarten, Trauerkarten. Damals hatte man noch davon leben können. Den kleinen Familienbetrieb gab es längst nicht mehr. Geblieben aber war die Erinnerung an den typischen Geruch.

Mit äußerster Vorsicht las er die Etiketten auf den Kanistern und Flaschen. Staubfreie Verschlüsse, Fingerabdrücke und ein frischer Klecks auf dem Staub verrieten ihm, dass sich hier jemand vor Kurzem bedient hatte. Hier, wo man niemals nach Spuren suchen würde und er doch welche gefunden hatte. Was sonst sollte sich hier abgespielt haben? Der Täter war online und offline in keinem Geschäft in Erscheinung getreten. Er hatte nirgendwo geklingelt oder nachgefragt. Er hatte sich die tödliche Mischung außerhalb des Marktes besorgt. Die Idee dazu hatte ihm eine Fernsehdokumentation ins Haus geliefert. So einfach war das. Dollinger schüttelte den Kopf. Denn er wusste genau, dass es doch nicht ganz so einfach gewesen war und er mehr Glück als Verstand gehabt hatte.

**6** Der *BigBook*-Store war nicht schwer zu finden. Die wuchtige Fassade mit dem nicht nur in Deutschland bekannten Firmenlogo beherrschte den Marienplatz. Sofern man mit dem Rücken zum Rathaus stand. Auf gleich vier Etagen gab es jedes Buch zu kaufen, das der Konzern zu seinen Bedingungen von mehr oder weniger großen Verlagen gekauft hatte. Die Bücher kleinerer Verlage fehlten also. Dafür gab es die aktuellen Bestseller gleich palettenweise. Wer den Store betrat, musste erst einmal diese Paletten und mehrere Displays passieren, um zu weiteren Verkaufstischen zu gelangen, auf denen sich die Werke bekannter Autoren stapelten. Viele Bücher waren als »Tipp unserer Mitarbeiter« gekennzeichnet, die auf kurzen, handgeschriebenen Briefchen ihre maßlose Begeisterung ausdrückten. Geheimtipps waren nicht darunter. Hier ging es um Mainstream, Bestsellerlisten, Auflagenrekorde, Blocksatz, Absatz, Umsatz.

»Frau Benedikt? Da müssen Sie sich einen Termin geben lassen. Am besten, Sie gehen in den dritten Stock zu unserem Beratungscenter.«

Dollinger bedankte sich, mied den Fahrstuhl und wählte die Treppe. Hagedorns Alterungsschub hatte in seinem Kopf

Spuren hinterlassen. Jede Bewegung zählte. Ohne zu keuchen, erreichte er den zweiten Stock. Gar nicht so schlecht. Das hatte er der Gartenarbeit, den Spaziergängen und seinem Fahrrad zu verdanken. Treppensteigen machte ihm nichts aus.

Er wollte gerade an den esoterischen Ratgebern vor zur nächsten und letzten Treppe, als er eine vertraute Stimme vernahm, die über ihm zu donnern begann.

»Schwerdtfeger?«

Dollinger ging hinter Schüßler Salzen und Bachblüten in Deckung.

»Schwerdtfeger? Das kann nicht sein!«

»So einfach ist das nicht, Frau Benedikt!«, schimpfte der Erlanger Hauptkommissar im Off. »Dann werde ich Sie eben vorladen. Und vergessen Sie Ihre Anwälte nicht!«

Es folgte eine Antwort, die jedoch nicht laut genug war, um sie zu verstehen.

»Auch das wird Ihnen nicht helfen, Frau Benedikt! Hier geht es um Mord, nicht um Ihren Buchladen! Darauf kann ich keine Rücksicht nehmen! Und wenn Sie sich auf den Kopf stellen!«

Wieder legte eine summende Stimme Widerspruch ein, doch Dollinger konnte noch immer nichts verstehen. Dann fiel ein Wort, ein lautes Wort, dass sich von den anderen abhob, und das ihm den Atem verschlug.

»… Beetschneider …«

»Nein, das kann nicht sein«, raunte Dollinger. »Nicht Schwerdtfeger!«

Die Stimmen hatten die Treppe erreicht und näherten sich.

»Spielst du Verstecken?«

Dollinger drehte seinen Kopf zur Seite. Neben ihm hatten sich zwei Jungen aufgebaut, nicht älter als sieben oder acht.

»Nein.«

»Du spielst doch Verstecken, Onkel. Wir wollen mitspielen«, hielt ihm der Größere entgegen. »Uns ist langweilig.«

»Wir haben es genau gesehen«, maulte der Kleinere. »Du hast dich hier versteckt.«

»Ich spiele aber nicht Verstecken«, flüsterte Dollinger. »Ich suche nur ein Buch. Wo sind eigentlich eure Eltern?«

»Da hinten«, antwortete der Kleinere und deutete kurz mit dem Finger auf ein Regal, vor dem aber niemand stand.

»Die Mama sucht den Papa. Wir sollen hier warten«, erklärte der Größere.

»Bitte! Lass uns mitspielen!«

Im Augenwinkel entdeckte Dollinger den mächtigen Schatten des Hauptkommissars, der noch immer auf die Filialleiterin einredete. Wenn auch mit gedämpfter Lautstärke.

»Bitte!«

»Also gut. Ihr versteckt euch. Ich zähle bis zwanzig und suche euch dann. Einverstanden?«

»Bis zehn. Das reicht.«

»Von mir aus. Dann bis zehn. Also los!«

Die beiden Jungen nickten und stoben auseinander. Er stand wieder allein hinter dem Regal und hinter dem geheimen Wissen der Schamanen, das dank der Erfindung des Buchdrucks nun nicht mehr länger als geheim angesehen werden konnte. Der Autor schien darauf zu setzen, dass die Schamanen nicht lesen konnten und von seinem Verrat nichts erfuhren.

Dollinger riskierte einen Blick, ohne auf Schamanen, Aromatherapie und Eigenurin zu achten. Schwerdtfeger hatte den zweiten Stock erreicht, ohne seine Gesprächspartnerin aus seinen Argumenten zu entlassen. Sie stritten sich jetzt leiser. Wahrscheinlich, weil viele Kunden auf dieser Etage stöberten. Linda Benedikt hatte ihm den Rücken zugewandt und fuchtelte mit den Armen in der Luft herum. Sie war deutlich kleiner als der Hauptkommissar, der wie immer einen langen Mantel und einen Hut trug. Doch die Proportionen täuschten. Benedikt hatte Normalgröße, Schwerdtfeger war ein Riese.

»He! Warum kommst du nicht?«

Der kleinere der beiden Jungen hatte sich wieder neben ihm eingefunden. Seine Wut war nicht zu übersehen.

»Kannst du nicht zählen? Soll ich es dir vormachen? Eins, zwei, drei …«

»Nein, ich kann zählen. Ich fang gleich an. Also los, versteck dich!«

»Erst musst du zählen!«

»Eins, zwei, drei, vier, fünf … zufrieden?«

Der Junge nickte, drehte sich um und rannte los.

Dollinger konnte sich wieder seiner Ermittlungsarbeit zuwenden. Der Riese hatte seinen Platz nicht verlassen, jedoch Linda Benedikt, die hinter einer Säule verschwunden war. Ab und zu flog ein gestikulierender Arm durch die Luft und bewies ihre Anwesenheit. Zu verstehen war weiterhin kein Wort. Immer wieder passierten Kunden die beiden und gingen in den dritten Stock oder kamen aus diesem.

»Spielverderber!«

Der größere der beiden Jungen sah ihn mit finsterer Miene an.

»Junger Mann, ich habe keine Zeit zum Spielen!«

»Du hast es aber versprochen! Lügner!«

»Sind denn deine Eltern noch immer nicht da?«

»Meine Mama sucht meinen Papa.«

Dollinger sah sich hilfesuchend um. Verborgen hinter einem Regal voller Ratgeber. Kunden, die nach Eltern oder zumindest suchenden Müttern aussahen, waren nicht in Sicht.

»Gut. Ich fang noch mal an zu zählen. Okay?«

»Versprochen?«

Dollinger nickte. »Eins, zwei, drei …«

Der Junge raste los und wäre fast mit einer jungen Frau kollidiert, die gerade noch ausweichen konnte.

»Sie sollten sich einen anderen Ort suchen, um mit Ihrem Enkel zu spielen!«, beschwerte sie sich. »Gehen Sie doch auf einen Spielplatz!«

Dollinger ignorierte sie. Schließlich war er nicht der Großvater des Jungen und spielte auch nicht. Unmittelbar über dem Eigenurin eines ihm unbekannten Autors linste er erneut durch das Regal. Schwerdtfeger und Benedikt waren verschwunden.

»So ein Mist!«

Nur zu gerne hätte er ein paar Informationen aufgeschnappt. Eines war jedoch klar. Schwerdtfeger war von Erlangen nach München geschickt worden. Aus welchen Gründen auch immer. Und er war ausgerechnet mit der Aufklärung von Beetschneiders Mord befasst. Dollinger sah auf die Uhr. Seine Tochter musste jetzt zur Vernehmung. Dafür war also Schwerdtfeger nicht zuständig. Immerhin. Der blieb ihr erspart.

»Zehn!«

Dollinger zuckte wie vom Blitz getroffen zusammen. Die Stimme gehörte keinem der beiden Jungen, sondern Schwerdtfeger, der sich hinter ihm platziert hatte.

»Ich gebe auf. Ich bin zu groß, um mich hier zu verstecken«, brummte der Hauptkommissar. »Und Sie? Sie geben besser auch auf. Im letzten Jahr, da hatten Sie Glück. Viel Glück. Ein zweites Mal werden Sie das nicht haben. Lassen Sie die Finger davon!«

»Wovon?«

»Dollinger! Ich weiß genau, warum Sie hier sind. Wegen Ihrer Tochter.«

Die beiden Jungen näherten sich. Aus ihren Gesichtern sprachen Wut und Enttäuschung.

»Du bist ein Lügner!«, empörte sich der Größere.

»Verzieht euch, ihr Zwerge!«, bellte Schwerdtfeger, dass sich einige Kunden zu ihm umdrehten. »Sonst zieh ich euch die Ohren lang!«

Das saß. Die beiden machten auf dem Absatz kehrt und verschwanden wortlos.

»Zurück zu Ihnen, Dollinger. Also, Sie mischen sich nicht ein. Verstanden? Das hier ist die große Stadt. Nicht ihre niedliche Provinz. Hier wird nach anderen Regeln gespielt. Sagen Sie das auch Ihrer Tochter.«

»Die Sie verdächtigen«, konterte Dollinger, der genau wusste, wen er da vor sich hatte.

»Quatsch! Blödsinn! Wer hat Ihnen denn diesen Bären aufgebunden? Wir ermitteln. Punkt! Dass wir Ihre Tochter befragen, gehört nun mal dazu. Die war nämlich zur Tatzeit am Tatort. Schon vergessen? Noch dazu nur ein paar Zentimeter vom Opfer entfernt. Was würden Sie in diesem Fall tun? Zunächst die Leute befragen, die auf der anderen Straßenseite standen? Oder den Taxifahrer an der nächsten Ecke? Also! Haben Sie sich nicht so. Sie wird das schon überleben. Ist ja Ihre Tochter.«

Der Hauptkommissar schnaufte wie ein Walross. Schweiß kroch unter seiner Hutkrempe hervor, seine blassrote Gesichtsfarbe wirkte ungesund, sein Blick zwar eindringlich, dominant, aber glasig.

»Das stelle ich ja gar nicht in Abrede, Herr Schwerdtfeger. Meine Tochter hat lediglich Sorge, dass der Polizei ein Fehler unterlaufen könnte.«

»Ein Fehler? Mir? Blödsinn!«

Sein Kopf schwoll an, die Farbe seines Gesichts verdunkelte sich, obwohl dies kaum mehr möglich schien.

»Nicht Ihnen persönlich. Der Polizei im Allgemeinen«, differenzierte Dollinger. »Ermittlungspannen passieren. Meine Tochter hat mich lediglich gebeten, ein bisschen aufzupassen. Nicht mehr und nicht weniger.«

»Sie und auf die Münchner Polizei aufpassen? Was für eine ungeheure Anmaßung! Was glauben Sie eigentlich, wer Sie sind? James Bond? Markus Söder?«

Dollinger fürchtete, der Hauptkommissar könnte gleich platzen.

»Bestimmt nicht. Sondern nur ein besorgter Vater. Und ich passe auch nicht auf die Münchner Polizei auf, sondern auf meine Tochter. Das ist ein großer Unterschied und hat nicht das Geringste mit Anmaßung zu tun.«

»Gut. Von mir aus. Wenn Sie das so sehen.«

Das Gesicht des Hauptkommissars beruhigte sich ein bisschen, schwoll aber nicht komplett ab. Schwerdtfeger zog ein riesiges, nicht mehr ganz sauberes Stofftaschentuch aus der Manteltasche und wischte sich den Schweiß ab.

»Aber passen Sie auf, dass Sie uns nicht in die Quere kommen. Dieser Mord war von langer Hand geplant und wurde professionell ausgeführt. Unser Täter ist einer von der ganz gefährlichen Sorte.«

»Dann kann es ja nicht meine Tochter sein«, bemerkte Dollinger mit gespielter Erleichterung.

»Sehr witzig, Dollinger. Wirklich. Sehr witzig. Sie scheinen meine Warnung nicht ernst zu nehmen. Diese Art Täter ist nicht zu unterschätzen. Denken Sie mal an das Gift. Das war ein Fanal, ein Zeichen, eine Mitteilung.«

»Wie ein Radieschen?«

»Lassen Sie den Quatsch! Sie wissen genau, was ich meine«, donnerte der Hauptkommissar und fuhr sich erneut mit dem schmutzigen Bettlaken durch das Gesicht. Dabei war die Buchhandlung klimatisiert.

»Haben Sie denn schon ... einen Verdacht?«, lehnte sich Dollinger aus dem Fenster.

»Das werde ich ausgerechnet Ihnen auf die Nase binden!«

»Linda Benedikt?«

»Das musste ja kommen. Die Story von dem verweigerten Honorar und dem anschließenden Streit. Die hat uns diese Fuchs auch erzählt. Alles halb so wild. Da sind sich zwei nicht grün, das ist alles. Die Fuchs wollte der Benedikt eins auswischen. Kein Honorar? Von wegen! Ist alles ordnungsgemäß überwiesen worden. Gleich am nächsten Tag. Von der Buchhaltung. Wie sich das gehört. Den Streit gab es allerdings schon, wenn auch keinen heftigen. Beetschneider war bloß sauer, weil der Benedikt die Bücher ausgegangen waren. Also: Vergessen Sie's!«

»Sie erwähnten das Gift. Was ist daran so außergewöhnlich?«

»Was ist denn das für eine Frage? Weil Mörder um Druckerschwärze in der Regel einen großen Bogen machen. Ein schwerer Fehler. Vielleicht sein einziger. Den Laden haben wir nämlich bald, in dem er das Zeug gekauft hat.«

»Er hat es gekauft?«

»Was glauben Sie denn, Sie Landei? Auch auf die Gefahr hin, mich zu wiederholen: Dies ist die große Stadt! Hier kann man alles kaufen. So, und jetzt muss ich unsere kleine Plauderei leider beenden. Ich bin nämlich kein Pensionär. Tag auch.«

»Auch wenn ich einer bin«, stellte sich ihm Dollinger in den Weg. »Ich bin da zufällig auf etwas gestoßen. Diese Druckerschwärze ...«

»Dollinger! Ich verstehe Sie ja. Sie wollen Ihre Tochter be-
schützen. Aber bitte sparen Sie sich Ihre Ratschläge und überlassen Sie die Ermittlungen diesmal mir. Am besten, Sie rufen Ihre
Tochter gleich mal an. Meine Kollegen müssten mit den Vernehmungen fertig sein. Es waren heute übrigens alle Verlagsmitarbeiter einbestellt, Hausmeister und Putzfrau inklusive. Der
Mörder, das sage ich Ihnen, kommt aus dem Verlag. Er hat jedes
Detail der Party gekannt, den ganzen Ablauf. Nein, das war niemand von außen. So, und jetzt gehen Sie mit Ihrer Tochter ein Eis
essen und fahren wieder nach Hause. Ins idyllische Biberbach.«

Schwerdtfeger tippte mit zwei Fingern an seinen Hut, sah
ihn mürrisch an, drehte sich um und wankte auf den Fahrstuhl
zu, der sich bereitwillig öffnete, als hätte er den Riesen kommen sehen. Dollinger blieb bei Kräutereinläufen und Vollkorn-
kreisen zurück.

»Wie kriege ich meine Emotionen in den Griff, wenn ich
auf Schwerdtfeger treffe? Das könnte ich gebrauchen. Aber ich
fürchte, diesen Ratgeber muss ich selbst schreiben.« Er wollte
sich gerade in den dritten Stock begeben, als eine Durchsage
ertönte.

»Liebe Kunden! Wir bitten Sie für einen Augenblick um
Ihre Aufmerksamkeit! Der kleine Ben und der kleine Leon
warten an der Kasse im Erdgeschoss auf ihre Eltern. Liebe Eltern von Ben und Leon, melden Sie sich bitte umgehend an der
Kasse im Erdgeschoss! Danke!«

Dollinger zuckte mit den Schultern und stieg die Treppe
zum dritten Stock hinauf. Erst oben kamen ihm Zweifel an seinem Vorhaben. Die Filialleiterin musste eine harte Nuss sein.
Immerhin hatte sie es mit Schwerdtfeger aufnehmen können.
Und der war nun wirklich nicht leicht zu beeindrucken. Und
der heftige Streit nach Beetschneiders Lesung hatte sich sowie-

so in Luft aufgelöst. Seine Schritte wurden zögerlicher. Nach dem zweiten oder dritten Regal, die wie Raumteiler aufgestellt waren, blieb er stehen. Reiseliteratur. Ostfriesland. Ostberlin. Osttirol. Ostwestfahlen.

Vielleicht hatte Schwerdtfeger ja Recht. Er sollte selbst seine Tochter anrufen. Obwohl abgemacht war, dass sie sich nach der Vernehmung melden sollte. Während er noch nach einer Entscheidung suchte, wurde er auf eine Stimme aufmerksam, die er schon gehört hatte. Der sonderbare Summton von Linda Benedikt.

Es war ruhig im dritten Stock. Er konnte nur zwei Kunden ausmachen, deren Nasen tief in Büchern steckten. Nach wenigen leisen Schritten erreichte er den Nahen Osten und ging hinter Syrien in Stellung. Zwei Regale von ihm entfernt befand sich ein Informationsschalter in Form einer etwa zwei Meter langen Theke im Buchdesign, wobei der Buchrücken die Thekenplatte bildete. Dollinger war von dieser Idee spontan beeindruckt. Und dann auch noch die tolle Anspielung auf den Namen der Kette: *BigBook*. Da hatte jemand Fantasie. Darauf musste man erst einmal kommen.

Hinter dem Buchrücken sprach Linda Benedikt mit einer Angestellten. Eigentlich flüsterten sie mehr, denn trotz der Stille verstand Dollinger nur Wortfetzen.

»... dreimal blöde Beetschneider ... in Teufels Küche ... und die lass besser auch verschwinden ... nein, bloß das nicht ... Beetschneider ... nein, mach das bitte selbst ... Beetschneider ... einen neuen Job suchen ... ja, die Polizei ... «

Die beiden Frauen gestikulierten, als wollten sie in einer Charaderunde Ventilatoren pantomimisch darstellen.

»... war ich doch bei blv ... die Fuchs, ja die Fuchs ... kein Wort ... «

Dollinger wagte sich bis nach Bagdad vor. Es wurde spannend.

»… ein penetranter Typ, dieser Kommissar. Der lässt nicht so schnell locker. Wir müssen unbedingt noch heute die restlichen …«

»Liebe Kunden! Wir bitten Sie für einen Augenblick um Ihre Aufmerksamkeit! Der kleine Ben und der kleine Leon warten noch immer an der Kasse im Erdgeschoss auf ihre Eltern. Liebe Eltern von Ben und Leon, melden Sie sich bitte umgehend an der Kasse im Erdgeschoss! Danke!«

Dollinger rollte mit den Augen. Als er nach der Durchsage zur Buchtheke sah, waren die beiden Frauen verschwunden. Hinter dem gigantischen Buch entdeckte er eine Bürotür. Er kehrte dem Nahen Osten den Rücken und wurde wieder zum normalen Kunden. Einem Kunden, der dringend Hilfe benötigte. Doch die Infotheke blieb verwaist. Da half auch die Glocke nichts, auf die er mehrmals seine Handfläche fallen ließ. Das Leben fand hinter der Bürotür statt. Kartons wurden verrückt, Kisten bewegt, Fächer geleert, Papiere auf den Boden geworfen. So klang es zumindest.

Das Smartphone. Farina. Schon nach dem zweiten Klingeln wischte Dollinger über den grünen Button.

# 7

»Zu wem möchten Sie bitte?«

»Zu Farina Dollinger. Ich bin ihr Vater.«

»Sie sind der Privatdetektiv?«, stellte die Empfangsdame bewundernd und mit großen, runden Augen fest.

Dollinger fühlte sich geschmeichelt und nickte mit einem sanften Lächeln.

»Kennen Sie den Weg?«

»Selbstverständlich«, antwortete er, als wäre er schon oft im Verlag gewesen. Dabei war es erst sein zweiter Besuch.

»Dann gehen Sie einfach durch, Herr Dollinger.«

»Danke.«

Sein Weg führte ihn an dem offenen Büroplatz von Carla Naber vorbei, die für die Öffentlichkeitsarbeit des Verlags zuständig war. Eine Gelegenheit, die er sich nicht entgehen lassen konnte. Er bog also nicht nach links in den endlos langen Flur ab, sondern hielt direkt auf sie zu. Eine junge Frau um die Dreißig mit langem, brünettem Haar und einer selten großen Brille im Ufo-Design der sechziger Jahre. Als er bei ihr eintraf, beendete sie gerade ein Gespräch und legte den Telefonhörer aus der Hand.

»Herr Dollinger?«

Offenbar war er bekannter, als er gedacht hatte.

»Woher wissen Sie …«

»Von Ihrer Tochter. Und von Frau Fuchs. Ich finde es sehr gut, dass Sie eigene Untersuchungen durchführen.«

Dollinger reichte Ihr die Hand und übernahm dankbar das von ihr eröffnete Thema.

»Warum finden Sie das gut?«

»Na, weil die Kripo davon überzeugt ist, dass der Mörder im Verlag zu suchen ist. Doch das ist völlig ausgeschlossen. Die haben uns gestern ganz schön zugesetzt. Einem nach dem anderen. Das wird Ihnen Farina ja schon ausführlich erzählt haben. Ich war jedenfalls hinterher völlig fertig. Das war für mich das erste Mal. Ich bin ja noch nie vernommen worden. Besonders hart war es aber für Julia. Sie wäre nun wirklich die Letzte, die ein Motiv gehabt hätte. Sie hat Beetschneider entdeckt und aufgebaut. Julia hat wahnsinnig viel Energie in ihn gesteckt. Und sie hat ihn sehr gemocht.«

»Gemocht oder geliebt?«, fragte Dollinger. »Wenn wir schon dabei sind.«

»Definitiv gemocht. Da ist nichts gelaufen. Das hätte ich gemerkt.«

»Verstehe«, sagte Dollinger. »Wurden Sie gestern gezielt nach Frau Semina gefragt?«

»Ja. Nach ihrer Arbeit, nach ihrer Beziehung zu Beetschneider und nach ihrem Privatleben. Aber ich kenne Julia nur oberflächlich. Als nette Kollegin aus dem Verlag. Ach ja, und nach Beetschneiders Frau haben sie gefragt.«

»Kennen Sie sie?«

»Nicht persönlich. Sie war früher ein paarmal zusammen mit ihrem Mann im Verlag. Wegen der Vertragsverhandlungen. Später ist sie nicht mehr mitgekommen. Ich bin ihr nie begegnet.«

»Und was war mit Ihnen? Was wollten die Ermittler von Ihnen persönlich wissen?«

»Alles, was die Gästeliste betrifft. Wer die Namen vorgeschlagen hat, wer abgesagt hat, wer einen Freund oder Partner mitgebracht hat. Nicht nur Sie haben noch Lücken, wie mir Farina erzählt hat. Die Kripo ist mit ihrer Liste auch noch nicht komplett. Die Frau mit Boa und Hut. Das Foto haben sie mir auch gezeigt. Aber ich habe keine Ahnung, wer das sein könnte.«

»Keine Frage zu einem Autor?«

»Nein, keine. Das hat mich auch gewundert. Dafür wollten sie wissen, ob ich etwas mit den Druckereien zu tun habe, die unsere Bücher drucken. Ob ich schon einmal dagewesen bin und ob ich dort jemanden kenne.«

»Die Druckerschwärze«, dachte Dollinger laut. »So stellen die sich das also vor. Das hat Farina gar nicht erzählt. Und? Waren Sie schon einmal dort?«

»Nein. Es hat auch noch nie einen Grund gegeben. Außerdem bin ich für die Presse zuständig. Ich organisiere Pressetermine, kümmere mich um die Buchmessen und organisiere Lesungen.«

Neben Dollinger wuchs plötzlich ein großer Schatten, der langsam über den Schreibtisch kroch.

»Schwerdtfeger!«, schoss es ihm durch den Kopf. Er drehte sich nach rechts und sah in ein Gesicht, das er nicht erwartet hatte.

»Grüß Gott, Frau Naber«, sagte Reinhold Messner und reichte ihr seine Hand. »Wie geht es Ihnen? Nach diesen schrecklichen Ereignissen? Das ist ja wirklich eine schlimme Sache.«

»Es geht schon, Herr Messner«, antwortete Naber. »Darf ich Ihnen Herrn Dollinger vorstellen. Ein privater Ermittler. Und der Vater einer unserer Lektorinnen.«

Dollinger spürte einen kraftvollen Händedruck.

»Das ist sicher eine gute Entscheidung«, sagte die Bergsteigerlegende, ein langjähriger Autor des Verlags. »Ich kann mir vorstellen, dass Frau Fuchs sehr viel daran liegt, dass der Mörder schnell gefasst wird. Allein aus Imagegründen. Haben Sie das schon gesehen?«

Messner legte seinen Aktenkoffer auf den Tisch, öffnete ihn, zog eine Boulevardzeitung heraus und entfaltete sie.

»Die habe ich gerade auf dem Flughafen gekauft.«

Vor allem die Unterzeile hatte es in sich.

**BLV-Mord**
**Wollte der Täter einen Verlagswechsel des Starautors
verhindern?**

Dollinger überflog den kurzen Text. Gerüchten zufolge, deren Herkunft das Blatt erwartungsgemäß verschwieg, hatte Beetschneider bereits geheime Verhandlungen mit zwei Verlagsriesen geführt. Angebote in Millionenhöhe hätten den Starautor zu diesem Schritt bewogen, behauptete der kurze Text, der überwiegend aus vagen Vermutungen bestand. Das für die Buchmesse im Oktober angekündigte Buch *Dicke Freunde – Selbstfindung zwischen Rot- und Weißkohl* sollte sein letztes für blv sein.

»Ist da etwas dran?«, fragte Messner und sah Naber an.

Die junge Frau machte ein versteinertes Gesicht. Sie war nicht ganz so schnell im Überfliegen wie Dollinger.

»Das muss ich sofort Rose zeigen!«

Naber zog Messner die Zeitung aus der Hand, sprang auf und verschwand mit schnellen Schritten im Flur.

»Das ist auch eine Antwort«, kommentierte Messner. »Haben Sie eine Ahnung, Herr …?«

»Dollinger. Nein, ich muss Sie enttäuschen. Meine Ermittlungen stehen erst ganz am Anfang. Kannten Sie eigentlich Beetschneider?«

»Wir sind uns ein paarmal auf der Buchmesse begegnet. Auf dem Stand von blv. Ein komischer Vogel, wenn Sie mich schon fragen. Ein … ein seriöser Hasardeur, falls es so etwas gibt. Und auf keinen Fall ein Esoteriker, wie viele meinen. Eher ein verstiegener Erfinder fantastischer Geschichten. Nur spielen diese nicht in Mittelerde, sondern in Gartenerde. Ich konnte allerdings nie etwas mit diesen Geschichten anfangen. Ich bin nun einmal fürs Konkrete.«

»Das kann ich mir denken«, bemerkte Dollinger.

»Eine Frage fehlt noch. Dann muss ich aber. Frau Fuchs erwartet mich. Sofern Sie die schlechten Nachrichten überlebt hat.«

»Welche Frage?«

»Warum ich nicht auf der Party war. Das ist doch bestimmt relevant für Sie?«

Dollinger nickte.

»Ich hatte einen wichtigen Pressetermin in Meran. Unaufschiebbar. Ich wäre natürlich sehr gerne gekommen. Aber ich habe ja gleich die Gelegenheit, Frau Fuchs persönlich zu gratulieren. Und Ihnen drücke ich die Daumen. Über hundert Gäste und nur ein Mörder. Ich beneide Sie nicht.«

Auch der zweite Händedruck war kraftvoll. Der Schatten löste sich von ihm und folgte Naber in den Flur. Trotz der überraschenden Begegnung hatte Dollinger keineswegs Achttausender im Kopf, sondern das Gerücht von der Titelseite. Jetzt folgte auch er dem Flur, klopfte jedoch nicht an die Tür seiner Tochter, sondern entschied sich spontan für eine andere.

»Ja, bitte!«

Er drückte die Klinke herunter und trat ein.

»Hätten Sie kurz Zeit für mich? Es dauert auch nicht lange.«

»Herr Dollinger! Kommen Sie rein! Natürlich habe ich Zeit für Sie!«, begrüßte ihn freudig Julia Semina, diesmal ohne Taschentuch, und kam ihm entgegen.

Blitzschnell taxierte Dollinger den Schreibtisch, konnte aber keine Zeitung ausmachen.

»Wie kann ich Ihnen helfen? Haben Sie schon eine Spur?«

»Das ist schwer zu sagen«, gestand er ein. »Aber Sie können mir vielleicht weiterhelfen.«

»Gerne«, lächelte sie und hatte nichts mehr mit der Frau gemein, die Dollinger am Montag getroffen hatte. Der Schmerz schien verflogen. Oder sie war nun in der Lage, ihn zu überspielen. Ihre Augen, ihr Gesicht wirkten erholt und ausgeschlafen.

»Ich habe eine indiskrete Frage.«

»Nur zu.«

»Es gibt größere Verlage als blv«, sagte Dollinger.

Die Lektorin lachte kurz auf.

»Ich weiß, auf was Sie anspielen. Natürlich gibt es größere Verlage als blv. Weitaus größere sogar. Aber das ist nicht entscheidend. Wenn es das wäre, gäbe es ja nur noch ein paar Konzerne. Nein, entscheidend sind andere Faktoren.«

»Als da wären?«

»Zum Beispiel der Heimatfaktor. So nenne ich das. Ein Verlag sollte einem Autor eine Heimat bieten. Er soll sich zu Hause fühlen. Gut betreut, gut lektoriert, gut beraten.«

»Verstehe«, sagte Dollinger langsam und bedachte sie mit einem skeptischen Blick.

»Ich glaube nicht, dass Hektor vorhatte, uns zu verlassen. Er war hier wirklich zu Hause. Er war unser Autor und wäre es auch immer geblieben. So wie andere auch. Bei uns ist er gewachsen, bei uns ist er zum Star geworden. Wir sind seine Familie ... gewesen. Natürlich hat ihm die Konkurrenz Avancen gemacht. Spätestens nach seinem dritten Buch. Das ist doch völlig normal. Aber es hat ihn nicht interessiert.«

»Gut. Wie war die Vertragslage? Eine langjährige Bindung, nehme ich an?«

»Tut mir leid. Das sind Interna, die ich Ihnen nicht verraten darf. Das müssen Sie verstehen. Sie können höchsten Frau Fuchs fragen. Aber erhoffen Sie sich da nicht zu viel. In diesen Dingen ist sie sehr eigen.«

»Wissen Sie zufällig, ob die Polizei nach diesen Dingen gefragt hat?«

»Nein«, antwortete Semina leicht verunsichert. »Die haben mich gestern über die Kollegen ausgefragt. So wie alle. Und nach unseren Druckereien.«

»Das kann sich im Laufe des Tages noch ändern«, prophezeite Dollinger. »Die Presse glaubt nämlich, dass Beetschneider blv den Rücken kehren wollte und er deswegen ermordet wurde.«

»Was?!«

Seminas Wangen liefen rot an, wenn auch nicht auf dem Niveau von Schwerdtfeger.

»Das war bestimmt der Ochsenberger! Im *Münchner Blitz*! Stimmt's?«

»Ochsenberger?«

»Gustl Ochsenberger. Chefredakteur dieses Gossenblattes. Der hat den Hektor vom ersten Tag an mit Schmutz beworfen. Und jetzt auch noch nach seinem Tod«, sagte Semina wütend. »Das sind Lügen und Unterstellungen. Nichts weiter.«

»Vielleicht liegt da irgendwo eine Leiche im Keller? Beetschneider war doch Journalist?«

»Nein, nein. Das hätte er mir erzählt. Und für solche finsteren Blätter hat er ja nie geschrieben. Nur für Fachmagazine. Der Ochsenberger ist einfach nur ein großes …«

»Das mag ja alles sein, aber er bestätigt die Annahme der Polizei, dass das Motiv im Verlag zu suchen ist«, stellte Dollinger fest.

»Ich weiß, die haben sich auf uns eingeschossen. Aber das ist Unsinn. Niemand von uns war hinten im Cateringzelt. Nur Theresa und Ihre Tochter. Und die bringen nun wirklich niemanden um. Die hatten doch nie etwas mit Hektor zu tun. Diese Idee ist völlig abwegig. Haben Sie schon mit Kurzmann gesprochen?«

»Noch nicht. Erst am Nachmittag. Sein Verlag hat mir einen Termin vermittelt. War gar nicht so einfach«, antwortete Dollinger.

»Passen Sie bloß auf. Gehen Sie dem nicht auf den Leim. Der ist mit allen Wassern gewaschen. Ich wette, der sieht jetzt seine große Chance. Wenn einer von Hektors Tod profitiert, dann ist er das.«

Es klopfte und fast gleichzeitig wurde die Tür geöffnet.

»Hier bist du! Hab ich es mir doch gedacht!«, sagte Farina vorwurfsvoll. »Du wolltest doch um zehn Uhr bei mir sein?«

»Danke für Ihre Zeit«, verabschiedete sich Dollinger von Julia Semina und wandte sich seiner Tochter zu, die ihn aus dem Büro zog.

»Langsam, langsam. Was gibt es denn so Dringendes?«, wehrte sich Dollinger auf dem Flur.

»Weißt du, wer gerade angerufen hat? Dein Schwerdtfeger!«

»Das ist bestimmt nicht mein Schwerdtfeger! Also gut, was will er?«

»Er will alleine mit mir reden. Nicht in seinem Büro, sondern in einem Café. Gleich nach der Arbeit. Ein inoffizielles Gespräch unter vier Augen. Was hältst du davon?«

»Schwer zu sagen«, grübelte Dollinger. »Hast du zugestimmt?«

»Was sollte ich denn machen?«

»Ist schon in Ordnung. Aber pass auf. Versprich es mir. Überleg dir jedes Wort.«

»Und noch etwas«, flüsterte Farina. »Für morgen hat sich Griseldis von Greifenstein angekündigt. Ich habe es zufällig gehört. Die Tür von der Fuchs war nicht geschlossen. Julia soll nichts davon erfahren. Die beiden mögen sich nämlich nicht besonders.«

»Wer ist Griseldis von Greifenstein?«, fragte Dollinger. »Klingt nach Hedwig Courths-Mahler.«

»Beetschneiders Frau. Sie will mit der Fuchs sprechen. Aber nur mit ihr.«

**8** Nicht nur Farina saß an diesem Nachmittag in einem Café, sondern auch Dollinger. Er wartete indes nicht auf einen Hauptkommissar, sondern auf einen Autor. Der aber ließ ihn warten.

»Noch einen Espresso bitte!«

Dollinger sah auf die Uhr, ohne nervös zu werden. Er hatte Zeit und kannte das Verhandlungsgeschäft. Eine von vielen Taktiken war die gezielte Verspätung. Mit ihr wurde etwa signalisiert, dass der vorangegangene Termin wichtiger gewesen war. Er hatte schon Verhandlungspartner erlebt, die unmittelbar nach ihrem verspäteten Eintreffen ihr kleines Zeitfenster betonten und bereits den nachfolgenden Termin ankündigten. Der war natürlich ebenfalls äußerst wichtig. So wurde Druck aufgebaut, der zu Fehlern führen konnte. Aber wahrscheinlich hatte sich Kurzmann einfach nur verspätet. Also trank Dollinger in Ruhe seinen Espresso und beobachtete die Gäste. Eine seiner Lieblingsbeschäftigungen. Es gab kaum eine so fantastische Bühne wie ein Café, auch wenn die meisten Darsteller reine Amateure waren. Wie etwa der hagere Mann mit der gelangweilten Miene, der direkt auf ihn zukam.

»Herr Dollinger?«

Vor ihm stand ein Mann Ende vierzig, der jedoch jünger wirkte. Besonders auffällig war sein langes, braunes Haar, das er als Pferdeschwanz trug. Enge, blaue Jeans, weißes Hemd, schwarzes Jackett. Dazu ein leicht aufdringliches Parfüm. Dollinger nickte.

»Simon Kurzmann.«

»Bitte, setzen Sie sich. Ich freue mich, dass Sie dieses Treffen einrichten konnten«, begrüßte er ihn so freundlich wie möglich. »Darf ich Ihnen etwas bringen lassen?«

»Einen Espresso«, antwortete Kurzmann mürrisch.

Dollinger winkte der Kellnerin und gab die Bestellung auf.

»Damit keine Missverständnisse aufkommen: Ich bin nur gekommen, weil Sie bei Dr. Hauskötter im Verlag angerufen haben, der auf diesem Treffen bestanden hat.«

»Dann habe ich ja mit dem richtigen Mann gesprochen«, sagte Dollinger und gab den Souveränen und Gelassenen. Wozu war er auf einer Bühne? »Zucker?«

»Machen wir es kurz«, begann Kurzmann ohne Umschweife. »Ich war nicht auf der blv-Feier. Selbst, wenn sie mich eingeladen hätten, wäre ich nicht gekommen. Es sei denn, ich hätte geahnt ... Egal. Ich war am Samstag in der *Unterfahrt*, einem stadtbekannten Jazzclub, und habe mir Barbara Dennerlein angehört, falls Ihnen das etwas sagt. Mit anderen Worten: Ich habe Beetschneider nicht ermordet.«

Dollinger schlürfte an seiner längst leeren Espressotasse und ließ sich Zeit.

»Ein Motiv hätten Sie aber gehabt.«

»Allerdings«, gab Kurzmann unumwunden zu und leerte seine Tasse in einem Zug. »Dieser Beetschneider, Gott hab ihn selig – oder auch nicht –, hat mir meine Themen, meinen Stil, meine Identität und meine Leser geklaut.«

»Das sagen Sie. Die Richter sehen das ganz anders.«

»Juristen. Die haben doch keine Ahnung von Stil. Sie brauchen nur deren Texte zu lesen. Unästhetisch, unverständlich und borniert. Ein sprachlicher Supergau. Wie sollen die beurteilen, was dieser Beetschneider sich da hat einfallen lassen.«

»Gar nicht. Das haben sie Gutachtern überlassen. Namhaften Linguisten und Germanisten. Und die verstehen etwas von Sprache und Stil«, konterte Dollinger fast grinsend. »Oder hat Prof. Dr. Erwin Spengler auch keine Ahnung?«

»Sie haben Ihre Hausaufgaben gemacht«, zollte ihm Kurzmann eine kleine Dosis Anerkennung. »Aber ganz so einfach ist das nicht. Selbstverständlich hat Beetschneider meine Texte nicht wörtlich übernommen. Da gehe ich mit den Experten völlig d'accord.«

Kurzmann rückte den Stuhl näher an den Tisch heran und verringerte die Distanz zu Dollinger.

»Er hat meine Ideen übernommen, Herr Dollinger. Übernommen und fast bis zur Parodie verzerrt und aufgeblasen. Aus einem Radieschen hat er einen Kohlkopf gemacht und aus einem Kohlkopf einen Kürbis. Das ändert aber nichts an der Tatsache, dass er sich bei mir bedient hat. Ich habe den Weg bereitet, den er dann beschritten hat. Ich zeige Ihnen mal etwas.«

Kurzmann fingerte einen Briefumschlag aus der rechten Innentasche seines Jacketts. Aus dem Umschlag zog er einen ausgeschnittenen Zeitungsartikel, den er vorsichtig entfaltete und ihm reichte. Er hatte sich also vorbereitet.

»Sie brauchen nur die Überschrift zu lesen. Eigentlich nur dieses eine Wort«, sagte er und nahm seinen Zeigefinger zu Hilfe. Aber auch ohne diesen war Dollinger bereits auf das Wort gestoßen. Blumenversteher. So hatte ein Kritiker den Mann mit dem Pferdeschwanz vor mehr als zehn Jahren getauft. Kurzmann, der Blumenversteher.

»Es war also ursprünglich Ihr ... Künstlername«, stellte Dollinger verwundert fest.

»Gut kombiniert, Herr Privatdetektiv. Sogar den hat er sich angeeignet. Dank guter Freunde bei der Presse. Beetschneider war Journalist. Vergessen Sie das nicht. Von einem Tag zum anderen war ich diesen Titel los und er ließ ihn auf seine Plakate drucken. Hier. Sehen Sie mal.«

Kurzmann zog noch etwas aus dem Umschlag. Eine Visitenkarte von Beetschneider, die als Beruf Autor & Blumenversteher angab.

»So war das. Mit allem, was ich gemacht und gedacht und geschrieben habe. Der hat mich ausgezogen bis aufs Hemd. Ganz egal, was in den Gerichtsurteilen steht. Na, ist das ein Motiv?«

»Das beste bisher«, stimmte ihm Dollinger zu. »Eigentlich müssten Sie der Täter sein.«

»Da habe ich aber Glück, dass die *Unterfahrt* am Samstag so gut besucht war«, konstatierte der Autor, dem Beetschneider offenbar die Arroganz gelassen hatte.

Dollinger ignorierte das Alibi und visierte ein neues Ziel an.

»Bestimmt sind Sie dem Mörder jetzt dankbar, denn er gibt Ihnen alles zurück. Auf einen Schlag. Oder wie Sie sagten, von einem Tag zum anderen.«

»Guter Mann, wirklich. Blv hat einen guten Mann geschickt«, schüttelte Kurzmann grinsend den Kopf. »Ja, aber genauso ist es. Der Mörder hat mir mein Leben zurückgegeben. Klingt melodramatisch. Nach französischem Film. Aber auch diesmal ist es wieder nicht ganz so einfach. Oder glauben Sie allen Ernstes, ich könnte jetzt schnell mal Beetschneiders

Platz einnehmen? Mir Blumenversteher auf meine Visitenkarten und Plakate drucken lassen und sein Werk, das eigentlich meines ist, erfolgreich fortsetzen?«

»Nein, so naiv bin ich nicht«, erwiderte Dollinger. »Die Kritiker und vor allem die Fans würden Ihnen das verdammt übel nehmen.«

»Guter Mann! Bravo! Als Erbschleicher und Grabräuber werden die mich anprangern. Als herzlosen Profiteur seines gewaltsamen Todes. Und wer so etwas macht, der ist alles andere, nur bestimmt kein einfühlsamer Blumenversteher.«

»Dieses Image muss man aber haben, will man oben auf die Bestsellerlisten«, ergänzte Dollinger.

Der Autor riss seine Augen auf. Beugte sich vor und wies mit dem Zeigefinger auf ihn: »Image. Das ist der Punkt. Volltreffer!«

»Was werden Sie jetzt machen?«

»Weiter meinen Weg gehen und meine Bücher schreiben. Ich werde also nichts ändern, aber hoffen, nun anders wahrgenommen zu werden«, erklärte Kurzmann wie auf einer Pressekonferenz. »War's das?«

»Noch nicht ganz. Haben Sie all das auch der Polizei erzählt?«

»Kein Wort. Bis jetzt haben die jedenfalls kein Interesse an mir. Wahrscheinlich, weil ich nicht auf der tollen Party war. Schade eigentlich. Da habe ich ja echt etwas verpasst. Zufrieden?«

»Danke. Danke, dass Sie kommen konnten«, sagte Dollinger, der noch immer den Gelassenen gab.

Über Kurzmanns Gesicht huschte ein kurzes Lächeln. Ohne weitere Geste stopfte er den Zeitungsausschnitt und die Visitenkarte zurück in den Umschlag, schob seinen Stuhl nach hinten, stand auf, drehte sich um und verließ das Café.

Dollinger bestellte sich ein Wasser und ließ das Gespräch Revue passieren. Der Auftritt von Kurzmann verdiente Respekt. Umso erstaunlicher, dass er Beetschneider nicht hatte das Regenwasser aus der Sammeltonne reichen können. Eine Erklärung fiel ihm aber nicht schwer. Kurzmann fehlte es nicht an Chuzpe, es fehlte ihm an Charisma und Aura. Der Auftritt gerade war eine billige Show gewesen und ebenso wenig überzeugend wie seine Argumentation. Denn der Markt, den Dollinger gut kannte, wenn auch von anderen Produkten her, gehorchte keineswegs simplen, mechanischen Gesetzen. Vieles war eine Frage der richtigen PR, der richtigen Strategie und des richtigen Zeitpunkts. Dollinger war sich sicher, dass auch Kurzmann und dessen Verlag das wussten. Die Zeit arbeitete seit dem Mord für sie.

Als er gezahlt hatte, meldete sich sein Smartphone. Farina hatte ihren Cafétermin ebenfalls überstanden.

»Warte dort. Ich hole dich ab. Du kannst mir den Tatort zeigen.«

Er hatte sich an diesem Tag für das Auto entschieden, um schneller beim Verlag zu sein. Eine Viertelstunde nach dem Anruf stieg seine Tochter zu ihm in den Wagen.

»Alles klar bei dir?«

»Ja«, antwortete Farina. »Dieser Schwerdtfeger war sogar sehr nett.«

»Bist du sicher, dass es Schwerdtfeger war? Groß, breit, riesig, schwitzig? Mit Hut?«

»Genau der. Guck nach vorne auf die Straße, Papa!«

Dollinger musste auf die Bremse treten, weil vor ihm die Bremslichter eines Kleinbusses aufleuchteten.

»Schnarchzapfen! Der hat doch gar kein Hindernis vor sich!«

»Das ist aber noch lange kein Grund, ihn von hinten zu rammen, Papa!«

»Egal. Also, was wollte Schwerdtfeger von dir?«

»Mich kennenlernen.«

»Dich kennenlernen?«, wiederholte Dollinger irritiert.

»Ja. Wir haben uns ja noch nie gesehen. Die Vernehmungen haben doch seine Kollegen durchgeführt.«

»Aber er hat dir doch bestimmt auch Fragen gestellt?«

Dollinger begann, sich Sorgen zu machen. Denn er war dem Hauptkommissar schon oft genug begegnet.

»Das hat er natürlich, Papa. Ich sollte ihm Schritt für Schritt noch einmal den Tathergang schildern.«

»Suggestivfragen? Hat er dich zu bestimmten Aussagen gedrängt? Hat er dir etwas in den Mund gelegt?«

»Nein, Papa. Er hat mich nur erzählen lassen, was ich auch getan habe. Er war sehr nett und es hat auch nicht lange gedauert.«

»Der muss einen Zwillingsbruder haben, einen Klon, einen Doppelgänger«, raunte Dollinger. »Wir sind da.«

Mit einem sonderbar flauen Gefühl im Bauch, dass er dem Hauptkommissar zu verdanken hatte, betrat er das Gebäude, in dem der Verlag untergebracht war. Ein moderner, mehrstöckiger Bürobau, den auch andere Firmen nutzten. Der Eingang und das Foyer bildeten einen tunnelartigen Durchgang zu einem großen Innenhof, der von weiteren Büroräumen umgeben war. Ein grüner, ein freundlicher Innenhof, den man nicht mit einem Mord in Verbindung brachte. Wären da nicht die gelben Flatterbänder der Polizei gewesen, die den Tatort und die inzwischen schon etwas blasse Kreideleiche vor Neugierigen schützen sollten. Unweit der Stelle, an der Beetschneider zusammengebrochen war, aber außerhalb der Flatterbänder, hatten Fans Blumen und Gemüse aufgeschichtet, gespickt mit Briefen und Autogrammkarten. Trotz der Trauer, von der Kohlköpfe, Porree und Radieschen kündeten, musste Dollinger schmunzeln. Wegen der Kohlköpfe.

»Lass das, Papa!«, schimpfte Farina. »Ich weiß genau, was du denkst. Aber das ist nicht komisch. Und das eine sage ich dir: Da gehe ich nicht hin. Keinen Meter weiter.«

»Das brauchst du auch nicht«, beruhigte sie Dollinger. »Aber die Zelte kannst du mir doch zeigen, oder?«

»Ja, das geht. Das ist ja weiter hinten«, antwortete sie, machte einen großen Bogen um die Kreideleiche und führte ihn zu den Cateringzelten, die ebenfalls von Flatterbändern geschützt wurden. Aber die Dollingers ignorierten die Absperrung.

»Vegetarisch und vegan links, Fisch und Fleisch rechts. Eine ganze Horde von Spurensuchern in weißen Overalls hat das Büfett und die Zelte untersucht. Zentimeter für Zentimeter. Carla hat erzählt, dass sie sogar den Boden mit einer besonderen Lampe abgesucht haben.«

»UV-Licht«, vermutete Dollinger. »Das macht Blut auch nach langer Zeit sichtbar.«

»Die Spritze!«, sagte Farina.

»Irgendwo muss ihm die ja verpasst worden sein. Und vielleicht hat sich dabei ein kleiner Tropfen Blut selbständig gemacht. Ganz so glatt ist das bestimmt nicht abgelaufen. Trotz der Routine, die der Mörder im Spritzen haben muss. So, und jetzt lass uns das mal rekonstruieren. Wo hast du gestanden, als du die merkwürdigen Laute gehört hast?«

Farina umrundete erneut die Kreideleiche und führte ihren Vater zur Bar, die bereits abgebaut worden war. Kreidestriche markierten ihren Standort.

»Hier«, sagte sie. »Und die Fuchs stand dort. Hinter ihr war niemand mehr. Du hast doch unseren Plan.«

Dollinger stellte sich neben seine Tochter und starrte nachdenklich auf die beiden Zelte, die bei Tageslicht sofort ins Auge fielen.

»Ich habe das Stöhnen auch nur gehört, weil die Fuchs ihre Rede gehalten hat und es sonst ziemlich ruhig war.«

»Wo war Beetschneider vorher?«

»In der Menge. Zwischen den Gästen. Irgendwo. Ich habe nicht auf ihn geachtet. Das hat mich die Polizei bestimmt fünfmal gefragt. Ich weiß es einfach nicht.«

Erst jetzt zog Dollinger das gefaltete Poster aus einem C4-Umschlag und schlug es auf. Den Umschlag reichte er seiner Tochter.

»Sie wissen es auch nicht. Die Zahl der Zeugen ist einfach zu groß. Da sagt jeder etwas anderes, da meint jeder einen anderen Zeitpunkt. Das lässt sich einfach nicht … synchronoptisch erfassen. Ich hoffe, das ist das richtige Wort. Du weißt schon, was ich meine.«

Das Poster in der Hand, marschierte er mehrmals kreuz und quer durch den Innenhof und kehrte schließlich zu seiner Tochter zurück.

»Er ist nicht erst kurz vor dem Mord nach hinten gegangen, sondern viel früher. Nach dem Ende der Begrüßungsorgie. Er war schon da, bevor es überhaupt um die Rede ging. Er ist durch die Meute hindurch und einfach weiter nach hinten«, raunte Dollinger.

»Das würde ja bedeuten …«, hauchte Farina.

»Genau. Beetschneider war mit seinem Mörder verabredet. Er wurde nicht nach hinten in eines der Cateringzelte gelockt, er ist dort hingegangen, weil er dort jemanden treffen wollte.«

»Daher haben die auch keinen Anruf auf seinem Handy gefunden«, schloss Farina.

»Woher weißt du …?«

»Schwerdtfeger.«

»Gut. Von mir aus«, murrte Dollinger. »Der Mörder hatte zwei Möglichkeiten. Entweder hat er das Begeisterungschaos von Beetschneiders Auftritt genutzt, um sich nach hinten zu verdrücken. Oder …«

»… er war schon da. Er war die ganze Zeit da«, vollendete Farina den Gedanken.

Dollinger lächelte und ging zu den Zelten. Die Suche nach einer Tür erübrigte sich, denn sie war groß genug und nicht zu übersehen.

»Wohin führt die?«

»In den hinteren Teil des Gebäudes. Zu weiteren Büros. Und zu einem Hinterausgang«, erklärte Farina.

»Schade um die viele Arbeit«, kommentierte Dollinger.

»Das verstehe ich nicht.«

»Die Grafik. Der Plan. Ich wette, der Mörder ist durch diese Tür gekommen. Er hat sich nicht durch die Meute gequält, er hat hier gewartet und Beetschneider erwartet. Doch statt Geld, Informationen, Küsschen, Drogen oder etwas anderem gab es die Giftspritze. Wollen wir wetten? Er hat sich auf die Lauer gelegt und Beetschneiders Ankunft genutzt, um sich in den Innenhof zu schleichen. Nach der Tat ist er sofort wieder weg. Als Beetschneider auf euch zugetaumelt ist, war der längst wieder verschwunden. Ein perfektes Timing. Er war nur ein paar Minuten hier. Vielleicht nur zwei oder drei Minuten. Nicht länger. Minimales Risiko. Vielleicht ist er anschließend sogar ums Haus gejoggt und vorne als neuer Gast eingetroffen, während Beetschneider zusammengebrochen ist.

Oder als alter, der nur kurz mal austreten oder telefonieren war.«

»Okay. Wir brauchen also alle, die hinten gestanden haben«, lächelte Farina. »Die Grafik hat sich also doch gelohnt!«

»Sofern ich richtig liege. Aber mir ist da noch ein anderer Gedanke gekommen«, sagte Dollinger.

**9** »Kommen Sie rein«, sagte Rose Fuchs. »Sie hat keine Einwände.«

Dollinger bedankte sich und betrat mit seiner Tochter das Büro der Verlagsleiterin. Vor dem Flugzeugträger erwartete sie eine Frau in Schwarz. Hatte Dollinger am Montag noch geglaubt, dass sich das Trauer-Outfit von Fuchs nicht so leicht toppen ließe, so wurde er nun eines Besseren belehrt. Zumindest für ihn sah es so aus. Denn Beetschneiders Witwe trug ein perfekt sitzendes, samtschwarzes, asymmetrisch geschnittenes Kostüm, schwarze Strümpfe, schwarze Stöckelschuhe, schwarze Handschuhe und einen kleinen, flachen, schwarzen Hut mit einem winzigen, schwarzen Schleier. Es war eher die Andeutung eines Schleiers. Der korrespondierte still mit ihrem dunklem Haar und ihren großen, dunklen Augen. »Long Cool Woman in a Black Dress«, kam ihm spontan in den Sinn, ein Song der *Hollies* aus den frühen siebziger Jahren. Als wäre er für sie geschrieben worden.

»Griseldis von Greifenstein«, stellte Fuchs ihren Gast vor, um ihn anschließend im Gegenzug mit Dollinger und seiner Tochter bekannt zu machen. Wieder war Dollinger kurz vor dem Handkuss, hielt sich dann aber doch zurück.

»Mein Beileid«, fügte er schnell noch hinzu.

»Frau Fuchs hat mir berichtet, dass Sie Ihrer Tochter beistehen und dem Mörder bereits auf der Spur sind. Meinen Respekt. Und Sie, Fräulein Dollinger, beglückwünsche ich zu so einem Vater«, sagte die schöne Witwe mit einer sanften, dunklen Stimme. »Ich würde mich über einen schnellen Erfolg sehr freuen und beantworte Ihnen natürlich gerne ihre Fragen.«

»Frau von Greifenstein hat allerdings nicht allzu viel Zeit«, schritt die Verlagsleiterin ein und verkleinerte das Zeitfenster. »Sie muss noch heute zurück nach Salzburg.« Auch verzichtete sie darauf, ihren Gästen einen Platz anzubieten.

Die dunklen Augen der schwarzen Witwe besaßen etwas Magisches, das Dollinger zu fesseln begann. Ein liebevoller Fußtritt seiner Tochter verlieh ihm wieder Handlungsfähigkeit.

»Ein paar Fragen. Ja, … gut, … die haben wir natürlich«, begann er. »Fangen wir mit dem Klassiker an. Äh … wo waren Sie …?«

»In der Galerie *Landuris*«, unterbrach ihn Griseldis von Greifenstein und reichte ihm eine Zeitungsseite, die auf der riesigen Tischplatte bereitgelegen hatte. »Wenn Sie sich das einmal ansehen würden. Der Polizei liegt ebenfalls ein Exemplar vor. Sie können es behalten.«

**Gelungene Vernissage**, war die Headline. Zur Ausstellungskritik, die eine halbe Seite in Anspruch nahm, gehörten zwei Fotos. Auf dem rechten war Griseldis von Greifenstein neben einem ihrer Bilder zu sehen, dem Portrait einer alten Frau. Es war keine Einzelausstellung, sondern die Ausstellung einer Künstlergruppe, zu der die Adelige seit Jahren gehörte. Dass die Vernissage zur selben Zeit wie die Jubiläumsparty stattgefunden hatte, entnahm Dollinger den ersten Zeilen des Textes.

»Wie Sie bestimmt schon wissen, sind mein Mann und ich beruflich getrennte Wege gegangen. Das war für beide Karrieren das Beste. Sie verstehen? Er konnte seine Fangemeinde pflegen, ich die meine. So konnten wir unseren Fans eine makellose Projektionsfläche bieten. Für Bilder und Sehnsüchte aller Art.«

»Verstehe«, sagte Dollinger in die großen, dunklen Augen.

»Das heißt aber nicht, dass wir keine gute Ehe geführt haben. Die diesbezüglichen Gerüchte und Anfeindungen sind nicht neu. Aber sie entbehren jeglicher Grundlage. Unser Auftreten in der Öffentlichkeit war genau für diese gedacht und Teil einer Inszenierung. Privat waren wir einfach nur Mann und Frau und haben uns sehr gut verstanden. In jeder Lage. Falls Sie wissen, was ich meine.«

»Ja, ich denke schon. Dann ist Ihr Name wahrscheinlich auch ein Künstlername?«, fragte Dollinger, dem gerade keine bessere Frage einfiel.

»Künstlername?«, spottete die Künstlerin. »Wo denken Sie hin! Das ist mein Mädchenname.«

Sie drehte sich um, pflückte ihre schwarze Handtasche von einem der Bürostühle, kramte sich durch den Inhalt und förderte schließlich ihren Personalausweis ans Licht.

»Bitte! Aber wehe, Sie werfen einen Blick auf mein Geburtsdatum!«

15.06.1974, las Dollinger. Sie war also zweiundvierzig. Und hieß tatsächlich Griseldis von Greifenstein.

»Es handelt sich um die Südtiroler Linie, falls Ihnen das etwas sagt«, merkte sie noch an und riss ihm das Plastikkärtchen wieder aus den Fingern. »Womit fahren wir fort?«

»Mit Simon Kurzmann«, antwortete Farina und entriss ihrem Vater die Initiative.

»Sollte jemals ein Buch über die traurige Geschichte der Talentfreien geschrieben werden, ist er gewiss darin zu finden. Ein Nichtautor, der einem Künstler den verdienten Erfolg geneidet hat. Eine halbe Seite dieses Dilettanten, nein, ein Absatz reicht aus, das zu erkennen. Wie dieser Kretin auf die nun wirklich völlig abwegige Idee gekommen ist, Hektor habe ausgerechnet bei ihm abgeschrieben, wird immer eines der großen Rätsel der Literaturgeschichte bleiben. Haben Sie etwa diesen ungebildeten Epigonen in Verdacht? Das würde mich nicht wundern. Weiß Gott nicht!«

»Nein, habe ich nicht«, erwiderte Dollinger. »Er hat nämlich ein Alibi.«

»Überprüfen Sie es lieber ein weiteres Mal«, riet die selbstbewusste Witwe. »Ich würde ihm nicht über den Weg trauen.«

»Sind Sie fertig, Herr Dollinger? Auch ich muss noch einiges mit Frau von Greifenstein besprechen«, unterbrach Rose Fuchs das Gespräch.

»Hier ist meine Karte«, sagte die Frau in Schwarz. »Ich stehe Ihnen für weitere Fragen telefonisch gerne zur Verfügung.«

»Darauf komme ich bestimmt zurück.«

»Scheuen Sie sich nicht.«

Dollinger hatte sich mittlerweile von den dunklen Augen losgerissen, sodass ihm jetzt gleich eine ganze Reihe von Fragen durch den Kopf flog. Doch es war zu spät. Die Verlagsleiterin war dabei, das Zeitfenster zu schließen.

Dollinger bedankte sich, versank noch einmal kurz in den dunklen Augen und verließ mit seiner Tochter das Büro. Kaum hatte sich die Tür hinter ihnen geschlossen, meldete sich Farina zu Wort.

»Was war das denn, Papa?«

»Was war was?«

»Du hast nur rumgestottert! Hast du neuerdings hormonelle Probleme, oder was? Papa! Am Wochenende kommt die Mama!«

Dollinger spürte die aufsteigende Wärme in seinen Wangen, gegen die er nichts ausrichten konnte. Daran waren nur diese Augen schuld, diese dunklen Augen, diese großen, dunklen Augen.

»Papa?«

»Jedenfalls wissen wir, dass auch sie ein Alibi hat.«

»Die Zeitung!«, erschrak Farina. »Hast du die Zeitung eingesteckt?«

»Ich?«

Farina machte auf dem Absatz kehrt und kam keine Minute später mit der Zeitung in der Hand zurück.

»Papa!«

»Das kann doch passieren! Vor allem, wenn einem so viel durch den Kopf geht!«

»Ich will gar nicht wissen, was dir gerade durch den Kopf gegangen ist«, schimpfte Farina. »Lassen wir das. Nächster Halt ist das Büro von *Schneider & Hartleben*. Beides Männer.«

»Wie bist du eigentlich auf die gekommen?«, fragte Dollinger, dem der Orts- und Themenwechsel sehr gelegen kam.

»Das habe ich dir doch gestern genau erklärt. Mir war eingefallen, dass in irgendeinem der Büros kurz das Licht gebrannt hat. Kurz bevor Theresa und ich uns die Cocktails bestellt hatten.«

»Ach ja. Stimmt. Okay, gehen wir.«

Hinter *Schneider & Hartleben* verbargen sich Fritz Schneider und Florian Hartleben, zwei junge Architekten, deren kleines Büro im ersten Stock mit Blick auf den Innenhof lag.

Die Dollingers mussten also zurück zu dem Foyer im Eingangsbereich, um in den hinteren Büroflügel zu gelangen.

»Hast du dich wieder beruhigt?«, fragte Farina unterwegs.

»Bitte!? Ich weiß nicht, wovon du sprichst. Es müsste die dritte Tür sein.«

Farina grinste, was ihrem Vater sehr peinlich war. Endlich erreichten sie die Tür und klingelten. Ein junger Mann mit langen, dunklen Haaren und einem Dreitagebart öffnete. Dollinger warf seiner Tochter vorsichtig einen Blick zu, denn er kannte ihr Beuteschema. Aber sie zeigte keine Reaktion.

»Sie müssen die Detektive sein«, sagte der Architekt.

»Dollinger. Walter Dollinger. Und das ist Farina, meine Assistentin und zugleich meine Tochter.«

»Sie haben angerufen«, stellte der junge Mann fest und sah Farina an. »Aber Sie arbeiten doch drüben bei blv?«

»Ermittlungen aller Art sind mein neues Hobby«, antwortete sie.

»Na, dann herein in die gute Stube«, sagte der Architekt. »Ich bin übrigens Florian Hartleben. Mein Partner ist gerade nicht da.«

Die Dollingers betraten ein repräsentatives Büro, dessen Interieur jedem aktuellen Trend gewachsen war. Jeder Schrank, jeder Tisch, jede Lampe, jede Kaffeemaschine schien aus einem Messekatalog zu stammen und vor kaum mehr als fünf Minuten angeliefert und aufgestellt worden zu sein. Da war jemand auf der Höhe der Zeit, und diese Zeit war die absolute, unmittelbare Gegenwart. Kompromisse waren nicht zu erkennen. Antiquiert wirkten allenfalls die wenigen Bücher, große Bildbände, die gesondert in einem weißen Regal standen. Eine Hommage an die analoge Vergangenheit? Dollinger konnte nur raten.

»Kommen Sie rein. Setzen Sie sich«, sagte Hartleben. »Sie suchen also den Mörder? Faszinierend! Das es das tatsächlich noch gibt. Einen Privatdetektiv, der unabhängig von der Polizei einen Mörder verfolgt. Faszinierend.«

»Ja, das gibt es noch«, antwortete Dollinger. »Ich bin ein Relikt aus dem letzten Jahrtausend, wissen Sie. Ein Zeitreisender. Aber irgendwie auch ein Zeitloser. Ganz ähnlich wie ein Architekt.«

»Verstehe«, nickte der junge Mann, obwohl Dollinger keinen tieferen Sinn in seine Worte gelegt, sondern nur nach einer schnellen Antwort gesucht hatte. »Haben Sie schon einen Verdacht?«

»Leider nicht«, gab Dollinger zu. »Aber Sie haben ein Foto.«

»Auf dem nicht viel zu sehen ist«, entschuldigte sich der langhaarige Architekt. »Das habe ich Ihrer … Assistentin auch schon gesagt. Sehen Sie selbst.«

Hartleben drehte sich zu einem der Tische um, auf dem ein Tablet lag, das er routiniert in die Hand nahm und mit einer eleganten Bewegung aktivierte. Er reichte es jedoch nicht Dollinger, sondern Farina.

»Ihre Tochter hatte Glück. Denn wir waren nur für ein paar Minuten in unser Büro zurückgekehrt, weil wir einen Stick vergessen hatten. Entwürfe, die wir noch am Abend einem Kunden zeigen wollten. Um die Party haben wir uns nicht weiter gekümmert. Nicht unsere Baustelle. Außerdem hatten wir es eilig. Der Fritz hat dann doch ein Foto aus dem Fenster gemacht. Als Anregung, hat er gemeint. Für unser Fünfjähriges in zwei Jahren. Dann sind wir auch schon wieder verschwunden.«

»Durch den Haupteingang?«, fragte Dollinger und übernahm von seiner Tochter das Tablet.

»Klar. Wie immer.«

»Ist Ihnen zufällig jemand begegnet oder aufgefallen? Eine Person, die zu spät gekommen ist? Eine Person, die gegangen ist?«

Der Architekt dachte kurz nach.

»Nein, tut mir leid. Ich habe allerdings auch nicht darauf geachtet.«

»Auch auf den hier nicht?«

Dollinger wies mit dem Finger auf einen Schatten, der das Eingangsfoyer fast erreicht hatte. Viel war nicht zu erkennen, lediglich dass jemand dem Innenhof den Rücken zukehrte. Wenige Minuten vor Beetschneiders Tod. Rose Fuchs hatte auf der rechten Bildseite bereits siebzig Jahre blv in Arbeit.

»Nein, den müssen wir knapp verpasst haben. Klar, sonst wäre er ja nicht auf dem Foto. Der ist vor uns weg.«

»Schade«, kommentierte Dollinger. »Das wäre ja auch zu schön …«

»Stopp!«, unterbrach Hartleben den Satz. »Da fällt mir doch noch etwas ein. Nicht weit entfernt von der Einfahrt stand ein Auto im Halteverbot. Mit laufendem Motor. Als wir näher gekommen sind, hat der Fahrer Licht und Motor ausgeschaltet. Wir haben nicht auf ihn geachtet, aber wenn ich mich nicht irre, hat er den Wagen wieder gestartet, als wir uns ein paar Meter entfernt hatten. Hilft Ihnen das weiter?«

Dollinger hatte während des kurzen Berichts die Augen nicht vom Tablet abgezogen, auf dem der Innenhof aus der Perspektive des ersten Stocks zu sehen war. Rechts die Cateringzelte, links der Ausgang und das Foyer, in der Mitte die Gäste, die Bar und Rose Fuchs, eine Hand in der Luft.

»Können Sie sich noch an den Wagentyp erinnern?«

»Sorry, wir hatten andere Sorgen.«

»War es ein SUV, ein Kleinwagen oder eine Limousine?«

»Ein … ein großes Auto, eine Limousine«, konnte sich Hartleben dann doch noch erinnern.

»Kennzeichen? Wenigstens die Stadt?«

Noch einmal ging der junge Mann in sich.

»Nein, beim besten Willen nicht.«

Dollingers Blick klebte noch immer an dem digitalen Foto, das der Polizei nicht vorlag. Niemand hatte die beiden Architekten bislang befragt. Wahrscheinlich, weil die Polizei davon ausgegangen war, dass sämtliche umliegende Büros an dem betreffenden Abend verwaist waren.

»Das hat nicht viel gebracht«, resümierte Farina auf dem Rückweg zum Verlag. »Oder?«

»Vielleicht das Foto, wenn wir es auf dem Rechner ansehen«, bemühte sich Dollinger, den Vormittag doch noch zu rehabilitieren. Große Hoffnungen hatte er nicht. Und schon gar nicht die Möglichkeiten der Polizei, nach Zeugen zu suchen. Er musste sich eingestehen, in einer Sackgasse zu stecken. Ihm blieb lediglich der Zufallsfund der *Selchinger*-Druckerei, den er einstweilen für sich behalten wollte. Als eine Art Faustpfand. Falls Schwerdtfeger seiner Tochter zu nahe kommen sollte. Wobei er genau wusste, dass ihm jeglicher Beweis fehlte. Für den könnte eben nur Schwerdtfeger sorgen.

Zweifel keimten in ihm auf und setzten sich schnell fest.

Nachdem er Farina zurück an ihren Arbeitsplatz gebracht hatte, fuhr er mit der U-Bahn in die Innenstadt. Sein Ziel war das Polizeipräsidium in der Ettstraße.

# 10

»So einen Schmarrn hab ich schon lange nicht mehr gehört! Die Ermittlungen laufen! Die Ermittlungen laufen! Das kann doch keiner mehr hören! Ja, wo laufen sie denn hin, die Ermittlungen? Das kann ich Ihnen sagen, Herr Kommissar: Ins Leere! Jawohl, ins Leere laufen sie! Aber dort können Sie niemanden verhaften! Ganz besonders aber missfällt der Presse diese Leere. Also sucht sie sich woanders ihre Opfer. In der Politik, zum Beispiel. Wir sind ja sowieso an allem schuld. Am Preis für die Maß, am Preis für die Milch, am Preis für den Strom, am Mietpreis. Und jetzt auch noch am Tod von diesem Schreiberling!«

»Aber Herr Sedlmayr«, bemühte sich Schwerdtfeger nach Kräften. »Das behauptet doch niemand.«

»Und was ist mit dem Schmierenblatt von diesem Ochsenberger? Ja, haben Sie mir denn nicht zugehört?«, pumpte sich Josef Sedlmayr auf, jedoch ohne hochroten Kopf. »Was glauben Sie eigentlich, wie viele Stimmen mich das bei der nächsten Wahl kosten kann?«

»Ich habe den Artikel nicht geschrieben«, entgegnete Schwerdtfeger. »Ich weiß also nicht, was Sie von mir wollen. Noch herrscht in diesem Land Pressefreiheit.«

»Pressefreiheit? Sie sehen ja, was dabei herauskommt! Und was ich von Ihnen will, ist doch nicht so schwer zu verstehen! Nicht einmal für einen Polizeibeamten! Sie sollen weiter nichts tun, als den Mörder verhaften! Ja, ist das denn zu viel verlangt?«, schnaufte Sedlmayr und schlug mit der Faust auf den Tisch. Eine Geste, die er auch bei Reden und öffentlichen Auftritten einsetzte.

»Dazu muss ich aber erst einmal wissen, wer es ist!«, konterte Schwerdtfeger mit rotem Kopf und scharfem Ton. Er setzte auf die flache Hand, die er auf die Tischplatte klatschen ließ.

»Ja, was machen Sie dann hier, wenn Sie es noch immer nicht wissen? Wollen Sie etwa das Stempelkissen ins Kreuzverhör nehmen? Sie müssen sich schon nach draußen an die frische Luft begeben! Das sind Sie dem Steuerzahler schuldig! Und der Demokratie! Vor allem aber mir!«

»Herr Sedlmayr! Das geht jetzt aber wirklich zu weit!« Der Hauptkommissar wuchs und wurde zum Riesen, der den bekannten Landtagsabgeordneten für kurze Zeit zum Schweigen brachte. »Ich bin Ihnen überhaupt nichts schuldig! Legislative, Judikative und Exekutive sind in diesem Land und sogar in Bayern klar voneinander getrennt! Das müssten Sie doch wissen? Als aufrechter Demokrat! Drängle ich mich in den Landtag und will bei Ihren Abstimmungen die Hand heben? Wohl kaum! Also mischen Sie sich umgekehrt auch nicht in meine Arbeit ein!«

»Nein, nein, nein und nochmals nein! Ganz so einfach, wie Sie sich das machen, ist das nicht«, polterte Sedlmayr zurück. »Mein Recht als Abgeordneter des Freistaats …«

Dollinger hatte offenbar einen äußerst ungünstigen Zeitpunkt erwischt. Da Schwerdtfeger ihn noch nicht bemerkt hatte, zog er sich wieder von der offenen Tür und aus dem Flur zurück. Das konnte dauern. Er nahm die Treppe und verließ das Polizeipräsidium, um sich aus einem der Zeitungskästen auf der Straße einen *Münchner Blitz* zu besorgen. Auf Seite drei traf er Josef Sedlmayr wieder, der den Leser auf einem Schwarzweißfoto finster anblickte. Doch das war nicht der Grund für den Abdruck. Links neben dem Landtagsabgeordneten, der aufgrund mehrerer kleinerer Skandale und Affären als »Spenden-Seppi« traurige Berühmtheit erlangt hatte, strahlte Beetschneider ins Objektiv. Die Aufnahme war natürlich während der Jubiläumsparty bei blv gemacht worden und ließ den Autor des Artikels wild über die Beziehung der beiden spekulieren. Der Autor war kein Geringerer als der Chefredakteur Ochsenberger höchst persönlich. Bei einem noch nicht lange zurückliegenden Immobiliengeschäft von Sedlmayrs Firma, behauptete der Artikel, sei Beetschneider mit von der Partie gewesen. Der Deal aber sei wegen einer geplatzten Baugenehmigung nicht zustande gekommen und Beetschneider habe viel Geld verloren, was zu einem Zerwürfnis der Geschäftspartner geführt habe. Beetschneider habe daraufhin auf der Party damit kokettiert, pikante Details über Sedlmayrs Geschäfte zu kennen und gegebenenfalls auch preiszugeben.

»Noch ein Verdächtiger«, dachte Dollinger halblaut. »Wenn dieser Ochsenberger so weitermacht, werden bald die Unschuldigen knapp.« Jedenfalls kannte er jetzt den Grund für Sedlmayrs Auftritt bei Schwerdtfeger. Der Mord passte perfekt ins mediale Sommerloch, vor allem in das der Boulevard-Presse. Mit ein paar Fotos und dem Konjunktiv ließen sich mühelos viele Seiten füllen. Mit investigativem Journalismus hatte das natürlich nichts zu tun, aber darauf kam es einem Ochsenberger auch gar nicht an. Was Dollinger missfiel, war die Tatsache, dass Artikel dieser Art dem Mörder sehr gelegen kamen. Als Verdächtiger erregte man unter vielen weiteren Verdächtigen keine große Aufmerksamkeit.

»Bin gespannt, wer morgen an der Reihe ist«, sagte Dollinger leise und ging gemächlich zurück zum Präsidium. Irgendwann musste ja die Wut des Landtagsabgeordneten verraucht sein. Als der Haupteingang in Sichtweite kam, stolperte sein Blick gerade noch rechtzeitig über einen graubraunen Trachtenjanker mit übergroßen Hirschhornknöpfen. Aber nicht Sedlmayr ließ ihn hinter einem der Torpfeiler in Deckung gehen, auf denen steinerne bayerische Löwen thronten. Landtagsabgeordnete hatten ihm noch nie Furcht eingeflößt. Es war Rose Fuchs, die ihn daran hinderte, an Sedlmayr vorbei ins Präsidium zu marschieren und bei Schwerdtfeger vorstellig zu werden. Er vermutete, dass der Hauptkommissar ebenfalls das Ziel der Verlagschefin gewesen war. Oder einer seiner Kollegen. Jetzt aber diskutierte sie mit Sedlmayr. Sie diskutierte nicht, sie stritt. Sonst hätte sie Dollinger wahrscheinlich erspäht. Doch sie hatte kein Interesse an ihrer Umgebung, sondern nur an Sedlmayr, den sie zufällig vor dem Haupteingang getroffen haben musste. Auf ihrem Weg ins Gebäude und nicht umgekehrt. Sonst hätte das Zusammentreffen innen stattgefunden.

Der Verkehrslärm war zu laut, um auch nur ein Wort zu verstehen. Auch währte der Disput nicht lange. Nach wenigen Minuten schienen sich beide irgendwie geeinigt zu haben und kamen direkt auf ihn zu. Er brauchte ein neues Versteck und wählte eines der vor dem Präsidium parkenden Einsatzfahrzeuge als Deckung.

Vor dem Tor zur Straße wechselten Fuchs und Sedlmayr noch ein paar Worte, dann trennten sich deren Wege. Der Abgeordnete verschwand nach ein paar Metern in einer schwarzen Limousine; die Verlagschefin zögerte einige Sekunden, sah zum Haupteingang hinüber, entschied sich dann aber für die Straße.

Jetzt zögerte Dollinger kurz und entschied sich für Fuchs. Seine Neugier hatte über Schwerdtfeger gesiegt.

»Sie da? Was machen Sie da?«

Ein Uniformierter hatte ihn entdeckt und ging mit schnellen Schritten auf ihn zu.

»Was Sie da machen, habe ich gefragt!«

Dollinger ging noch weiter in die Knie und löste seine Schnürsenkel, bevor er wieder nach oben sah.

»Meinen Sie mich?«

»Ja, Sie!«

»Mein Schuh lässt mich nicht in Ruhe. Andauernd gehen die Schnürsenkel auf«, klagte Dollinger und machte einen neuen Knoten.

»Ach so«, beruhigte sich der Polizist. »Das liegt an der Form. Bestimmt sind sie rund. Die Schnürsenkel, meine ich.«

»Tatsächlich«, bestätigte Dollinger. »Die sind rund.«

»Na, was habe ich gesagt«, freute sich der Mann. »Kaufen Sie sich andere Schnürsenkel, und der Fall ist gelöst!«

»Danke für den Tipp«, sagte Dollinger, stand wieder auf und ging in Richtung Frauenkirche, in der Hoffnung, Fuchs nicht verloren zu haben. Nach der zweiten Häuserecke fehlte noch immer jede Spur. Ihm war es ein Rätsel, dass ihn das kurze Gespräch über die Schnürsenkel so viel Zeit gekostet hatte.

»Mist!«, fluchte er und beschleunigte das Tempo. Aber er kam nicht weit, denn er trat auf einen losen Schnürsenkel. Nur mit Hilfe eines choreografisch nicht uninteressanten Balanceakts gelang es ihm, einen Sturz zu verhindern.

»Ich glaub es nicht!«, schimpfte Dollinger, bückte sich und erneuerte den Knoten. »Dabei habe ich gar keine runden Schnürsenkel!«

Als er aufsah, um wieder aufzustehen, waren sie wieder da. Die schwarzen Lackschuhe von Rose Fuchs. Er hatte sie doch nicht verloren, wo immer sie auch gewesen war. Keine zwanzig Meter entfernt marschierte sie direkt ins innerstädtische Einkaufsgetümmel. Hier konnte er ihr gut folgen, denn zwischen den unzähligen Passanten war es ihm möglich spielend leicht unterzutauchen. Bald merkte er, dass Fuchs keinen Bummel machte, sondern ein Ziel vor Augen hatte. Sie ging zu schnell und riskierte keine Blicke auf die aktuellen Angebote.

Lange brauchte er nicht rätseln, denn sie schwenkte plötzlich nach rechts und betrat den kleinen Laden eines Telefonproviders. Dollinger spielte den Interessierten vorm Fenster, das aktuelle Flatrates und Smartphones der neusten Generation anpries. Die Displays aus Pappe boten genügend Durchblick, um Fuchs beobachten zu können. Das Gespräch mit einem der Verkäufer war kurz, die Verlagschefin wusste, was sie wollte. Wenn Dollinger sich nicht irrte, war es ein einfaches Handy. Ein Prepaidhandy. Das Geschäft war schnell abgeschlossen, ein Formular ausgefüllt, die Summe an der Kasse entrichtet. Fuchs verzichtete auf die Verpackung und ließ das einsatzbereite Handy in ihrer Handtasche verschwinden. Das dauerte alles in allem keine Viertelstunde.

Dollinger zog sich kurz zurück, um sich anschließend wieder an ihre Fersen zu heften. Nach wenigen Schritten hatte die Verlagschefin ihr altes Tempo aufgenommen. Es gab also noch ein weiteres Ziel, das sich in Richtung Marienplatz befinden musste. Auch Dollinger musste beschleunigen, um mit Fuchs mithalten zu können. Dafür stand bald fest, auf welchen Laden sie es diesmal abgesehen hatte. Ohne das Rathaus zu grüßen oder auch nur einen Moment innezuhalten, steuerte sie direkt auf den *BigBook*-Store zu.

Dollinger grinste. Da musste er einfach dabei sein. Erwartungsgemäß betrat Fuchs den Fahrstuhl, sodass er die Treppe wählte. Im dritten Stock war es so ruhig wie bei seinem ersten Besuch. Wieder waren nur zwei Kunden in fernen Ländern unterwegs. Fuchs stand bereits an der *BigBook*-Infotheke und sprach mit einer Angestellten, die sich umdrehte und in der Tür hinter der Theke verschwand. Eine bessere Gelegenheit gab es nicht. Am Nahen Osten vorbei schlich er sich so nah wie möglich an die Theke heran. Dann zog er ein Buch aus dem Regal vor ihm und tat es den anderen beiden Kunden gleich. Er fing an zu blättern. Der Jemen. Warum eigentlich nicht?

Unweit von Sanaas Lehmbauten und Turmhäusern öffnete sich die Tür und entließ Linda Benedikt in den Raum. Es wurde spannend. Oder auch nicht. Denn die von ihm erwartete Kollision blieb aus. Herzlich, fast freundschaftlich, begrüßten sich die beiden Frauen und eröffneten umgehend ein intensives Gespräch. Ausgerechnet jetzt hatte sich einer der beiden Kunden im Harz verlaufen und brauchte dringend Hilfe, die ihm die Angestellte auch gewährte. Benedikt und Fuchs separierten sich und setzten sich an einen der beiden Bistrotische, die rechts neben der Buchtheke für Kaffeedurstige und Konsumerschöpfte bereitstanden.

Zu verstehen war von Dollingers Position aus kein Wort. Auch kam er nicht näher an den Tisch heran. Der Jemen grenzte an den Indischen Ozean. Der Süden war ihm verwehrt, die Wasserfläche einfach zu groß. Immerhin konnte er beobachten, dass beide Frauen begabte Schauspielerinnen waren. Nur die Bühne war schwer zu bestimmen, hatten sie ihm, hatten sie Schwerdtfeger etwas vorgespielt, oder gaben sie sich gerade gegenseitig die Ehre? Nachdem der Kunde den Brocken gefunden hatte, servierte die Angestellte den beiden Chefinnen Espresso. Kurz wurde gelacht, kurz wurde erzählt, dann steckten sie die Köpfe zusammen. Die Mienen wurden ernster. Benedikt bearbeitete mit der flachen Hand die Tischplatte, wartete mit strengem Blick auf eine Antwort und verließ den Tisch. Fuchs blieb ungeduldig zurück, nippte an der Espressotasse. Da sie ihm den Rücken zuwandte, konnte er ihr Gesicht nicht sehen.

»Liebe Kunden! Wir bitten Sie für einen Augenblick um Ihre Aufmerksamkeit! Der kleine Ben und der kleine Leon warten an der Kasse im Erdgeschoss auf ihre Eltern. Liebe Eltern von Ben und Leon, melden Sie sich bitte umgehend an der Kasse im Erdgeschoss! Danke!«

Dollinger musste ein paar Schritte zurückweichen, um auf der Höhe von Madagaskar gegen einen spontanen Lachanfall anzukämpfen, hatte sich jedoch schnell wieder unter Kontrolle. Was war denn das gewesen? Die versteckte Kamera kam ihm in den Sinn. Für weitere Analysen fehlte ihm die Zeit. Er kehrte also in den Jemen zurück und kam gerade noch rechtzeitig zur Übergabe. Benedikt hatte offenbar einen dicken, braunen C4-Umschlag aus ihrem Büro geholt und schob ihn in diesem Augenblick über den Tisch. Fuchs stopfte ihn sofort in ihre Handtasche, die sich zunächst zu wehren schien. Erst beim dritten Versuch gelang es ihr, den dicken Umschlag zu verstauen und ihrer Tasche einen Bauch zu verpassen.

Der Austausch von Ernstem ging weiter, bevor sich die Mienen dann doch wieder aufhellten. Sogar das Lachen kehrte zurück, bis ein Blick auf die Uhr dem Gespräch ein jähes Ende bereitete. Die Verlagsleiterin hatte es eilig und musste gehen. Die Verabschiedung fiel herzlich aus, alles schien geklärt zu sein, was immer es auch gewesen sein mochte. Benedikt ging zielstrebig in ihr Büro; Dollinger verabschiedete sich emotionslos vom Jemen und wartete, bis Fuchs im Fahrstuhl abgetaucht war.

Im Erdgeschoss fand er einen leeren Fahrstuhl vor. Sofort suchte er das Erdgeschoss ab, aber von der Verlagschefin fehlte jede Spur. Er hatte sie verloren. Ihm blieb nur die Option, so schnell wie möglich zum Verlag zu fahren und festzustellen, ob auch sie dort noch eintraf. Oder ob sie sich den ganzen Nachmittag freigenommen hatte. Die U-Bahn war nicht weit. Dennoch entschied sich Dollinger für ein Taxi, das ihn verblüffend schnell an sein Ziel brachte. Er nahm zwei Treppenstufen auf einmal. Die Empfangsdame ließ ihn lächelnd passieren, schon stand er vor Carla Naber, die damit beschäftigt war, Zeitungsausschnitte zu sortieren und in einem Ordner abzuheften. Sie war so konzentriert, dass sie ihn zunächst nicht bemerkte. Dollinger holte tief Luft, um die Blitzreise vom Jemen an die Isar zu verdauen.

Zeitungen. Immer wieder Zeitungen. Und das im digitalen Zeitalter. Gedruckt mit Druckerschwärze. »Was man schwarz auf weiß besitzt, kann man getrost nach Hause tragen.« Daran glaubte ein Schüler in Goethes *Faust*. Schwarz auf Weiß. Schachfiguren auf einem Schachbrett. *Schwarz und weiß wie Tage und Nächte.* Ein Filmtitel. Den Regisseur hatte er vergessen. Schwarz …

»Herr Dollinger? Seit wann sind Sie denn schon hier? Haben Sie mich aber erschreckt!«, sagte Naber, nachdem sie den letzten Ausschnitt abgeheftet hatte, und riss ihn aus seinem schwarz-weißen Gedankengang.

»Entschuldigen Sie, das war nicht meine Absicht«, erklärte er. »Ist Frau Fuchs zufällig im Haus? Ich habe spontan noch eine wichtige Frage.«

»Frau Fuchs? Nein, tut mir leid, die hat einen unplanmäßigen Termin bei der Polizei«, lächelte die Pressesprecherin mit der größten Brille der Welt. »Andererseits ist um 16 Uhr noch unsere Messe-Konferenz. Wegen der Frankfurter Buchmesse im Oktober. Da wollte sie unbedingt dabei sein. Wenn Sie etwas Zeit haben, warten Sie doch hier. Noch sind Plätze frei.«

Dollinger wollte sich gerade auf einen der Sessel setzen, als Rose Fuchs auf das Pressebüro zuhielt. Ihre Handtasche war wieder rank und schlank, woraus er schloss, dass sie nicht mehr den dicken, braunen Umschlag barg.

»Hallo, Herr Dollinger! Sie wollen bestimmt Ihre Tochter abholen, vermute ich«, kam sie direkt und offenbar gut gelaunt auf ihn zu. »Da müssen Sie sich aber noch ein wenig gedulden. Oder Sie kommen einfach nach der Konferenz wieder. Sagen wir, in einer guten Stunde. Wir müssen nur ein paar Dinge klären. Vor allem, wie wir Beetschneiders Neuerscheinung präsentieren.«

»Gut«, sagte er freundlich. »Das werde ich tun. Ist bei der Polizei alles glatt gegangen?«

Die Verlagsleiterin verlor ihr zartes Lächeln und sah ihn irritiert an.

»Frau Naber hat mir von Ihrem Termin erzählt«, ergänzte er schnell. »War bestimmt kein Vergnügen.«

»Ach so, … ja, … der Termin. Nein, das war kein Vergnügen. Dieser Schwerdtfeger ist wirklich penetrant. Über eine Stunde hat der mich belästigt.«

»Was wollte er denn wissen?«

Erneut blickte sie ihn irritiert an, fand dann aber schnell eine Antwort.

»Es ging um Beetschneiders Verträge. Unbedeutende Details. Nichts, was mit dem Mord zu tun hat. Die Fahrt zum Präsidium hätte ich mir sparen können.«

# 11

Dollinger wuchtete den schweren Koffer seiner Frau auf die Couch.

»Sag mal, du bleibst doch nur bis Sonntag? Oder hast du etwa deine Petrefaktensammlung mitgenommen?«

»Das ist nur das Notwendigste«, wehrte sich Karin Dollinger.

»Na, damit lässt sich bestimmt auch eine größere Not wenden«, kommentierte Dollinger.

»Frauen brauchen eben ein paar Klamotten mehr. Das weißt du doch. Wir wollen … wir müssen auswählen können. Wir können nicht einfach in den Koffer greifen und anziehen, was wir am Tag zuvor eingepackt haben. So, und jetzt lass mich auspacken.«

Karin schob ihren Mann sanft zur Seite und öffnete ihren Koffer.

»Die paar Sachen. Ich weiß gar nicht, was du hast? Das ist doch nun wirklich nicht viel für zwei Tage. Farina, hast du ein paar Kleiderbügel für mich?«

Schnell bildeten die beiden Frauen eine Kette und begannen, einen alten, abgebeizten Kleiderschank zu füllen.

»Ihr kommt also nicht voran«, fragte Karin, während sie ihrer Tochter einen dünnen Pullover für einen möglichen Kälteeinbruch reichte.

»Wir haben eben nicht die Möglichkeiten der Polizei«,

antwortete Dollinger frustriert. »Dann wüsste ich schon, wo ich weitermachen würde. Aber so? Wir haben nur halbe Spuren. Ach was, Viertelspuren. Vermutungen, Ahnungen. Nichts Greifbares.«

»Und Schwerdtfeger?«, fragte Karin, die sich jetzt den Blusen zuwandte.

»Der ist auch nicht viel weiter. Er scheint sich voll und ganz auf den Verlag zu konzentrieren.«

»Solange er Farina in Ruhe lässt.«

»Seit Papas Erscheinen ist er sogar sehr freundlich zu mir«, versicherte Farina.

»Lasst euch da nicht täuschen«, brummte Dollinger. »Der kann auch wieder ganz anders.«

»Und warum glaubst du nicht an die Verlagstheorie?«, hakte Karin nach. »Die klingt doch plausibel? Ein klassischer Insidermord.«

»Meine Kollegen sind keine Mörder!«, insistierte Farina.

»Ich sehe da gleich mehrere Gründe, die gegen die Verlagstheorie sprechen«, sagte Dollinger. »Die Kollegen kennen sich zum Teil sehr gut und sehr lange. Da ist es schwer, Mordmotive zu verheimlichen. Mordabsichten fallen ja nicht vom Himmel. Die haben immer eine Vorgeschichte. Außerdem fehlen nur zwei Mitarbeiter auf unserer Standortgrafik.«

»Peter und Silke«, ergänzte Farina. »Grafik und Layout. Die beiden waren irgendwo vor dem Eingang eine rauchen. Und Theresa war die ganze Zeit bei mir. Bleibt nur noch Korbinian, und der war krank.«

»Korbinian?«, fragte Dollinger. »Wer ist das denn? Das höre ich zum ersten Mal.«

»Korbinian Lehnsdörfer. Der gehört zum Vertrieb. Fehlt schon seit fast drei Wochen. Wegen seines Knies.«

»Den hast du mir bisher verschwiegen.«

»Sorry, den hatte ich nicht auf der Liste, eben weil er krank ist. Der hat schon lange Probleme mit seinem Knie und fehlt öfter mal. Aber zum Skifahren fährt er trotzdem.«

Noch immer fischte Karin Kleidungsstücke aus ihrem Koffer, der über ein größeres Geheimfach zu verfügen schien. Dollinger fischte ebenfalls, und zwar im Trüben. Der Kollege, den seine Tochter da aus dem Hut gezaubert hatte, machte ihm bewusst, dass er noch nicht einmal alle Verlagsmitarbeiter kannte. Doch gerade solche wie dieser Korbinian Lehnsdörfer waren überhaupt interessant. Ganz im Gegensatz zu jenen, die in den ersten Reihen Fuchs' Rede gelauscht hatten.

»Kannte dieser Korbinian den Beetschneider? Hatte er etwas mit ihm zu tun?«, fragte er.

»Klar. Beetschneider höchstpersönlich hat die Vertriebler und Außendienstler gebrieft, bevor sie ausgeschwärmt sind, um sein neues Buch auf den Markt zu werfen. Der hat die in ein Restaurant eingeladen, gelesen und Anekdoten erzählt. Das war super. Was glaubst du, wie überzeugt und überzeugend die dann waren.«

»Und der ist immer noch krank?«

»Soweit ich weiß. Gesehen hab ich ihn nicht«, antwortete Farina, in deren Schrank es jetzt eng wurde. »Ist der denn so wichtig?«

»Ich denke schon. Eben weil er nicht auf der Party war. Eine längere Krankschreibung ist kein schlechtes Alibi, weil man schlicht vergessen wird. So wie dieser Korbinian.«

»Hat sich eigentlich Schwerdtfeger mit dem befasst?«, fragte Karin, die im Souterrain ihres Koffers angekommen war. »Ihr seid doch nach euren Kollegen ausgefragt worden?«

»Aber nicht nach Korbinian«, erwiderte Farina.

»Lass mich raten«, rollte Dollinger mit den Augen. »Weil er ja krank war.«

»Gesagt haben sie das nicht.«

»Aber gedacht. Sonst hätten sie ja gefragt«, meinte Dollinger. »Wen hast du noch vergessen, Farina?«

»Ich habe niemanden vergessen, Papa! Der Korbinian ist krank. Basta! Und jetzt lass uns etwas essen. Gleich nebenan ist ein guter Italiener«, maulte Farina und versuchte, die Schranktür zu schließen. »Außerdem reicht es mir jetzt langsam mit dem Mord. Wir haben gar keine anderen Themen mehr.«

»Das wird auch so bleiben«, hielt ihr Karin entgegen. »Solange dieser Schwerdtfeger dich zum Kreis der Verdächtigen zählt. Und wenn der zehnmal freundlich geworden ist. Kreide kann jeder Wolf fressen.«

Farina machte einen Schmollmund und schnaufte einmal tief durch.

»Dieser Wolf ist längst vom Jäger zum Gejagten geworden«, sagte Dollinger und bemühte sich um einen familiären Ton. Über die Vorhaltungen, die er seiner Tochter gemacht hatte, ärgerte er sich. Das war genau der falsche Weg.

»Was meinst du damit?«, fragte seine Frau.

»Schwerdtfeger hat nämlich Recht. Das hier ist tatsächlich nicht die fränkische Provinz, das hier ist München. Hier gibt es Figuren wie diesen Chefredakteur Gustl Ochsenberger, der den Hauptkommissar vor sich her treibt, indem er einen Partygast nach dem anderen zum Verdächtigen abstempelt. Heute war Ursula Stahl an der Reihe. Natürlich wieder mit einem Foto von der Party.«

»Die Stahl? Hat die nicht früher bei den Edgar-Wallace-Filmen mitgespielt?«, wunderte sich Karin. »Die muss doch auch schon siebzig sein? Und warum sollte die den Beetschneider umbringen?«

Dollinger verließ das kleine Wohnzimmer, um die Zeitung aus der Küche zu holen. Karin tauschte schnell ein paar Blicke mit ihrer Tochter aus. Sie wollte Ruhe in die Situation bringen, hatte aber wenig Hoffnung. Schon kehrte ihr Mann zurück und begann auch gleich, aus dem Artikel zu lesen.

»Ihre Darstellung der schönen Unbekannten in dem Straßenfeger *Der Frosch von Soho* ist ebenso unvergessen wie ihr phänomenaler Auftritt in dem Thriller *Das Kopftuch der grünen Gräfin* als mordendes Zimmermädchen. Welche Rolle aber spielt die Stahl im Mordfall Beetschneider? Warum wurde sie vom Starautor so energisch abgewiesen?«

»Abgewiesen?«, fragte Karin.

Dollinger hielt ihr die Zeitung hin. Auf dem Foto war Beetschneider zu sehen, der sich gerade aus den Armen der berühmten Schauspielerin befreite und dabei eine hässliche Grimasse schnitt. Ursula Stahl starrte ihn mit aufgerissenen Augen und offenem Mund an. Ein wenig schmeichelhaftes Foto, da es ihre Falten in voller Blüte zeigte.

»Ein typischer Schnappschuss«, erklärte Farina ihrer Mutter. »Ein Bruchteil einer Sekunde, der nichts aussagt. Beetschneiders Rücken haben sie abgeschnitten. Bestimmt, weil man sonst die vielen Hände gesehen hätte, die an ihm gezerrt haben. Das wurde aufgenommen, als er sich den Weg durch die Gäste hat bahnen müssen, um zur Fuchs zu gelangen. Jeder hat ihn in den Arm genommen, jeder wollte mit ihm gesehen und fotografiert werden. Wahrscheinlich ist er rein zufällig mit der Stahl zusammengestoßen.«

»Das sieht der Ochsenberger anders«, erklärte Dollinger. »Er will die beiden Arm in Arm bei der letzten Verleihung des

Bayerischen Filmpreises im Prinzregententheater gesehen haben.«

»Aber das ist doch nur Boulevardmüll«, schüttelte Karin den Kopf. »Wer glaubt denn diesen Mist?«

»Eine gute Frage«, meinte Dollinger, »die nicht leicht zu beantworten ist und auch nicht unbedingt beantwortet werden muss. Entscheidend ist nämlich nur, was die Betroffenen denken. Wie etwa der Spenden-Seppi. Auch wenn der Mist noch so stinkt, der Druck auf Schwerdtfeger wächst. Wenn der nicht bald einen Verdächtigen präsentiert, wird es eng für ihn.«

»Das sehe ich auch so«, stimmte ihm seine Frau zu. »Womit wir wieder bei dir wären, Farina. Glaub nicht, dass du schon auf der sicheren Seite bist, nur weil dein Vater hier aufgetaucht ist.«

Farina stieß einen Seufzer aus und wischte sich eine Träne aus dem rechten Auge.

»Toll! Das ist genau das, was ich verhindern wollte«, meckerte Dollinger.

»Und ich? Ich bin doch nur gekommen, um hier die miese Stimmung etwas aufzuhellen«, schimpfte Karin.

»Was dir auch bestens gelungen ist!«

»Schon gut. Streitet euch nicht. Es stimmt ja, was ihr sagt«, gab Farina zu bedenken. »Papa muss den Mörder finden. So schnell wie möglich. Also: Wie ist der Plan?«

Die beiden Frauen warfen ihm erwartungsvolle Blicke zu, denen er wenig entgegenzusetzen hatte. Schließlich fischte er noch immer im Trüben. Zunächst einmal musste er versuchen, die Wogen zu glätten. Ohne das Thema zu verlassen. Das war gar nicht so einfach.

»Fangen wir bei der Konferenz an. Du hast gestern nur ein paar Worte darüber verloren.«

Farina setzte sich auf die Couch, gefolgt von ihrer Mutter. Dollinger entschied sich für einen der beiden Stühle.

»Da ist nicht viel zu erzählen«, begann Farina. »Beetschneiders letztes Buch soll natürlich die Megasensation der Messe werden. Der Messestand soll neu designt werden. Die Fuchs hat sogar von einem begehbaren Kohlkopf gesprochen. Aber das ist noch offen. Die Erstauflage ist die höchste der Verlagsgeschichte. Natürlich gibt es auch ein neues Cover. Gleich mehrere bekannte Schauspieler sollen abwechselnd aus dem Buch lesen. Die Fuchs hat eine Wunschliste, auf der fast alle Tatort-Kommissare zu finden sind. Nuschelnde Ermittler sind natürlich weniger geeignet.«

»Das nennst du also, nicht viel zu erzählen«, kommentierte Dollinger.

»Das ist ja auch nicht viel. Hast du denn etwas anderes erwartet? Wir wollen so viele Exemplare wie möglich von dem Buch verkaufen. Das ist das Verlagsgeschäft. Es ist sein letztes Buch. Also nutzen wir seinen Tod für die Werbung. Ach ja, seine bisherigen Bücher werden natürlich alle neu aufgelegt, ebenfalls mit neuen Covern. Das soll alles die Julia machen. Wird wohl ihre Abschiedsvorstellung werden.«

Dollinger riss die Augen auf.

»Warum das? Will sie den Verlag verlassen?«

»Das nicht, aber es wird ihr früher oder später nichts anderes übrig bleiben.«

»Ich verstehe kein Wort«, sagte Dollinger.

»Ich auch nicht«, sagte seine Frau. »Ich dachte, sie hat ihn entdeckt und aufgebaut?«

»Eben. Wäre er ihr nicht über den Weg gelaufen, säße längst eine andere auf ihrem Stuhl«, versicherte Farina. »Die Julia ist nett, pünktlich, fleißig, unauffällig, aber sie ist keine gute

Lektorin. Blv ist schon ihr fünfter Verlag. Ihr fehlt einfach das Gespür für Sprache und Ästhetik. Und sie ist definitiv nicht teamfähig, sondern eine eigensinnige, sture Einzelkämpferin. Sie passt also nicht wirklich zu uns.«

»Aber sie hat doch Beetschneider aufgetan?«, wiederholte Karin.

»Hat sie, keine Frage. Ein Volltreffer, ein Glückstreffer. Das Beste, was ihr je passieren konnte. Ich weiß nicht, wie sie es geschafft hat, aber sie hat es geschafft. Ein One-Hit-Wonder. So etwas gibt es nicht nur in der Musikbranche. Der Beetschneider hat zur Julia gepasst wie sie zu ihm. Eine perfekte, aber eine einmalige Konstellation. Das ist auch kein Geheimnis.«

»Meinst du wirklich, diese Fuchs wird sie feuern?«, fragte Karin.

»Jetzt nicht. Aber wenn der Pulverdampf der Werbeschlacht nach der Messe verraucht ist und sie ihre neuen Aufgaben nicht bewältigt. Kann schon sein. Ein Verlag ist keine soziale Schutzzone. Neue Leute kommen nach. So wie ich vor einem halben Jahr.«

»Dann war sie es auf keinen Fall«, resümierte Karin.

»Natürlich nicht!«, legte Farina nach. »Der war doch ihr Lebensjob. Die hat doch gedacht, sie betreut den Beetschneider bis zur Rente.«

»Wie realistisch wäre denn das gewesen?«, wollte Dollinger von seiner Tochter wissen.

»Der Beetschneider wollte nur mit der Julia arbeiten, nur von ihr betreut werden. Er hat nur Titelvorschläge von ihr angenommen. Die Fuchs hatte sich so schöne Titel überlegt, der Außendienst hat Vorschläge gemacht, sogar die Carla. Aber er hat nur der Julia vertraut. Alles klar?«

»Und wie klar«, nickte Dollinger. »Beetschneider war ihre

Jobgarantie. Was aber wäre gewesen, hätte er tatsächlich den Verlag gewechselt? Hätte er sie dann mitnehmen können? Zu einem Major-Verlag, einem Branchenriesen?«

Farina hob kurz ihre Schultern und blickte ihren Vater verlegen an.

»Ich sehe schon, das ist alles viel verzwickter, als ich gedacht habe«, meinte Karin. »Ich schlage daher vor, wir gehen erst einmal etwas essen und planen dann das Wochenende.«

»Das sage ich doch die ganze Zeit. Wir gehen zum Italiener hier um die Ecke«, freute sich Farina.

»Vergesst nicht, wir haben Karten für heute Abend.«, erhob sich Dollinger. »Für die *Unterfahrt*.«

»Vor allem sollten wir das Foto von Kurzmann nicht vergessen«, fügte Farina hinzu.

»Steckt schon in der Brieftasche.«

**12** Bei seiner zweiten Zeitreise in den Schwabinger Hinterhof von Lutz Hagedorn wurde Dollinger in Gedanken von einer jungen Ursula Stahl begleitet. In vielen Münchner Krimis war sie in den sechziger und siebziger Jahren das Objekt der Begierde gewesen. Verschleppt von Gangstern, ermordet von viel zu alten Ehemännern, gerettet von mutigen Inspektoren und Kommissaren. Und das nicht selten in Schwabinger Hinterhöfen. Dollinger hatte ihre typische Kurzhaarfrisur vor Augen, ihre spitze Nase und ihre markanten Wangenknochen.

Den Innenhof fand er so unverändert vor wie bei seinem ersten Besuch. Da er Zeit hatte und alleine war, genoss er die Reise in die Vergangenheit, lauschte den Blättern der Bäume, in denen sich schon der Herbst eingenistet hatte. Hinter den Büschen verbarg sich Ursula Stahl, verfolgt von Curd Jürgens, Klaus Kinski und Blacky Fuchsberger.

Dollinger schmunzelte, schüttelte den Kopf über die eigene Fantasie und klingelte. Hagedorn trug dieselbe fleckige, braune Cordhose und dasselbe bunte Baumwollhemd wie beim ersten Besuch. So schien es ihm zumindest.

»Bist du allein? Ich dachte, du wolltest Karin und deine Tochter mitbringen?«

»Wir haben umdisponiert«, erklärte Dollinger. »Zeit ist kostbar, wie du weißt. Also haben wir uns entschieden, getrennt zu marschieren. Karin und Farina machen einen Krankenbesuch bei einem Kollegen meiner Tochter.«

»Schade, ich hätte Karin gerne wiedergesehen.«

»Das holen wir nach, Lutz.«

»Dann lass uns gleich nach oben gehen«, sagte der Grafiker. »Es freut mich übrigens, dass dir meine Tipps so geholfen haben.«

»Das war wirklich genial. Auf den Punkt. Genau das, was ich gesucht hatte.«

»Vielleicht läuft es heute auch so gut.«

Das Atelier empfing sie mit Licht und Wärme. Auch hier war die Zeit stehengeblieben. Was Dollinger sehr entgegenkam, denn ohne Mühe konnte er Hagedorn zu zwei Entwürfen führen, die ihm bei seinem ersten Besuch aufgefallen waren.

»Na? Zu viel versprochen?«, prahlte Hagedorn.

»Nein. Wahrlich nicht. Die sind wirklich sehr gut geworden. Passen eigentlich gar nicht zu dem Krawallblatt.«

»Der *Münchner Blitz* ist nun einmal der *Münchner Blitz*«, lächelte der Grafiker. »Und wie du siehst, haben die das sechzig Jahre lang durchgehalten. Im Oktober ist die große Jubiläumsfeier.«

»Und du darfst die Plakate machen?«

»Da staunst du, was? Der alte Hagedorn hat eben so seine Kontakte.«

»Nun sag schon«, forderte Dollinger.

»Ich kenn nicht nur dich von früher, sondern auch den Gustl. Den Gustl Ochsenberger. Ich kannte sogar schon seinen Vater, den Gründer der Zeitung.«

»Verstehe«, sagte Dollinger und betrachtete die Entwürfe,

die eher zu einem avantgardistischen Kulturmagazin gepasst hätten und das Boulevardblatt stark aufwerteten.

»Was ist mit dem Ochsenberger? Deshalb bist du doch hier.«

Dollinger hob seine Augenbrauen und antwortete mit einem ernsten Blick. Aus seiner Jackentasche zog er ein paar Ausdrucke, die er vor Hagedorns Augen entfaltete.

»Ich habe ein bisschen gegoogelt. Sieh dir das einmal an.«

Hagedorn nahm ihm die Ausdrucke aus der Hand und sah sich Blatt für Blatt an.

»Ah, ich verstehe, was du meinst. Der hat etwas gegen den Beetschneider. Und offenbar schon lange. Der hat dem ja schon vor Jahren ans Bein gepinkelt. Der Unkrautversteher. Der Kohlkopf unter den Dichtern. Der Kürbisküsser. Das hört ja gar nicht mehr auf.«

»Und Ochsenberger ist immer der Autor. Das stammt alles aus seiner Feder«, ergänzte Dollinger. »Ich bin darauf gekommen, weil er im Moment jeden, mit dem Beetschneider irgendwie mal gekonnt hat, als Mörder verkaufen will.«

Hagedorn ging die Ausdrucke ein zweites Mal durch, während sich seine Miene verfinsterte.

»Das verstehe ich nicht. Der ist eigentlich ganz anders, der Gustl. Aber der Beetschneider muss ein Stachel in seinem Fleisch gewesen sein.«

»Du kennst ihn doch?«, legte Dollinger nach.

»Das schon, aber eben nicht so. Der haut schon mal auf die Pauke. Der *Münchner Blitz* ist nicht die *Süddeutsche*. Aber damit schießt er eindeutig über das Ziel hinaus. Dieser Beetschneider, das war doch nur so ein harmloser Esoteriker, so ein Gartenguru, der niemandem etwas getan hat. Und der Gustl, das ist ein humorvoller Kerl, mit dem gibt es nur Spaß. Ein echter

Bayer halt. Aber eben kein Wadlbeißer. Der Gustl, der sieht die Welt nicht eng. Eigentlich interessiert der sich gar nicht für solche harmlosen Leute, wie der Beetschneider einer war.«

»Anscheinend doch«, stellte Dollinger fest. »Also, du kennst den gut?«

»Würde ich sagen.«

»Könntest du mir dann einen Gefallen tun?«

»Ich ahne es bereits.«

»Könntest du ihm vorsichtig auf den Zahn fühlen? Frag ihn einfach, warum er jeden Tag so einen Artikel schreibt«, bat Dollinger.

»Das ist gar nicht so leicht«, entgegnete Hagedorn. »Ein bisschen cholerisch ist er nämlich schon, der Gustl. Ab und zu. Den muss man auf dem rechten Fuß erwischen.«

»Dann tu das, Lutz. Ich möchte den Grund wissen. Es ist wirklich wichtig.«

»Du verdächtigst ihn?«

»Im Moment verdächtige ich noch niemanden«, gab Dollinger zu. »Aber da sich die Polizei nur mit dem Verlag befasst, halte ich es für richtig, das soziale Umfeld des Opfers nicht zu vergessen.«

»War denn der Gustl auf dieser Verlagsparty?«

»Nein, das war er nicht. Er hat einen Reporter und einen Fotografen geschickt. Er hat zwar eine Einladung bekommen, ist aber nicht erschienen«, erklärte Dollinger. »Wahrscheinlich wegen Beetschneider.«

»Dann scheidet er ja sowieso aus.«

»Nicht unbedingt. Der Mörder muss sich nicht unter den Gästen befunden haben.«

»Der Gustl«, raunte Hagedorn kaum hörbar und mit noch immer ernster Miene. »Das passt gar nicht zu ihm. Der Gustl.«

»Was ist jetzt, Lutz?«

»Er kommt am Dienstag, um sich die Entwürfe anzuse-hen«, antwortete Hagedorn.

»Dann legst du eine Zeitung auf einen der Tische und kannst ihn im Vorbeigehen fragen«, schlug Dollinger vor.

»Ja, ja. So einfach ist das nicht. Der fragt mich glatt, was ich mit dem Beetschneider zu tun habe.«

»Sag ihm, wie es ist. Nichts hast du mit ihm zu tun. Du hast ihn nie gesehen. Erwähne den Namen nicht einmal, nur den Mord. Okay?«

Hagedorn sah ihn skeptisch an. Der Blick machte ihn noch ein bisschen älter. Aber es waren nicht die Jahre, die Dollinger sah, es war der Geist, der hinter seinen Augen an Beweglichkeit eingebüßt hatte.

»Frag ihn, Lutz. Bitte. Es ist wichtig. Ich muss wissen, was den Mann antreibt.«

»Ich, ich tu's ja!«, stimmte der Grafiker widerwillig zu. »Am Dienstag. Wenn er sich die Entwürfe ansieht. Der Gustl.«

»So, und jetzt trinken wir einen Kaffee. Du hast doch eine Maschine?«

»Unverzichtbar, so ein Ding. Kaffee ist doch ein Grund-nahrungsmittel«, antwortete Hagedorn und klang erleichtert. »Was machst du eigentlich den lieben langen Tag? So als Pen-sionär?«

Dollinger wollte seinen alten Partner gerade mit in seinen Garten nehmen, als sich sein Smartphone meldete. Farina.

»Du hattest Recht, Papa. Er war nicht zu Hause. Wir ha-ben ein paarmal geklingelt und sind dann gegangen. Als wir im Auto saßen, habe ich ihn dann zufällig gesehen. Du wirst lachen, der saß auf seinem Fahrrad und kam mit einem Affenzahn angeradelt. Als hätte er ein neues Knie. Und dann ist er von seinem Rad gesprungen wie ein junger Gott.«

Dollinger freute sich kurz, wusste aber genau, dass seine Liste immer länger wurde. Simon Kurzmann hatte es am Freitag auf diese Liste geschafft, denn nicht ein Mitarbeiter der *Unterfahrt* hatte ihn erkannt. Im Gegenteil, eine Kellnerin, die am Abend des Mordes bedient hatte, war sich sicher, Kurzmann nicht gesehen zu haben. Das war natürlich noch lange kein Beweis, aber zumindest ein sehr wackliges Alibi.

»Milch? Zucker?«

»Einen Würfel. Das reicht«, antwortete Dollinger.

»Schlechte Nachrichten?«

»In gewisser Weise schon. Egal. Was mich am meisten beschäftigt, ist dieser Beetschneider. Der hat einfach auf zu vielen Hochzeiten getanzt. Der war allgegenwärtig und ist doch nicht zu fassen, wenn du weißt, was ich meine. Ein Mann ohne Eigenschaften mit vielen Eigenschaften. Aber es sind eben nicht seine. Er verschwindet einfach hinter geklauten Etiketten, Kostümen und Masken.«

»Dieser Typus ist in München nicht schwer zu finden«, erklärte Hagedorn. »Hier sind viele im Showbusiness. Von morgens bis abends. Komm, setzen wir uns.«

»Trotzdem. Dieser Beetschneider war schon eine besondere Nummer. Genauer gesagt, eine ganze Nummernrevue.«

Dollinger genoss den Kaffee, der wirklich gut war. Hagedorn hatte keine billigen Bohnen eingekauft. Noch dazu hatte ihn der Hinweis auf das Showbusiness auf einen interessanten Gedanken gebracht. Der Mord hatte viel gemein mit einer Zaubershow. Das wichtigste Manöver eines Zauberers war die Ablenkung. Das Publikum sollte seine Aufmerksamkeit auf etwas ganz anderes richten als auf das eigentliche Geschehen. Das war das ganze Geheimnis, das jeder aus der Branche beherrschen musste, vom Hütchenspieler bis zum Magier in Las Vegas. Ablenkung. Konzentration des Publikums auf das Unwesentliche, während das Wesentliche passierte. Oft genug unmittelbar vor den Augen der Zuschauer.

»Ärgerlich, dass ich nicht dabei gewesen bin!«

»Wobei? Ich verstehe kein Wort«, sagte Hagedorn.

»Ach, bei dem Mord. Es war ja nicht stockdunkel in den Zelten. Und es waren locker 130 Gäste in dem Innenhof«, dachte er wieder einmal laut nach. »Sie waren das Publikum. Sie hätten etwas sehen müssen. Aber was genau war jetzt die Ablenkung?«

Dollinger schloss kurz die Augen und versuchte, sich das Parkett und die Bühne vorzustellen.

»Jetzt komm mal runter, Walter. Erzähl mir endlich von deinem Rentnerleben. Ich hole uns noch einen Kaffee.«

»Hast recht, Lutz«, lenkte Dollinger ein.

»Also, wie genau ist das passiert.«

»Das mit der Allergie? Das ist eine lange Geschichte.«

# 13

»Dollinger? Sie sind ja immer noch da!«

»Es hat sich so ergeben«, antwortete er ruhig.

»Ich hatte Ihnen doch gesagt, Sie sollen sich da raushalten!«

»Aber das tue ich doch, Herr Schwerdtfeger. Ich besuche nur meine Tochter und passe ein bisschen auf sie auf. Das ist alles.«

Der Hauptkommissar verengte seine Augen zu Sehschlitzen, seine Gesichtsfarbe änderte sich aber nicht gravierend.

»Hat sie Sie angerufen?«

»Warum sollte sie das tun?«

»Weil eine gewisse Julia Semina verschwunden ist.«

»Sie ist nicht verschwunden. Sie ist nur nicht zu Arbeit erschienen«, korrigierte ein junger Kollege des Hauptkommissars in einem angesagten Anzug.

»Blödsinn!«, donnerte Schwerdtfeger zurück, dass der noch unerfahrene Beamte zusammenzuckte. »Blödsinn, sage ich! Die ist über alle Berge.«

Ein Handyläuten. Der Hauptkommissar griff in seine Manteltasche und nahm den Anruf entgegen. Dollinger wollte die Gelegenheit nutzen, doch der breite Riese ließ ihn nicht passieren. Farina hatte ihn tatsächlich angerufen und in den Verlag beordert. Wegen Julia Semina. Aber an Schwerdtfeger war kein Vorbeikommen. Also harrte er aus, bis dieser das Gespräch beendet hatte.

»Ausgeflogen!«

»Wer ist ausgeflogen?«, fragte Dollinger.

»Diese Lektorin. Was immer das für ein Beruf ist. Das war einer von meinen Leuten. In ihrer Wohnung ist sie nicht. Bei ihren Eltern ist sie nicht. In der Gerichtsmedizin ist sie nicht. Ans Handy geht sie nicht. Klar, ist ja auch abgeschaltet. Folglich ist sie abgehauen.«

»Warum sollte sie denn … abhauen?«

»Dumme Frage! Weil sie es war, Sie Amateur! Es ist ihr aber zu heiß geworden. Wir haben zu viel Druck gemacht, dem sie nicht mehr gewachsen war. Und weg ist sie. Ab durch die Mitte. Aber keine Sorge, so leicht geht das nicht«, bellte Schwerdtfeger. »Wir sind ja auch noch da.«

»Was hatte sie denn für ein Motiv?«, fragte Dollinger bewusst naiv, denn er wollte unbedingt eine Antwort erhalten.

»Na gut. Weil Sie es sind und Ihre Tochter jetzt aus dem Schneider ist. Da! Lesen Sie! Mir glauben Sie ja sowieso nicht!«

Der Hauptkommissar klatschte ihm die neuste Ausgabe des *Münchner Blitzes* vor den Bauch, so dass ihm das Blatt noch ungelesen auf den Magen schlug. Diesmal hatte Ochsenberger sogar die erste Seite für sich reserviert. Die Dachzeile war rot und fett:

### BLV-Mord: Beetschneider wollte Verlag wechseln

Ein leitender Redakteur eines Verlagskonzerns hatte sein Schweigen gebrochen und Ochsenberger exklusiv von Beetschneiders geplantem Ausstieg bei blv berichtet. Der Autor habe einen Neuanfang unter anderen Bedingungen angestrebt. Neue Themen, neue Titel, ein neuer Stil, neue Erfolge. Ohne Ballast. Das wäre ihm aber nur durch einen Verlagswechsel möglich gewesen.

»Reicht Ihnen das? Das hätte die Semina nie verkraftet. Die hat doch weiter nichts getan, als diesen Blumenversteher zu bemuttern. Irgendwie muss sie davon Wind bekommen haben. Er hat ihre Karriere beendet, also hat sie seine beendet. Eigentlich doch ganz einfach.«

»Ja. Klingt alles ganz einfach«, nickte Dollinger und klatsche nun dem Riesen die wieder zusammengelegte Zeitung vor den Bauch, was den Hauptkommissar aber nicht im Geringsten beeindruckte.

»Gehen Sie schon, Mann. Ihre Tochter wartet. Und dann ab nach Biberbach.«

Schwerdtfeger drehte sich zur Seite wie eine Tresortür und gab den Weg in den Flur frei. In Seminas Büro stellten Frauen und Männer in weißen Overalls Schreibtisch und Regale auf den Kopf. Schwerdtfegers Donnern war noch in Farinas Büro zu hören. Dollinger ließ sich in einen Bürostuhl plumpsen und sah seine Tochter wortlos an.

»Die Julia? Das glaub ich einfach nicht, Papa! Die hat den doch geliebt. Das war doch ihr Hektor?«

»Wann hat wer die Polizei angerufen?«

»Die Fuchs. Nach der Mittagspause. Sie hat versucht, die Julia zu erreichen und es dann mit der Angst zu tun bekommen«, erklärte Farina. »Und dann habe ich dich angerufen.«

»Wann hast du sie zuletzt gesehen?«

»Am Freitag. So gegen 16 Uhr. Als ich gegangen bin. Die hat mir noch ein schönes Wochenende gewünscht«, sagte Farina und kämpfte mit den Tränen.

Aus dem Flur war erneut das Poltern von Schwerdtfeger zu hören.

»Was meinst du, Papa, werden sie sie kriegen?«

»Vielleicht. Ich weiß es nicht«, antwortete Dollinger und blickte seine Tochter weiterhin fragend an. »War sie seine Geliebte?«

»Nein, Papa! Das habe ich dir doch schon hundertmal gesagt! Sie hat nichts mit Beetschneider gehabt.«

»Ist ja schon gut«, gab er nach und senkte kurz seinen Kopf. Als er ihn wieder hob, hatte er ein Urteil gefällt: »Sie war es nicht.«

Farina öffnete leicht ihren Mund und legte ihren Kopf zur Seite. Das hatte sie schon als Kind getan, wenn sie etwas nicht verstanden hatte.

»Aber der Schwerdtfeger …?«

»Der braucht so schnell wie möglich einen Täter. Oder eine Täterin. Da kann er sich diese Vorlage nicht entgehen lassen«, erklärte Dollinger leise. »Wenn die nicht bald wieder auftaucht, wird er sie der Presse zum Fraß vorwerfen. Und alle werden ihm applaudieren, vor allem der Spenden-Seppi.«

»Die Presse braucht der Schwerdtfeger gar nicht«, meinte Farina. »Das kannst du schon auf Twitter lesen. Schon vor einer Stunde ging es los. Es ist aber niemand aus dem Verlag.«

»Wer weiß davon?«, fragte Dollinger erstaunt.

»Na, wir und die Polizei«, antwortete Farina. »Es sei denn, jemand hat telefoniert. So wie ich. Du weißt es ja auch schon.«

»Das hatte ich vergessen. Der Dammbruch geht ja heute schneller als früher. Aber sie war es trotzdem nicht. Daran kann auch Twitter nichts ändern.«

»Aber wenn sie es doch war? Wenn Schwerdtfeger von Anfang an richtig lag?«

Dollinger zog es vor, diese Frage nicht zu beantworten, da er zwar etliche Teile des Puzzles zu sehen glaubte, nicht aber ein stimmiges Bild, das sie hätten ergeben müssen. Er traute Schwerdtfeger jedoch zu, alle möglichen Teile einfach gewaltsam zusammenzufügen.

»Sag mal, wie gut kennst du die Julia eigentlich?«

»Nur von der Arbeit her. Aber da sehe ich sie ja jeden Tag.«

»Privat nicht?«

»Nein.«

»Wen könnten wir fragen? Hier im Verlag?«

Farina dachte nach und gab damit schon die Antwort.

»So richtig gut, meinst du?«

Dollinger nickte.

»Ich fürchte, niemand. Wir könnten höchstens Corinna fragen. Gleich nebenan. Gartenratgeber.«

»Genau meine Kragenweite.«

Vater und Tochter verließen das Büro, um gleich ins nächste zu gehen. Im Flur fuchtelte und bellte Schwerdtfeger und trieb seine Mannschaft an. Aber die benachbarte Lektorin gewährte ihnen umgehend Asyl.

Corinna Schievelbusch war Ende dreißig, schlank, zart und nicht ausgesprochen feminin, wozu auch ihre jungenhafte Kurzhaarfrisur beitrug. Dollinger hatte bereits in den ersten Tagen mit ihr gesprochen.

»Na, der zieht aber eine Show ab«, wunderte sich die Lektorin.

»Der geht auch wieder«, kommentierte Dollinger. »Frau Seminas Fernbleiben ist für den Hauptkommissar eine freudige Überraschung und eine willkommene Gelegenheit, sich abzureagieren. Lassen Sie ihn am besten in Ruhe.«

»Was halten Sie von der Sache, Herr Dollinger?«

»Ich glaube nicht, dass Frau Semina die Mörderin ist«, antwortete er ohne Umschweife. »Andererseits weiß ich zu wenig über sie. Könnten Sie mir da weiterhelfen?«

Schievelbusch sah Farina hilfesuchend an.

»Das war deine Idee, stimmt's?«

Farina antwortete mit einem Geständnisblick.

»Ich war ein paarmal mir ihr unterwegs. Abends. Als ich noch solo war. Aber das ist schon eine Weile her. Eine introvertierte Frau. Die geht nicht so leicht aus sich heraus. Klebt den ganzen Abend an einem Cocktail und rührt sich nicht. Eine echte Spaßbremse. Aber sonst kannte ich sie auch nur aus dem Verlag.«

»Farina sagte mir, dass sie ein Single ist. Hatte sie denn früher einmal einen Freund?«, fragte Dollinger?

»Ja. Ich weiß zwar nicht, wie die das gemacht hat, aber sie war mit einem vom Vertrieb zusammen. Mit Fabian Münchmeier. Der ist aber nicht mehr bei uns. Das war auch nur kurz. Ein halbes Jahr oder so.«

Vor der Tür brummte Schwerdtfeger eine Anweisung, die er umgehend wiederholte, weil ihm offenbar die Geschwindigkeit der Ausführung nicht ausreichte.

»Was war mit Beetschneider?«

»Die alte Leier«, stöhnte Schievelbusch. »Das Gerücht ist nicht totzukriegen. Die Antwort ist aber noch dieselbe: Nichts. Da war nichts. Der Beetschneider ist nach jedem Termin zurück in seine Zweitwohnung in Haidhausen. Alleine. Oder er ist nach Salzburg zu seiner Frau gefahren. Wenn da etwas gewesen wäre, das hätte ich gemerkt. Die Julia hat den nie angehimmelt, die hat sich nie in den verguckt. Gemocht hat sie den. Keine Frage. Er sie ja auch. Sonst nichts. Ein gutes Team eben.«

»Schade, sehr schade«, seufzte Dollinger. »Das hätte so gut in mein Puzzle gepasst.«

»Jetzt beiß dich da doch nicht so fest«, schimpfte seine Tochter. »Akzeptier es einfach. Und erwähne es nicht wieder. Das Thema muss doch irgendwann mal durch sein.«

»Versprochen«, sagte Dollinger und dankte der Lektorin. Dann horchte er an der Tür. »Ich glaube, die Luft ist rein.«

Auf dem Flur trafen sie auf Rose Fuchs und Carla Naber, die ein wenig hilflos wirkten.

»Sind die immer so laut?«, fragte die Verlagsleiterin.

»Nein, nur einer«, erklärte Dollinger. »Hat er noch etwas gesagt?«

»Nur, dass er Julia für die Täterin hält. Aber das wissen Sie ja schon. Er hat alles in Bewegung gesetzt. Fahndung, Flughafen, Bahnhöfe und so weiter. Was man aus den Krimis kennt.«

»Ist es das erste Mal? Ich meine, ist sie früher schon mal unentschuldigt nicht erschienen?«

»Die Julia? Die Pünktlichkeit in Person? Darum haben wir ja die Polizei informiert«, antwortete Fuchs. »Wenn die nicht kommt und nicht ans Telefon geht, ist etwas passiert.«

»Was halten Sie davon?«, fragte Naber.

»Im Moment noch nicht viel«, sagte Dollinger. »Aber ich bezweifle, dass wir vor der Lösung des Falls stehen.«

»Ich mache mir langsam Sorgen um den Verlag«, gestand Fuchs. »Am meisten ärgert mich, dass dieser Ochsenberger Beetschneiders Tod ›blv-Mord‹ getauft hat. So etwas prägt sich doch in das Gedächtnis der Menschen ein. Unverantwortlich.«

»Aber sie vergessen auch wieder«, meinte Naber. »Außerdem wird die Sache für einen neuen Rekord sorgen. Sein letztes Buch wird der Renner werden. Wir haben Vorbestellungen und Anfragen wie noch nie.«

»Bestimmt. Am Erfolg besteht kein Zweifel«, schnaufte die Verlagschefin. »Aber vergessen Sie nicht: Es ist sein letztes Buch.«

»Heuern Sie doch den Kurzmann an«, schlug Dollinger beiläufig und auch nicht ganz ernst gemeint vor.

»Diesen Banausen?«, echauffierte sich die Pressesprecherin augenblicklich. »Das ist doch nur ein Abklatsch von unserem Beetschneider. Eine Witzfigur, ein Dilettant!«

»Wer ihn haben will, sollte schnell sein«, überlegte Fuchs mit einem schwer zu deutenden Blick. »Die Julia hatte schon einen weiteren Titel für Beetschneider in petto. Wie Komposthaufen unsere Träume beeinflussen. Jedenfalls so ähnlich. Sie hat es mir vor etwa vier Wochen gemailt. Konzept inklusive.«

»Rose!«, empörte sich Carla Naber. »Das kannst du doch nicht machen!«

»Ich? Nein, ich ganz bestimmt nicht! Wo denkst du hin? Aber Farina. Das wäre doch etwas für unseren Neuzugang. Wird sowieso höchste Zeit, dass sie ein größeres Projekt betreut. Entschuldigen Sie mich, ich muss telefonieren«, sagte Fuchs zu Dollinger und verließ die kleine Flurversammlung fast fluchtartig.

»Mensch, Papa!«, schimpfte Farina. »Was sollte das denn? Die bindet mir glatt diesen Kurzmann ans Bein!«

»Herr Dollinger! Wie konnten Sie nur?«, pflichtete ihr Naber bei.

»Das … das konnte ich doch nicht ahnen!«

Aber es war zu spät. Er hatte ins Klo gegriffen. Sehr tief sogar. Entsprechend kühl fiel der Abschied von seiner Tochter aus, die mit wenig Elan in ihr Büro zurückkehrte. Die großen Augen hinter der großen Brille von Carla Naber signalisierten

Unverständnis. Von Selbstvorwürfen begleitet, schlich Dollinger zu seinem Auto und stieg ein.

Der Fauxpas, den er sich gerade geleistet hatte, war nicht das Einzige, was ihn bedrängte. Denn nach der Aussage von Corinna Schievelbusch kämpfte er mit einer grauenhaften Vorstellung, nämlich der vagen Möglichkeit, dass Julia Semina tatsächlich den Mord begangen haben könnte. Hatte er diese Möglichkeit etwa nur ausgeschlossen, weil Schwerdtfeger sich so sicher war? Hatte er nur opponiert, nur Widerstand geleistet, weil der breite Riese zu einem anderen Ergebnis gekommen war als er?

Dollinger wollte die Starttaste drücken, zog aber den Finger wieder zurück. In wenigen Minuten spielte er die Variante durch, stolperte aber immer wieder über die Tat selbst. Semina hatte direkt neben der Fuchs gestanden. Aber niemand hatte sie nach hinten zu den Zelten gehen sehen. Oder war sie die Magierin, auf deren Ablenkungsmanöver das gesamte Publikum hereingefallen war? Lange hätte sie nicht gebraucht. Doch wie hatte sie das gemacht? Jedenfalls nicht mit einem billigen Trick.

Zweiter Versuch. Sein rechter Zeigefinger näherte sich dem Startknopf, zögerte aber erneut.

Wo war sie jetzt? Vorausgesetzt, sie war tatsächlich die Mörderin? Schwerdtfeger hatte alle Zufluchtsorte abgeklappert. Er aber kannte einen, den der Hauptkommissar nicht kannte. Seine Hand wanderte in die Tasche zum Handy, fasste aber nicht zu. Ein Griff ins Klo pro Tag war genug. Er zog die Hand aus der Tasche und drückte auf den Knopf. Der Motor startete. Bis nach Schwabing war es nicht weit. Nur der Parkplatz war ein Problem. Es sei denn, er parkte direkt vor dem großen, grünen Tor. Latexhandschuhe lagen griffbereit im Handschuhfach.

# 14

Fast ein Déjà-vu. Das Firmentor. Der Efeu. Der Rost. Die Mauern. Der schmale Pfad. Wie beim ersten Mal sah sich Dollinger um, taxierte die Fenster der gegenüberliegenden Häuser, verfolgte die Fußgänger, wartete ab, bis ein Auto vorbeigefahren war. Dann, innerhalb von zwei oder drei Sekunden, tauchte er in den Dschungel ab und tauschte die eine Realität gegen eine andere ein.

Wieder versuchte er sich als Winnetou, der Held seiner Jugend. Der geübte indianische Spurensucher hätte sicher keine große Mühe gehabt. Er aber war kein Indianer, sondern Pensionär. Es hatte keinen Zweck, die wenigen abgebrochenen Efeuranken einem Ereignis zuzuordnen. Zumal er erst vor Kurzem selbst Spuren hinterlassen hatte. Bei seiner letzten Rückkehr aus dem Dschungel hatte er nicht auf die Ranken geachtet. Winnetou hätte ihn wohl kaum als Partner akzeptiert.

Die grüne Seitentür, die in den kleinen Vorraum führte, schien unverändert. Dollinger öffnete sie so leise wie möglich. Er hoffte auf ein Geräusch, mit dem die Lektorin ihre Anwesenheit verriet. Wie ein Storch auf den Aischgrundauen vor seinem Haus stelzte, so stieg er durch den Türspalt. Langsam schloss er hinter sich die Tür und horchte in die verlassene Druckerei hinein. In aller Ruhe. Er hatte es nicht eilig.

Nichts.

Die nächste Tür. Sonnenlicht schoss durch die Dachfenster. Es war heller als beim ersten Mal. Das Déjà-vu war doch keins. Vorsichtig schob er den Kopf durch den Türspalt und horchte erneut.

Nichts.

Staub schwebte in den Sonnenstrahlen. Staub, der sich bewegte. Deutlich erkannte er Fußabdrücke auf dem steinernen Boden. Die konnten natürlich auch von ihm stammen. Seine indianischen Fähigkeiten reichten trotz bestem Karl-May-Fachwissen nicht aus, die Anzahl der Besucher festzustellen. Noch einmal prüfte er die Stille.

Nichts.

Sollte er jetzt nicht besser umkehren? Die Stille war nicht eingeplant. Er hatte auf Lebenszeichen gesetzt, die er hätte Schwerdtfeger melden können. Und jetzt das. Falls sie die Mörderin war, so war sie nicht zu unterschätzen. Andererseits rechnete sie bestimmt nicht mit seinem Überraschungsbesuch.

Egal.

Dollinger erweiterte den Türspalt und schlüpfte hindurch. Immerhin brauchte er sich nicht auf seine Ohren zu verlassen. Dank des sonnigen Tages sah er die alte Druckerei in neuem Licht. *Heidelberg* stand auf einer der Druckmaschinen links von ihm. Sie wurde von Spinnweben umgarnt wie jüngst die Amsel. Die Regale standen da, als würden die Drucker jeden Moment zurückkehren. Lettern, Setzkästen und Winkelhaken warteten geduldig auf das Ende des Digitaldrucks. Nur Staub und Spinnweben trübten die Hoffnung auf andere Zeiten, die längst der Vergangenheit angehörten.

Er war jetzt zwei Meter weit vorgedrungen, ohne auf eine Spur gestoßen zu sein. Von seiner Position aus wäre eine Flucht noch leicht zu bewerkstelligen gewesen. Die Halle war groß, er hatte freies Sichtfeld. Überraschungen waren nicht ohne Weiteres möglich. Im Gegenteil, er selbst war die Überraschung.

Wo würde sie sich aufhalten? Rechts, in den Büroräumen, wo er die Amsel befreit hatte? Dort konnte man es eine Weile aushalten, ohne entdeckt zu werden. Vor allem im Sommer, wenn man keine Heizung benötigte. Ein paar Lebensmittel, ein paar Klamotten, eine Taschenlampe, und man war untergetaucht. Toiletten gab es bestimmt auch. Vielleicht sogar noch fließendes Wasser.

Dollinger wandte sich nach rechts und schlich sich zur Bürotür. Routinemäßig spitzte er die Ohren.

Nichts.

Er hatte sich geirrt. Nicht mehr ganz so vorsichtig öffnete er die Tür. Keine Amsel. Aber auch kein Mensch. Im Gegenteil, die Spinnweben auf den Schreibtischen waren intakt. Nur die vor dem Fenster fehlten, die der Vogel mit seinen Flügeln eingesammelt hatte. Der Rest war unberührt. Die Spinnweben hielten ihn auch davon ab, die nächste Tür zu öffnen.

Er machte also kehrt und ging zurück in die Druckwerkstatt zu den großen Druckmaschinen, die nach einer Stadt am Neckar benannt worden waren. Sein Blick wanderte über die Tische neben dem Haupteingang. Alles schien unverändert. Die Kanister, die Flaschen, die Dosen. Und trotzdem. Etwas stimmte nicht, etwas war verändert worden. Dollinger lauschte ein weiteres Mal, dann watete er zum Tisch. Der rostige, nicht mehr glänzende Metallkanister. Er stand jetzt rechts. In der Nähe des blinden Fensters. Und links?

Da lag sie. Auf dem staubigen Steinboden. Julia Semina.

Auf dem Rücken. Als würde sie schlafen oder im Wasser treiben. Die gefesselten Arme nach hinten. Dollinger war sofort bei ihr, aber sie war längst tot. Das Licht reichte aus, den Einstich im rechten Arm zu erkennen. Auch sie war durch eine Injektion getötet worden. Das Gift war nicht schwer zu erraten. Es stammte aus den rostigen Kanistern. Toluol. Xylol. Druckerschwärze.

Ihre Augen waren geschlossen, ihr Mund mit einem Klebeband versiegelt. Aber sie schwieg auch so. Selbst Schwerdtfeger würde sie nun nicht länger für die Mörderin halten. Ein Selbstmord kam auch nicht in Frage. Kniend startete er einen Lauschangriff. Nur zur Sicherheit.

Nichts.

Er war allein. Mit einer Toten.

Seine Hand fiel in seine Tasche zum Handy. Dann sah er etwas aufblitzen. Im Staub unter einer der großen Druckmaschinen. Zuerst dachte er an einen Taschenspiegel oder eine Münze. Er beorderte die Hand zurück und ließ sie nach dem Funkeln tasten. Es musste etwas Neues sein, sonst hätte der Staub es längst mattgesetzt. Er spürte seinen Rücken, seine Schulter, seinen Arm. Das Funkeln hatte sich unter den stählernen Füßen der Druckmaschine in Sicherheit gebracht. Es dauerte eine Weile, bis seine Finger auf Widerstand stießen und das unbekannte Objekt in die Zange nehmen konnten.

Ein Schlüsselbund. Ein kleines Schlüsselbund mit vier Schlüsseln. Auto, Haustür, Haustür, irgendwas. Vermutete er. Er verspürte wenig Ambitionen, einer Toten in die Hosentaschen zu greifen, war sich aber sicher, dass es Seminas Schlüssel waren. Sie mussten beim Kampf oder während des Mordes heruntergefallen sein. Dollinger suchte und wurde nicht fündig. Keine Handtasche. Der Mörder musste sie an sich genommen haben. Oder sie lag noch im Auto. Auf jeden Fall fehlten die Schlüssel.

Dollinger ließ das Handy an seinem Platz. Die Schlüssel vor Augen, schoss ihm ein Gedanke durch den Kopf. Er hatte nur eine Chance, die Wohnung der Toten zu inspizieren, nämlich jetzt und sofort. Würde er Schwerdtfeger anrufen, würde er nie einen Blick in ihre Wohnung werfen können.

Und die Leiche? Lag hier sicher und verborgen. Der Mörder hatte ein fantastisches Versteck gewählt, weil es niemand kannte. Die Leiche konnte hier Jahre liegen, ohne entdeckt zu werden. Auf eine Stunde mehr oder weniger kam es also nicht an.

Die Entscheidung fiel im Aufstehen. Dollinger machte sich aus dem Staub. Wortwörtlich. Aber er ließ dennoch keine Hast aufkommen, berührte nichts, blieb auf dem ausgetretenen Pfad, öffnete vorsichtig die Türen, schloss sie wieder und tastete sich durch den Dschungel. Erst als sich nichts rührte, trat er ans Licht und schlenderte zum Auto, als wäre nichts geschehen. Wie bei seinem ersten Fall, spürte er sein Herz, spürte er das Adrenalin, fühlte er sich gut. Natürlich war auch Angst im Spiel, doch es war ihr nicht gelungen, die Führung zu übernehmen. Das hatte nicht einmal der Anblick der Toten geschafft. Vielleicht lag es daran, dass er in seinem globalisierten Berufsleben als Einkaufsmanager eines Chemiebetriebs so viele Länder bereist und dabei auch viel Schreckliches gesehen hatte. Dazu hatte in Afrika auch der Tod gehört. Ein Schock war also ausgeblieben, so entsetzlich er den Mord an der jungen Frau auch fand.

Dollinger sah auf die Uhr, denn er wollte sich auch nicht verzetteln. Aber das erwies sich als undurchführbar, denn schon der Stadtverkehr kostete ihn eine halbe Stunde. Die

Adresse hatte ihm Farina gegeben. Die Wohnung der Toten lag im dritten Stock eines Wohnblocks, den Heinz Rühmann als »hübsch-hässlich« bezeichnet hätte. Ein charakterloser Bau aus der Nachkriegszeit mit schmutzig-grünem Putz und muffigem Treppenhaus. Die Wohnungstür war weder bewacht noch versiegelt; Schwerdtfegers Kollege hatte wahrscheinlich nur einmal kurz nachgesehen. Vielleicht war er auch gar nicht in der Wohnung gewesen, aber das bezweifelte er. Bestimmt hatte er sich die Tür von einem Hausmeister aufschließen lassen.

Dollinger verhielt sich wie ein argloser Besucher, doch seine Mühe war umsonst, das Treppenhaus war verlassen. Blitzschnell schloss er auf. Die Handschuhe hatte er angelassen.

Eine kleine, eine bescheidene Wohnung. Dollinger hatte Besseres erwartet. Ein angedeuteter Flur, zwei Zimmer, ein winziges Bad, eine winzige Küche. Die Wohnung seiner Tochter war größer, dabei empfand er schon die als klein.

Er begann im Wohnzimmer, in dem sich auch ein kleiner Sekretär befand. Nach einer ersten Inspektion sah alles so aus, als wäre nichts durchsucht worden. Er war tatsächlich der Erste. Kein Wunder, denn er besaß die Schlüssel. Falls der Mörder sie gesucht hatte, so hatte ihm die Sonne jegliche Hilfe verweigert. Denn nur ihr hatte Dollinger seinen Fund zu verdanken. Die Sonne war auf seiner Seite gewesen.

Briefe, Postkarten, Rechnungen, Überweisungen, Schreiben von Versicherungen und Behörden. Was immer er überflog, nichts bezog sich auf den Verlag oder Beetschneider. Die beiden Schubladen ging er nur grob durch, denn sie lieferten vergleichbare Funde. Der Sekretär barg nur Privates und Persönliches. Selbst das dünne Adressbuch, ein zweckentfremdetes Vokabelheft, enthielt keine Anschrift oder Telefonnummer von Beetschneider. Ohnehin fanden sich erstaunlich wenige

Adressen darin. Die meisten Buchstaben besaßen überhaupt keinen Eintrag.

Über dem Sekretär hing eine Pinnwand aus Kork. Auch die gab nicht viel über die Tote preis. Postkarten, Briefmarken, ein Konzertticket von Phil Collins, ein Luftballon, ein Sticker, ein Plan der Londoner U-Bahn, nicht mehr ganz frisch. Für welche Erinnerungen diese aufgespießten Souvenirs auch standen, sie waren nun bedeutungslos geworden. Die Bilder, die zu den Objekten passten, waren für immer gelöscht.

Aus purer Neugier nahm er eine Postkarte von der Pinnwand, auf der die Tower Bridge zu sehen war. Über die war er auch immer gerne gegangen. Unweit befand sich das Design Museum, das er über alles schätzte. Er drehte die Karte um, doch sie war nie verschickt worden. Semina selbst musste sie von einer Reise mitgebracht haben. Dennoch war sie nicht unbeschrieben. Auf dem Adressenfeld waren eine Straße und eine Hausnummer angegeben. Dann nahm er sich den kleinen Schrank neben der Tür vor. Aber auch der hielt keine Überraschungen bereit, sondern nur Alltägliches und Gewöhnliches. Von Lifestyle und Statussymbolen keine Spur. Der Münchner Trendsport schien sie nicht begeistert zu haben, jegliche Ikonen der sooft beschworenen, besungenen und zugleich geleugneten Schickeria fehlten. Vor allem aber verriet nichts den Beruf der Bewohnerin. Es gab keinen Laptop, keine Akten, keine mit nach Haus mitgenommenen Manuskripte, keine Coverentwürfe, keine Ausdrucke. Nichts. Die Wohnung war nur eine Wohnung. Schlafen, Fernsehen, ein paar Romane lesen, ein Fertiggericht in der Mikrowelle erhitzen, ein Glas Wein trinken, das war alles. Viel mehr hatten die Möbel und die Küche nicht zu erzählen. Keine geheimen Verstecke im Kleiderschrank, keine Autogrammkarten von verehrten Stars, keine alten Schülerfotos, keine Reitsporturkunde, kein Tennisclubmitgliedsausweis.

Enttäuscht zog sich Dollinger zurück, schlich sich aus der Wohnung und grübelte im Auto über sein weiteres Vorgehen nach. Irgendwie musste er ja Schwerdtfeger auf die Leiche aufmerksam machen. Er spielte kurz mit der Möglichkeit eines anonymen Anrufs, kehrte dann aber wieder zur persönlichen Aussage zurück. Es gab keinen anderen Weg. Und dann war da noch seine Tochter, der er die traurige Nachricht überbringen musste, verbunden mit der Nachricht, noch immer auf der Liste der Verdächtigen zu stehen.

Die Uhr sagte ihm, dass er sich viel länger in der Wohnung aufgehalten hatte, als geplant. Nein, er wollte die Polizei nicht länger warten lassen, er wollte das Wissen loswerden, wollte nachts schlafen können. Sein Finger drückte den Startknopf, diesmal ohne zu zögern. Wieder war der Verkehr heftig, wieder brauchte er eine halbe Stunde, um ans Ziel zu kommen, wieder musste er lange nach einem Parkplatz suchen.

Dafür hatte er im Polizeipräsidium auf Anhieb Glück. Schwerdtfeger saß in seinem Büro und hatte Zeit. Keine Vernehmung, kein Protokoll. Die Fahndung lief, entspannt wartete der Hauptkommissar auf die Nachricht von der erfolgten Festnahme. Mit hinter seinem Kopf verhakten Fingern saß er zurückgelehnt in seinem Stuhl, der unter ihm stöhnte. Er schien sogar so etwas wie gute Laune zu haben, denn er lächelte vage.

Aber das währte nicht lang. Dollinger brauchte nur wenige Sätze, um seine Geschichte zu erzählen. Beenden konnte er sie allerdings nicht.

»Ja, sind Sie denn wahnsinnig geworden?!«

In Biberbach hatte Dollinger erlebt, wie der breite Riese seinen massigen Körper kurz vor einer Eruption über den Tisch geschoben hatte. Dass er diesen Körper auch in die Höhe katapultieren konnte, war ihm neu. Der Hauptkommissar stand plötzlich vor ihm wie ein mächtiger Fels, der Stuhl atmete auf. Aber das war nicht alles. Der rosarote Farbton seines Kopfes erreichte auf der Skala von eins bis zehn schlagartig eine fünfzehn. Mehr rot war humanmedizinisch auch nicht mehr vorstellbar. Das war das Limit, die finale Grenze, das ultimative Rot. Jeder Hummer war leichenblass dagegen.

»Dafür lasse ich Sie einsperren! Sie … Sie … Westentaschen-Sherlock-Holmes! Warum haben Sie mich nicht sofort angerufen? Sofort! Kennen Sie das Wort? S-o-f-o-r-t! Stattdessen betreten Sie eigenmächtig einen Tatort? Habe ich Sie da richtig verstanden?«

»Ich konnte ja nicht ahnen, dass es ein Tatort ist«, rechtfertigte sich Dollinger. »Das sieht man ja nicht gleich auf den ersten Blick. Sie wahrscheinlich schon, ich aber nicht.«

»Darum sollten Sie sich ja raushalten! Und den Tipp haben Sie von einem Grafiker?«

»Die Druckerschwärze hat mich auf die Idee gebracht. Alte, gewöhnliche, klassische Druckerschwärze. Mit viel Toluol. Mit sehr viel Toluol. Flüssig und tödlich.«

»Da mussten Sie natürlich gleich nachsehen!«

»Nur einen Blick. Einen ganz kleinen. Sie wären wahrscheinlich sowieso nicht angerückt.«

»Und ob ich das wäre!«, polterte Schwerdtfeger. »Selbstverständlich wäre ich das! Sie hätten also gar nicht herzukommen brauchen!«

Der Hauptkommissar holte Luft. Um den Farbton halten zu können und seine Mannschaft zusammenzutrommeln.

»Müller! Gerlach! Biermann! Sie kommen mit! Wir haben

einen Leichenfund. Vermutlich die gesuchte Julia Semina. Sagen Sie unseren Spurensammlern Bescheid. Die sollen sich ausnahmsweise mal etwas beeilen.«

Der Weckruf zeigte umgehend Wirkung. Männer verließen ihre Schreibtische, Dokumente wurden noch schnell gespeichert, Waffen kontrolliert. Schwerdtfeger notierte die Adresse und reichte sie einem seiner Leute.

»Dollinger, Sie bleiben hier. Sie sind uns da nur im Weg. Nein, halt! Sie kommen doch besser mit. Zeigen Sie mir diesen Pfad, den sie gefunden haben. Vorne rein können wir dann ja immer noch.«

# 15

Mit Martinshorn und Blaulicht waren sie schnell vor Ort. Dollinger hatte seinen Wagen stehen gelassen und war bei Schwerdtfeger mitgefahren. Der Hauptkommissar parkte direkt vor dem großen, grünen Tor der Druckerei, wie unlängst auch Dollinger. Die anderen Fahrer waren ebenfalls kreativ und brauchten dabei keine Strafzettel zu fürchten.

Diesmal blieben die Fenster der umliegenden Häuser nicht leer, sondern füllten sich schnell mit Köpfen jeden Alters. Fußgänger und Fahrradfahrer blieben stehen. Erste Beratungen fanden statt. Ein Uniformierter holte vorsorglich eine große Rolle Flatterband aus seinem Wagen.

»Also, Dollinger, dann legen Sie mal los!«

»Hier geht es lang«, antwortete er und verschwand im Efeu.

»Das ist nicht ihr Ernst, Dollinger!«, rief ihm der Hauptkommissar hinterher.

»Leider doch. Sonst bleibt nur das große Tor. Einen anderen Eingang habe ich nicht gefunden.«

»Müller, folgen Sie diesem Naturburschen und lassen Sie ihn nicht aus den Augen.«

Besagter Müller war nicht einmal halb so breit wie Schwerdtfeger und hatte keine Mühe mit dem schmalen Durchgang.

»Dies ist die Tür«, erklärte Dollinger seinem Aufpasser nach ein paar Metern.

»Dann machen Sie bitte auf.«

»Ohne Handschuhe?«

Fünf Minuten später war Dollinger polizeilich ausgerüstet und konnte Hand an die Tür legen. Noch immer schafften es die Sonnenstrahlen in das potenzielle Industriemuseum. Was fehlte, war der Nervenkitzel. Sein Begleiter verhinderte jeglichen Adrenalinschub. Also hielt Dollinger sich nicht weiter auf, öffnete auch die zweite Tür und führte Müller durch die hallenartige Druckwerkstatt direkt in Richtung Leiche.

»Passen Sie auf die Fußabdrücke im Staub auf. Vielleicht sollten wir an ihnen vorbei gehen? Die Kanister mit der Druckerschwärze stehen dort auf dem Tisch.«

»Also? Wo liegt sie?«, bohrte der junge Mann mit fast kahlem Kopf und sonderbar stechenden Augen, als sie den vorderen Bereich erreicht hatten.

»Hier … hier hat sie gelegen. Noch vor einer guten Stunde«, antwortete Dollinger, ohne zu verstehen, warum der Steinboden der Druckerei nackt vor ihm lag.

»Nichts anfassen!«, blaffte ihn Müller an, als Dollinger sich bücken wollte. »Darum kümmert sich die Spusi. Sie rühren sich nicht vom Fleck!«

Während Dollinger weiterhin auf den Boden starrte, machte sich Müller am Vordereingang zu schaffen. Er brauchte lange, um die Tür zu öffnen, aber er schaffte es. Sie führte über einen kleinen Hof zum großen, grünen Tor, vor dem der Hauptkommissar unüberhörbar nervös wurde.

»Jetzt machen Sie schon, Müller! Das kann doch nicht so schwer sein!«

War es aber, denn ein zusätzliches Vorhängeschloss widersetzte sich hartnäckig den Bemühungen des jungen Polizisten. Erst als er einen langen Metallstab aus der Druckerei holte, gab der Bügel des Schlosses nach und das grüne Tor sprang auf.

»Na endlich! Wurde auch Zeit! Wo liegt sie?«, brummte Schwerdtfeger.

»Jedenfalls nicht hier«, antwortete Müller. »Wenn Sie mich fragen, hat da auch nie eine Leiche gelegen.«

»Ich frage Sie aber nicht, Müller! Aus dem Weg!«

Dollinger hatte sich nicht vom Fleck bewegt. Er starrte noch immer auf den schwarzen Boden der Druckerei. Die Leiche war nicht spurlos verschwunden, sie hatte den Staub vom Boden gewischt. Sonst hätte er an seinen Sinnen gezweifelt. Aber auch so hatte er zu kämpfen. Wie war das möglich gewesen? Wie hatte der Mörder die Leiche überhaupt durch die schmale Gasse bugsieren können? Und dann? Wie hat er sie ungesehen in ein Auto verfrachtet?

»Hier hat sie gelegen. Mit dem Kopf in diese Richtung«, versicherte Dollinger wie in Trance. »Sie war gefesselt. Mit Kabelbindern. Jemand muss sie beseitigt haben.«

»Tatsächlich?«, maulte Schwerdtfeger. »Wie sind Sie so schnell darauf gekommen? Na klar, mit der ungeheuren Kombinationsgabe eines erfahrenen Privatdetektivs!«

»Aber ich versichere Ihnen …«

»Dollinger, das sieht schlecht aus für Sie. Behinderung der polizeilichen Ermittlungsarbeit, Behinderung eines gutmütigen und wohlwollenden Hauptkommissars, eigenmächtiges Eindringen in fremdes Eigentum und was sonst noch so anfällt.«

Er schwieg, denn er konnte den Riesen verstehen.

»So! Alle mal herhören!«, kommandierte dieser Riese jetzt seine Leute. »Das gesamte Gebäude und Gelände wird gründlich durchsucht. Gründlich! Vom Dach bis zum Keller. Die Chemikalien werden sichergestellt. Bei den Schleifspuren erwarte ich Höchstleistungen. Packen Sie Ihre Mikroskope aus. Und Sie Dollinger, fertigen mithilfe unseres erstklassigen Zeichners eine genaue Skizze an. Sie war doch tot, Ihre Leiche?«

»So tot, wie eine Leiche nur sein kann. Die ist nicht von alleine aufgestanden und gegangen«, antwortete er, ohne sich bewegt zu haben.

»Wenn ich nicht genau wüsste, dass Sie kein kleiner Lügner sind, würde ich sofort wieder verschwinden und Sie einlochen, Dollinger. Ist Ihnen das klar?«

»Hier lag sie. Auf dem Boden. Mit einem Einstich im Arm«, versicherte Dollinger. »Das ist die Wahrheit.«

»Gekauft. Wir werden sie schon finden, ihre tote Leiche«, brummte Schwerdtfeger giftig. Aber es war kein starkes Gift. Dollinger war davon überzeugt, dass sich der Hauptkommissar zurückhielt, dass er sich trotz allem im Griff hatte und eine Eruption unbedingt vermied. Es wäre die eines Supervulkans gewesen.

»So, und jetzt ab ins Präsidium zum Zeichner. Noch sind Ihre Eindrücke frisch. Und morgen früh um neun stehen Sie bei mir auf der Matte. Verstanden?«

Wie ein Verlierer schlich Dollinger vom Gelände der Druckerei und stieg in eines der Einsatzfahrzeuge. Wie ein Fußballspieler, der mangels Leistung noch vor der Halbzeit vom Trainer ausgewechselt werden musste.

»Müller!«, brüllte der Hauptkommissar hinter seinem Rücken. »Herkommen! Können Sie mir das erklären?«

Aber das interessierte ihn nicht mehr. Sonderbarerweise hatte das plötzliche Verschwinden der Leiche ihn viel stärker gepackt, als der Fund der Toten. Vielleicht lag es daran, dass er für das Verschwinden die Verantwortung trug. Er hätte tatsächlich sofort anrufen müssen. Sofort. Der Riese hatte Recht gehabt. So aber hatte er dem Mörder Zeit gegeben, sein Opfer dem Zugriff der Polizei zu entziehen. Ja, er hatte diese Entwicklung überhaupt erst ermöglicht. Dabei fiel ihm der kleine Schlüsselbund ein, der in seiner Hosentasche steckte. Den hatte er völlig vergessen. Ursprünglich hatte er vorgehabt, ihn in der Druckerei ein zweites Mal zu finden. Irgendwo auf dem Boden, wenn niemand hinsah. Aber dazu war es jetzt zu spät. Diese Beichte, dessen war er sich sicher, würde er nicht schaffen. Dann würde Schwerdtfeger tatsächlich explodieren und ihn belangen.

Der Zeichner war ein kleiner Mann mit grauer Künstlermähne, der rein optisch die Pensionsgrenze längst erreicht hatte. Ein freundlicher Herr der alten Schule. Wie sein Freund Hagedorn. Zunächst ließ sich der Zeichner in groben Zügen die Geschichte vom Auffinden der Toten erzählen, dann stellte er Fragen zu den Details. Die genaue Lage des Kopfes, die Lage der Füße, die Entfernung zur Druckmaschine.

Dollinger gab sich Mühe. Mehrmals schloss er die Augen, versuchte sich an Kleinigkeiten zu erinnern, an die Breite des Klebebands, an die Schuhe und die Kabelbinder. Wo genau befand sich der Einstich? Wo standen die Maschinen? Hatte sie Hämatome im Gesicht? Was war mit ihren Haaren? Jedes Erinnerungsfragment zählte.

»Sie sind gut«, lobte ihn endlich der Polizeikünstler. »Sie sind wirklich ein guter Zeuge. Das haben wir nicht oft. Die meisten widersprechen sich dann auch noch, können sich nicht zwischen schwarz und weiß, zwischen dick oder dünn entscheiden. Und dann erst die Körpergröße! Da werden Zwerge zu Riesen und Riesen zu Zwergen.«

Dollinger war im Gegenzug von dem Ergebnis begeistert. Hier und da verlangte er noch kleine Korrekturen, die der Mann mit Daumen und seinen Stiften schnell ausführte.

»Wie ein Foto«, meinte Dollinger am Ende. »Genau so hat sie dagelegen. Ihre Zeichnung ist fast zu schön. Es war aber kein schöner Anblick. Also doch kein Foto.«

Erschöpft sackte er in den Sitz seines Autos. Der Tag aber war noch nicht gelaufen, denn er musste seiner Tochter noch Seminas Tod vermitteln. Außerdem hatte ihr Tod alles verändert. Nun ging es nicht mehr um eine Einzeltat, um Rache oder Eifersucht, also um eine klassische Beziehungstat. Es ging um größere Zusammenhänge, von denen er nur wusste, dass es sie gab. Das Puzzle war größer als zunächst angenommen. Er mochte nicht einmal ausschließen, dass die tote Lektorin ausschließlich zur Opferseite gehörte. Ebenso gut konnte sie zur Täterseite gehören, konnte Teil eines Ablenkungsmanövers gewesen sein, konnte in den Mord involviert gewesen sein. Der Mord konnte auch ein Mordkomplott sein. Die Konsequenzen waren ihm bewusst. Es musste nicht der letzte Mord im Verlag gewesen sein. Jeder Mitwisser und jeder noch so ahnungslose Zeuge, der zufällig etwas gesehen hatte oder etwas wusste, ohne die Bedeutung zu erkennen, war in Gefahr. Das galt auch für seine Tochter. Er startete den Wagen.

Mit Tränen in den Augen öffnete ihm Farina die Tür. Er hatte wieder einmal die schnellste aller Welten vergessen, zu der jedes Smartphone ein Portal darstellte.

»Ist es wahr, Papa? Julia ist tot? Ermordet?«

»Ja. Es stimmt. Tut mir leid.«

»Aber das gibt es doch nicht! Da läuft einer durch München und bringt unsere Leute um!«

»Doch, das gibt es schon«, sagte Dollinger und nahm seine Tochter in den Arm. »Wir erleben es ja gerade. Komm, lass uns reingehen. Ich muss dir etwas erzählen.«

Es war das dritte Mal, dass er seine Geschichte zum Besten gab. Mit dem Unterschied, dass er seiner Tochter den Schlüsselbund und seinen Ausflug in Seminas Wohnung nicht verschwieg. Farina brauchte zwei Gläser Wein und viele Tränen, um seine Geschichte zu schlucken.

»Du hast sie wirklich gefunden, Papa?«

»Es gibt also noch ein paar Kleinigkeiten, die noch nicht bei Twitter und auf Facebook zu finden sind. Erstaunlich. Da ist also noch Luft nach oben.«

»Lass das, Papa. Ich mag jetzt keine Witze.«

»Entschuldige, mir ist eigentlich auch nicht danach«, gestand er. »Es ist eben mein Weg, mit solchen Erlebnissen fertig zu werden. Sag mal, hast du nicht auch Hunger? Sollen wir zum Italiener gehen? Ich lade dich ein.«

Farina überlegte kurz, stimmte dann aber zu. Ihre Gefühle opponierten zwar, aber ihr Magen konnte sich schnell durchsetzen.

»Gab es noch etwas im Verlag?«, fragte Dollinger auf der Treppe.

»Nein, alles ruhig. Gedrückte Stimmung, ist ja klar. Das wird morgen noch schlimmer.«

»Aber du bist mir nicht mehr böse? Wegen Kurzmann?«

»Nein, keine Sorge«, antwortete Farina, ohne Tränen, aber noch immer mit roten Augen. »Das sind ja auch ungelegte Eier. Du kennst nur die Fuchs nicht. Die ist sehr zielstrebig und weiß, was sie will. Dass der Kurzmann kein Hauptgewinn ist, weiß sie natürlich. Es interessiert sie aber nicht.«

»Was glaubst du, wird sie ihn einkaufen?«

»Kann sein. Wenn sie es sich nicht doch noch anders überlegt.«

Hinter ihnen schnappte die Haustür zu. Die Dämmerung kroch bereits über den Himmel, der Herbst stand schon in den Startlöchern. Bis zum Italiener waren es nur gut hundert Meter.

»Kann die Fuchs den einfach so abwerben? Würde er das überhaupt machen?«

»Der? Der kommt sofort zu uns. Ganz egal, was in seinem Vertrag steht. Wahrscheinlich hat der sowieso Einzelverträge. Also für jedes Buch einen separaten Vertrag. Der kann den Verlag wechseln, wie er will.«

»Und Beetschneider?«

»Der nicht«, erklärte Farina. »Aber so genau weiß ich das auch nicht. Vielleicht hatte er einen Exklusivvertrag mit einer bestimmten Laufzeit.«

»Den er dann irgendwann hätte verlängern müssen.«

»Du hast es erfasst, Papa.«

»Bitte, Kind! Wer hat denn zwanzig Jahre lang Verträge gemacht«, murrte Dollinger.

»Schon okay. Ich weiß.«

»Aber er hätte nicht verlängern müssen, sondern auch woanders unterschreiben können?«, fragte er, obwohl die Frage gar nicht mehr erforderlich war.

»Stimmt genau. Andererseits kenne ich den Vertrag nicht. Der kann auch sehr verzwickte Klauseln enthalten. Etwa zu den Titeln. Die stammen ja nicht von ihm, sondern von Julia.«

»Mit anderen Worten, die gehören dem Verlag.«

»So ist es. Das denke ich zumindest.«

»Und die Konzepte? Die Fuchs hat da etwas von einem Konzept erzählt?«, fragte Dollinger, diesmal ohne die Antwort zu kennen.

»Das kommt auch auf den Vertrag an. Es kann sein, dass alles genau festgehalten ist. Ich weiß es nicht, Beetschneiders Vertrag liegt im Tresor.«

Sie erreichten den Italiener und fanden auch sofort einen Platz.

»Buona sera, bella donna. Buona sera, Signore. Vorreste vedere il menù?«

»Buona sera«, antwortete Farina und nahm die Karten entgegen.

»Cosa ti piacerebbe da bere? Vino?«

»Sì.«, übernahm Dollinger die Antwort. »Vino della casa. Bianco. Prego.«

»Grazie, Signore.«

»Nimmst du eine Pizza? Oder lieber Pasta«, fragte Farina. »Ich nehme Pasta. Spaghetti vongole.«

»Eine gute Wahl. Die nehme ich auch. Aber ich brauche unbedingt einen Salat dazu.«

Lange brauchten sie nicht zu warten, das Ristorante genoss zurecht einen guten Ruf. Schon bald stand das Essen dampfend auf dem Tisch.

»Tolle Muscheln«, lobte Farina. »Und viel Knoblauch.«

»Der Hauswein ist auch in Ordnung.«

Sie schwiegen und aßen.

Die Ablenkung währte nicht lange. Schon beim Espresso kehrten sie in den Verlag und zu Julia Semina zurück. Nur einen kleinen Teil der Fragen konnte Farina ihrem Vater beantworten. Als Dollinger gezahlt hatte, sie standen fast schon in der Tür, kam ihr doch noch etwas in den Sinn.

»Ach ja. Die Fuchs ist eine halbe Stunde nach dir gegangen. Das macht die sonst nie.«

»Nach mir zu gehen? Wie sollte sie auch.«

»Papa! Am frühen Nachmittag zu gehen. Die bleibt eigentlich immer bis zum Schluss.«

»Um welche Uhrzeit ist sie denn zurück?«

»Um keine. Als ich um 17 Uhr gegangen bin, war sie immer noch unterwegs«, antwortete Farina.

**16** Dollinger war pünktlich, rasiert, geduscht und hatte ein Outfit gewählt, das seine Frau als seriös bezeichnet hätte. Wie in jenen Zeiten, als er um die halbe Welt geflogen war, um seltene Erde einzukaufen. Er hatte gut geschlafen, besser als erwartet, gut gefrühstückt, Rührei und Vollkorntoast, und fühlte sich Schwerdtfeger gewachsen. Die Zeichnung war perfekt geworden, den Rest würden die Spurensicherer und Kriminaltechniker liefern. Farina hatte er zuvor noch in den Verlag gefahren und zur äußersten Vorsicht ermahnt. Mehr hatte er an diesem Morgen nicht tun können. Vor der Tür des Präsidiums holte er noch einmal tief Luft.

Die Tür ließ ihn durch. In dem Augenblick, in dem er eintreten wollte, stellte sich ihm jedoch ein breiter Riese in den Weg.

»Dollinger! Das trifft sich gut. Kommen Sie mit. Ich brauche Sie. So ungerne ich das auch sage.«

»Was ist denn …?

»Na, was wohl? Ihre tote Leiche ist wieder aufgetaucht. In ihrer Wohnung.«

»In meiner Wohnung?«

Schwerdtfeger schüttelte den Kopf.

»In der Wohnung der Leiche. Ihren Humor, möchte ich haben, Dollinger!«

Dabei hätte es jeder Humor getan, solange es überhaupt einer war.

»Wie haben Sie sie gefunden?«

»Die Nachbarin«, erklärte der Hauptkommissar, während sie zu seinem Auto gingen. »Sie hat sich gewundert, dass die Tür einen spaltbreit geöffnet war. Da hat sie nachgesehen. Pech für sie, Glück für uns. Los, steigen Sie ein!«

Die kurze Fahrt mit Blaulicht auf dem Dach drückte auf Dollingers Stimmung. Eigentlich war es nicht die Fahrt, sondern der Schlüsselbund, der noch immer in seiner Hosentasche steckte. Allerdings in jener Hose, die in Farinas Wohnung über einem Stuhl hing. Die Schlüssel provozierten natürlich die Frage, wie der Mörder – denn wer sonst sollte die Leiche umgebettet haben – die Tür hatte öffnen können. Aber vielleicht gab es dafür eine einfache Erklärung. Das hoffte er jedenfalls. Erst jetzt wurde ihm bewusst, wie groß sein gestriger Fehler tatsächlich gewesen war. Schon allein der bloße Besitz der Schlüssel machte ihn verdächtig. Ihn und seine Tochter.

»Wir sind da«, sagte Schwerdtfeger. »Lassen Sie sich Handschuhe geben.«

Vor dem hübsch-hässlichen Haus hatten sich bereits einige Anwohner und Passanten spontan eingefunden, um das Spektakel zu verfolgen. Die weißen Overalls waren bereits vor Ort, wichen aber aus, als sich Schwerdtfeger näherte. Vor der Wohnungstür legten Dollinger und der Hauptkommissar eine Pause ein, nicht nur wegen der Handschuhe und der Überzieher für die Schuhe, die nicht weiß, sondern blau waren. Der Riese brauchte Luft. Dann legte er los.

»Gerlach?!«

In der Tür erschien prompt einer von Schwerdtfegers Kollegen zum Rapport.

»Eine gute Arbeit. Aber nicht gut genug. Auch wenn wir gestern nicht in der alten Druckerei gewesen wären, hätten wir uns nicht täuschen lassen. Sollte wie ein Selbstmord aussehen.«

»Habe ich mir schon gedacht«, brummte Schwerdtfeger. »Ist ja nicht das erste Mal. Irgendetwas Auffälliges?«

»Der Schlüssel steckte von innen. Aber die Tür war nicht verschlossen. Sonst wäre die Nachbarin nicht darauf aufmerksam geworden.«

»Interessant«, sagte Dollinger erleichtert.

»Sie sagen es. Der Täter wollte, dass die Leiche gefunden wird«, meinte Schwerdtfeger. »Kommen Sie. Sehen wir uns die Inszenierung aus der Nähe an. Sie kennen sich ja schon mit der Leiche aus, Dollinger. Oder gibt es da ein Problem?«

»Keine Sorge.«

»Gut, dann los!«

Julia Semina lag auf dem Bett, als würde sie schlafen. Die Hände waren nicht mehr gefesselt, der Mund nicht mit dem Klebestreifen versiegelt. Sie trug die Kleidung, die Dollinger dem Zeichner beschrieben hatte.

»Drapiert«, konstatierte der Hauptkommissar schnell. »Hübsch gemacht, handwerklich sauber, aber mehr auch nicht. Darauf fällt höchstens ein Polizeischüler rein.«

Dollinger betrachtete das Gesicht der Toten, der man den Tod noch immer nicht ansah. Eine schöne Frau, eine junge Frau. Sie hätte noch viel Zeit gehabt. Für neue Bücher und neue Ziele. Wo und wie auch immer. Er spürte Wut, die durch seinen Körper kroch.

»Gerlach?!«

»Wie uns Herr Dollinger gestern schon berichtet hatte. Ein

Einstich im rechten Arm, in der Armbeuge. Die Spritze befindet sich in ihrer linken Hand. Reste einer schwarzen Flüssigkeit. Auf dem Sekretär steht eine kleine Flasche, ebenfalls mit einer schwarzen Flüssigkeit.«

»Druckerschwärze.«

»Das wird die Untersuchung zeigen«, sagte Gerlach, der ebenfalls einen weißen Overall trug, obwohl er nicht der Spurensicherung angehörte.

»Natürlich wird sie das«, nickte Schwerdtfeger. »Der rechte Arm. Wie bei Beetschneider. War sie denn Linkshänderin?«

»Ja, war sie«, antwortete Dollinger. »Ich habe ihr zufällig mal auf die Finger geschaut.«

»Nicht schlecht, Sie Amateur. Trotzdem alles nur ein Fake. Was gibt es sonst noch?«

»Jemand hat den Teppich gesaugt, und zwar gründlich«, fuhr Gerlach fort und hielt einen breiten, durchsichtigen Klebestreifen hoch, an dem nur ein paar Fusseln klebten. »Und im Staubsauger steckt ein nagelneuer Beutel.«

»Da war jemand oberschlau«, nickte Schwerdtfeger zufrieden. »Wird ihm aber nichts nützen. Weiter. Kein Abschiedsbrief?«

»Doch, doch«, sagte Gerlach, verstaute den Klebstreifen und reichte seinem Chef ein gewöhnliches DIN-A4-Blatt, das bereits in einer durchsichtigen Aktenhülle steckte.

»Ich habe Hektor getötet«, las der Riese mit Hut vor und drehte das Blatt um. »Ein bisschen kurz. Andererseits ist alles gesagt. Gefällt mir.«

»Geschrieben mit einer alten Schreibmaschine. So eine mit Farbband.«

»Danke, das ist mir nicht entgangen«, brummte Schwerdtfeger.

»In der Wohnung konnten wir die Maschine nicht finden«, erklärte Gerlach.

»Sie steht in ihrem Büro im Verlag«, half Dollinger aus. »Im Schrank neben dem Fenster. Es könnte jedenfalls die Maschine sein.«

»Eine Schreibmaschine aus dem letzten Jahrtausend. Sentimentaler Quatsch«, meinte Schwerdtfeger und gab seinem Kollegen das Blatt zurück.

»Doch wohl eher eine Art Reminiszenz«, entgegnete Dollinger.

»Sentimentaler Quatsch«, wiederholte der Hauptkommissar. »Oder stellen Sie sich einen alten Nachttopf ins Klo? Na, sehen Sie! Gerlach? Rufen Sie unseren Neuzugang an. Ich vergesse immer den Namen. Er soll sofort in den Verlag fahren und die Maschine abholen. Mit Handschuhen! Sonst braucht er gar nicht erst loszufahren.«

»Wird gemacht, Chef.«

»Was habe ich Ihnen gesagt, Dollinger? Der Mörder sitzt im Verlag«, grinste Schwerdtfeger. »Jetzt zu Ihnen. In diesem Zustand haben Sie die Tote gestern in der Druckerei vorgefunden?«

»Exakt. Mit dieser Kleidung und diesen Schuhen.«, antwortete Dollinger. »Nur die Fesseln und das Klebeband fehlen.«

Schwerdtfeger senkte den Kopf und dachte nach.

»Wenn ich Ihnen noch irgendwie helfen kann …?«, bot sich Dollinger an.

»Ruhe! Ich muss denken!«

Der Hauptkommissar fuhr mit seinen Pranken durch die Luft, drehte sich zur Tür um und wandte sich dann wieder dem Bett zu.

»Hatte sie etwas mit Beetschneider?«

»Definitiv nicht«, antwortete Dollinger. »Das ist eine Sackgasse, aus der ich auch nur schwer wieder herausgekommen bin.«

»Typisch Privatdetektiv.«

Wieder zog sich Schwerdtfeger in seinen Innenraum zurück. Gerlach machte eine Handbewegung, die Dollinger zur äußersten Vorsicht ermahnte. Sicherheitshalber trat er einen Schritt zurück und nutzte die Chance, sich unauffällig umzusehen. Schließlich kannte er die Wohnung. Es schien alles an seinem Platz zu sein. Die offene Tür zum Wohnzimmer erlaubte ihm einen flüchtigen Blick auf den Sekretär und die Pinnwand. Auch dort konnte er keine Veränderung feststellen. Er wollte sich schon wieder abwenden, als sein Blick noch einmal zur Pinnwand zurückkehrte. Es fehlte etwas. Die Postkarte mit der Tower Bridge.

»Ihre Tochter war gestern im Verlag?«

»Bis 17 Uhr«, antwortete Dollinger. »Dafür gibt es Zeugen. Anschließend ist sie in ihre Wohnung gefahren und hat auf mich gewartet. Während dieser Zeit hat sie mit meiner Frau und einer Kollegin telefoniert. Um kurz nach sechs bin ich dann gekommen, und wir sind zusammen zum Italiener gegangen. Es gab …«

»Ersparen Sie mir doch die Details.«

Es folgte eine weitere Denkpause, bevor der Hauptkommissar wieder vollständig in Erscheinung trat.

»Dollinger? Ich brauche Sie nicht mehr. Im Moment jedenfalls. Unser Termin ist natürlich ersatzlos gestrichen. Die Leiche ist ja wieder aufgetaucht. Über alles andere reden wir später noch.«

Ein Mitglied der Spurensicherung bat vorsichtig ums Wort, das ihm auch erteilt wurde.

»Wir haben ihr Auto gefunden. Steht praktisch vor der Haustür. Was fehlt, ist ihre Handtasche. Und ihr Handy. Es ist nach wie vor abgeschaltet.«

»Na, das ist doch was«, sagte Schwerdtfeger kaum beeindruckt. »Also, Dollinger, ab nach Hause. Damit meine ich die Wohnung Ihrer Tochter. Verstanden? Halten Sie sich zur Verfügung!«

»Bestimmt«, versicherte er und stapfte auf blauen Sohlen aus dem untergehenden Reich von Julia Semina.

Auf der Straße fiel ihm ein, dass sein Auto in der Nähe des Präsidiums stand. Er nahm also die U-Bahn, die sich nicht weit entfernt bereithielt. Der kleine Spaziergang war angenehm. Er atmete die frische Luft tief ein, auch wenn es Stadtluft war, über deren Frische man durchaus streiten konnte. Am liebsten wäre er gleich zu Fuß zum Präsidium gegangen. Aber der Weg war ihm dann doch zu weit. Um noch etwas länger an besagter Luft zu bleiben, ließ er die erste Station aus und marschierte weiter zur nächsten. Die Sonne meinte es wieder gut, doch so richtig genießen konnte er sie nicht. In seinem Kopf hatten sich Fragen eingenistet. Die erste war die nach dem Schlüssel, den der Täter benutzt hatte, die aber nicht schwer zu beantworten war. Semina konnten einen Zweitschlüssel sowohl in ihrem Büro wie in ihrem Auto gehabt haben. Und in ihrem Büro musste sich der Täter ja aufgehalten haben. Wegen der Schreibmaschine.

Die zweite Frage betraf die Postkarte. Warum hätte sie einer der Spurensicherer entfernen sollen? Soweit er gesehen hatte, waren die mit ganz anderen Dingen beschäftigt gewesen. Auf die Pinnwand hatten die noch keinen Blick geworfen. Es kam nur der Mörder in Frage.

Wegen der Adresse auf der Rückseite.

Der Schlüsselbund.

Der zweite Hausschlüssel.

Dollinger beschleunigte seine Schritte. Er hätte doch die erste Station nehmen sollen. Jetzt war es zu spät zum Umkehren. Es dauerte aber nicht lange und sein Ziel kam in Sicht. Statt zum Präsidium fuhr er mit der U-Bahn zur Wohnung seiner Tochter. Der Aufenthalt währte nur kurz, schon war er wieder auf dem Weg zur Station, die er gerade erst verlassen hatte. Unter der Erde stellte er sich die Frage, ob er nicht im Begriff war, seinen Fehler vom Vortag ein zweites Mal zu begehen. Er holte den Schlüsselbund aus der Tasche und betrachtete die beiden Haustürschlüssel. Der größere der beiden Schlüssel besaß keinen Bart, sondern kleine Vertiefungen. Ein sogenannter Bohrmuldenschlüssel. Ein solches Schloss war nicht ganz so leicht zu knacken. Außerdem konnte man nicht ohne weiteres Nachschlüssel anfertigen lassen.

An der Windschutzscheibe seines Autos flatterte ein Zettel, den jemand hinter das Scheibenwischerblatt geklemmt hatte. Kein Wunder, er hatte seine Parkzeit deutlich überschritten. Er setzte sich hinters Steuer und gab die unbekannte Straße, die seinem Gedächtnis nicht entfallen war, in sein Navi ein, das keine Mühe hatte, die Adresse in München zu finden.

»Hab ich es doch gewusst«, sagte er leise und fuhr los. Das Navi führte ihn nach Bogenhausen zum Arabellapark. Der Verkehr war erträglich, sodass er schneller als gedacht vor einer modernen Appartementwohnung stand, die zu einem größeren Wohnkomplex gehörte. Zunächst schlenderte er an der Tür vorbei, um die Lage zu sondieren. Er sah sich die Nachbarwohnungen an, inspizierte das Treppenhaus, betrachtete die kleine Grünanlage hinter dem Komplex. Eine noble Wohngegend mit großen Wohnungen, nicht weit entfernt von einem kleinen, noch jungen Marktplatz. Etwas für Besserverdienende. Auf dem Türschild stand ein Firmenname. *J. S. Creative Writing.*

Als er sich sicher fühlte, zog er den Schlüsselbund aus der Tasche. Der Schlüssel passte. Es hätte auch ganz anders kommen können, er hatte es als Versuch angesehen. Ohne zu zögern, öffnete er die Tür und trat ein. Intuitiv war er davon überzeugt, niemanden anzutreffen. So klein die erste Wohnung von Julia Semina war, so groß war diese zweite. Vier sonnige Riesenräume, eine komfortable Küche mit Vorratsraum, ein fulminantes Bad, separate Gästetoilette, großzügiges Foyer. Auch das Interieur war vom Feinsten und sehr modern, wobei ihm die große Rolf-Benz-Couch besonders ins Auge stach. Hier hatte jemand Geld in die Hand genommen.

Nach einem kurzen Rundgang kam er zu dem Schluss, sich tatsächlich in einer Wohnung zu befinden, die Semina gehörte oder zumindest von ihr genutzt wurde. Einer der vier Räume diente als großzügiges Arbeitszimmer. Hier stand ein großer Monitor samt Rechner, hier lagen Manuskripte und Ausdrucke, hier stapelten sich die Bücher verschiedener Verlage, wobei ihm auch ausländische Titel auffielen. An den Wänden hingen Vergrößerungen von Beetschneiders Buchcovern. Es fiel ihm nicht schwer, den Zweck dieses Zimmers zu erkennen. Hier hatte sich die Lektorin eine Art Studio eingerichtet, um in aller Ruhe an Beetschneiders Texten arbeiten zu können und neue Themen und Titel zu entwickeln. Hier gab es keine Anrufe, hier stand niemand überraschend vor der Tür, hier hatte sie die Atmosphäre, die sie brauchte, um kreativ sein zu können. Auch zweifelte er nicht, dass niemand im Verlag ihr Geheimnis kannte.

Dollinger rief seine Tochter an. Er brauchte Hilfe.

»Farina? Ja, das stimmt, ihre Leiche wurde gefunden. Ja, in

ihrer Wohnung. Ich erzähle dir alles in Ruhe. Kannst du dich aus dem Verlag verabschieden? Jetzt gleich? Es ist wirklich wichtig. Sehr wichtig. Nimm dir eine Taxe.«

Er nutzte die Zeit bis zu ihrem Eintreffen, um sich die Manuskripte und Ausdrucke näher anzusehen. Die vielen Stunden, die in den Texten steckten, waren nicht zu übersehen. All das blieb am Ende dem Leser verborgen, der in dem Glauben gelassen wurde, jedes Wort und jeder Satz haben von vornherein und von Anfang an festgestanden.

Mit einem der Manuskripte in der Hand ging er ins Wohnzimmer, dessen Einrichtung nichts mit dem kleinen Kämmerchen in der ersten Wohnung zu tun hatte. Während dort eine kleinbürgerliche Ästhetik vorherrschte, hätte sich diese Wohnung auch am Central Park in New York befinden können. Die Wohnwand, die kleine Bar, die Musikanlage, der übergroße Fernseher, all das war eine Art Gegenentwurf, ein Gegenbild zu ihrem offiziellen Leben, zu ihrer offiziellen Arbeit. Hier hatte sie sich verwirklicht, war zu einem anderen Menschen geworden, den es im Verlag nicht gab. Die Bilder an den Wänden waren Originale moderner Künstler, deren Namen Dollinger nichts sagten. Er war allerdings auch kein Kunstliebhaber. In den Regalfächern der Wohnwand buhlten teure Kunstbände und Ausstellungskataloge um Aufmerksamkeit.

Die Küche sah kaum benutzt aus. Gekocht hatte sie eher selten. Aber ein paar Vorräte waren da. Nudeln, Reis, Dosentomaten, aber auch Sommertrüffel in Gläsern, Wachteleier und Artischocken. Im Kühlschrank lagerten italienische Panna, ein dickes Stück Parmesan und Champagner, im Vorratsraum ein Karton Rotwein. Hier konnte man es an langen Wochenenden ganz gut aushalten.

Es klingelte. Dollinger sprintete zur Tür.

»Was soll das, Papa?«, fragte Farina sichtbar genervt. »Ich kann da nicht einfach so abhauen. Die Stunden muss ich alle nachholen.«

»Komm erst mal rein. Nimm die Handschuhe. Hast du aufgepasst?«

»Hab ich. Niemand ist mir gefolgt. Also, was machst du hier? Was ist das überhaupt für eine Wohnung?«

»Die Wohnung von Julia Semina.«

»Bestimmt nicht. Außerdem wurde dort ihre Leiche gefunden, wie du selbst gesagt hast.«

»In jener Wohnung schon, aber nicht in dieser.«

Farina sah ihn an, als wäre er ein Alien, dann wandelte sie mit offenem Mund durch das sonnendurchflutete Wohnzimmer.

»Sie hatte zwei Wohnungen. Dies ist die andere, die geheime. Und wenn du mich fragst, die richtige. Die Adresse stand auf einer Postkarte in ihrer ersten Wohnung. Der zweite Haustürschlüssel an dem Schlüsselbund. Du erinnerst dich?«

»Langsam, langsam, Papa. Diese Hütte hier ist unbezahlbar. Das Wohnzimmer hat bestimmt … sechzig Quadratmeter. Und Julia hat keine reichen Eltern. Es kann also nicht ihre Wohnung sein.«

»Komm, ich zeig dir was«, sagte Dollinger und beendete den Rundkurs seiner Tochter. »Sieh dir das mal an. Deshalb habe ich dich angerufen.«

Er schob seine Tochter durch eine ungewöhnlich breite Tür ins Arbeitszimmer, das vom Architekten wahrscheinlich gar nicht als solches vorgesehen war, sondern eher als Esszimmer.

»Wow! Das gibt's doch gar nicht! Was ist denn das?«, fragte Farina völlig überrascht.

»Das ist ihr … Kreativstudio. Oder wie würdest du es nennen?«

Ohne zu antworten, begann sie in den Manuskripten zu blättern. Ihre Augen wurden immer größer. Es folgten die Bücher, dann die Coverentwürfe. Ab und zu schüttelte sie den Kopf.

»Das glaub ich einfach nicht«, sagte sie schließlich. »Hast du mal auf dem Rechner nachgesehen?«

»Deshalb habe ich dich ja angerufen. Du bist da etwas fitter als ich. Wir haben doch zu Hause nur das alte Ding von deiner Mutter und das Tablet.«

Farina setzte sich auf den bequemen Bürostuhl und fuhr den Rechner hoch.

»Das Neueste vom Neuen. Unglaublich. Aber kein Passwort. Mit neugierigen Besuchern hat sie nicht gerechnet. Die Manuskripte von Beetschneider hat sie sich alle auf den Desktop gelegt.«

Farina öffnete wahllos eine der Dateien.

»Das ist das lektorierte Manuskript von *Berührte Blätter. Berührende Blätter. Fühlen mit Pflanzen.*«

Dollinger sah Farbmarkierungen, Streichungen, Kommentarsymbole und eingefügte Wörter und Sätze in violetter Schrift. Er ahnte bereits, was seine Tochter ihm gleich erklären würde. Selbst ihm als Laien war schnell klar, was sie gerade entdeckt hatten.

»Nein, das glaub ich einfach nicht! Jetzt guck dir das an! Die Julia war weniger eine Lektorin, als eine Co-Autorin. Der leicht ironische Stil, die ungewöhnliche Wortwahl, der subtile Witz, die irren Neologismen, das war alles sie. Warte mal!«

Sie machte ein paar Klicks und war am Ziel.

»Sieh dir das an! Das ist das Original von Beetschneider.

Unglaublich. Der hat nur einen trockenen Rohtext abgeliefert. Keinen schlechten, zugegeben. Flüssig geschrieben, gut lesbar, keine Frage, aber es ist nicht der betörende Stil, der ihm so viele Leser eingebracht hat. Den hat die Julia erfunden. Wenn man dann noch bedenkt, dass sie auch die Konzepte entwickelt und sich die Titel ausgedacht hat …«

»… dann bleibt von Beetschneider nicht mehr viel übrig.«

»Nicht einmal die Hälfte, wenn du mich fragst«, meinte Farina. »Ein Drittel. Nicht mehr. Unglaublich. Die Julia war der Beetschneider. Ein Zwei-Drittel-Beetschneider.«

»Betreutes Schreiben«, frotzelte Dollinger und blickte konzentriert auf den Monitor, auf dem sich gerade eine neue Textdatei öffnete.

»Sie hat alles gewissenhaft nummeriert und dokumentiert, mit Datum und allem. Um Fehler zu vermeiden. Sieh dir das an! Diese Version hat ihr der Beetschneider in den Verlag gemailt. Angeblich. In Wahrheit hat sie sich diese Version von hier aus selbst gemailt. Um sie anschließend im Verlag zu lektorieren.«

»Den bereits von ihr komplett überarbeiteten Text?«

»Ja. Die hat ihren eigenen Text lektoriert. Ein paar Fehler korrigiert, ein paar Sätze geändert, hier und da ein bisschen gekürzt. Wie das bei einem guten Autor eben so ist. Deshalb hat auch niemand etwas gemerkt. Jeder konnte jederzeit in ihr Büro kommen und den neuen Beetschneider-Text bewundern. Alle haben große Augen gemacht. Was für ein Autor. Dabei war es die Julia.«

»Aber Beetschneider war der Showmaster«, ergänzte Dollinger.

»Und was für einer. Dafür fehlte der Julia nun wirklich jedes Talent. Das hätte die nie gekonnt.«

»Sie waren also ein Team, ein Duo. Wie Simon and Garfunkel«, meinte Dollinger.

»Wohl eher Milli Vanilli. Dieses Pop-Duo aus den achtziger Jahren. Erinnerst du dich noch? Eine Weltnummer. Die haben sogar einen Grammy bekommen und in den USA die Charts gestürmt. Ohne einen geraden Ton herauszubekommen. Alles Playback. Gesungen haben andere, komponiert sowieso. Frank Farian, glaube ich. Dafür hatten die beiden Jungs das Auftreten und das Aussehen. Bis sie dann aufgeflogen sind. Dann folgte der große Absturz.«

»Der Beetschneider war also die Antwort der esoterischen Gartenliteratur auf Milli Vanilli.«

»So könnte man es sehen. Ich glaub es immer noch nicht. Die Julia hat ihre eigenen Texte lektoriert. Darauf muss man erst einmal kommen. Und diese Luxushütte hier? Die hat ihr natürlich der Beetschneider gemietet. Oder sogar gekauft. Wetten? Der wäre ja auch schön dumm gewesen, sie nicht bei Laune zu halten. Ohne die wäre er ein Niemand gewesen.«

»Wie der Kurzmann.«

Er überließ seine Tochter den Abgründen, die sich bei jedem neuen Klick öffneten, und gab sich Gedankenspielen hin. Sie kreisten nicht nur um Seminas Kreativstudio und die daraus resultierenden Motive, sie kreisten auch um den Schlüsselbund. Denn es war ihm klar, dass Schwerdtfeger auch diese Wohnung auf den Kopf stellen musste. So bald wie möglich. Immerhin bestand die Möglichkeit, dass auch der Mörder einen Schlüssel besaß. Doch wie konnte er Schwerdtfeger seinen Schlüssel zuspielen? Ohne hinter Gittern zu landen?

»Sieh mal, Papa, was ich gefunden habe«, unterbrach ihn seine Tochter. »Neue Titel. Eine ganze Liste. Die wollten das noch viele Jahre durchziehen. Und hier: Exposés. Nicht einmal

Steckrüben haben die verschont! Schwarzwurzeln, Kohlrabi, Spinat. Und … Pferdeäpfel …?«

»Was wäre passiert, wenn das aufgeflogen wäre?«

»Wenn das aufgeflogen wäre?«, raunte Farina. »Das hätte einen richtig großen Knall gegeben.«

»Auch für den Verlag?«

»Schwer zu sagen. Ghostwriting gehört zum Verlagsalltag. Das ist nichts Ungewöhnliches und auch nichts Geheimnisvolles. Oder glaubst du etwa, jeder Promi kann schreiben?«

»Wohl kaum. Ich bezweifle sogar, dass jeder lesen kann.«

»Aber hier geht es um etwas anderes, Papa. Um einen echten Starautor. Einen talentierten Schreiber, einen Künstler, einen Wortakrobaten. Von dem erwartet der Leser, dass er höchstpersönlich und eigenhändig sein Keyboard bedient und seinen eigenen Kopf benutzt.«

»Der Verlag wäre also mit einem blauen Auge davongekommen«, überlegte Dollinger. »Wie die Plattenfirma von Milli Vanilli. Aber Beetschneider wäre es ergangen wie den beiden Gesangsdarstellern. Ihn hätte der Knall frontal erwischt. Die Leser und Presse hätten ihn auf der Stelle gelyncht. Allen voran dieser Ochsenberger.«

»Na ja, der Verlag hätte auch schon etwas abbekommen«, setzte Farina die Überlegung fort. »Das wäre schon ein beträchtlicher Imageschaden gewesen. Aber jetzt ist sowieso alles ganz anders. Beetschneider und Julia sind ja tot. Sie sind die Fälscher, die Betrüger. Sie haben uns an der Nase herumgeführt. Doch nicht der Verlag. Genau genommen, war der Verlag sogar ihr erstes Opfer. Das überlass' mal der Carla. Die schreibt tolle Pressetexte. Der Tod ändert alles.«

»Sehr treffend«, sagte Dollinger leise. »Der Tod ändert alles.«

# 17

»Ich versuche mal, den E-Mail-Account zu öffnen«, sagte Farina.

»Mach das. Dann geh ich zum Telefon. Mal sehen wen sie zuletzt angerufen hat.«

Der Festnetzapparat war ein extrem flaches, schnurloses, schwarzes Telefon mit einem großen Display. Die letzten zehn Anrufer sowie die letzten zehn Angerufenen gaben auf Tastendruck ihre Nummern preis, die Dollinger auf der Rückseite des Strafzettels notierte. Viel Platz brauchte er dafür nicht, denn mehrere Nummern wiederholten sich. Kein Wunder, denn bestimmt war der Anschluss nur wenigen Eingeweihten bekannt.

»Nichts zu machen, da fehlt mir das Passwort. Ich bin ja kein Hacker«, schnaufte Farina.

»Versuchs mal mit ‚Beetschneider'«, schlug Dollinger vor.

»Gute Idee«, sagte Farina, doch das Eingabefeld war nicht dieser Ansicht. »Das ist bestimmt komplizierter. Die hat ihren Account ja bestimmt auch vom Büro aus geöffnet. Nee, so blöd war die nicht.«

»Schade. Wie sieht es denn mit diesen Telefonnummern aus? Das dürfte über die Rückwärtssuche kein Problem sein.«

Farina rief eine passende Seite im Internet auf und gab die erste Nummer ein.

»Da Pippo. Ein italienischer Lieferservice. Sieht nach etwas Besserem aus.«

»Weiter.«

»Kein Eintrag«, sagte Farina enttäuscht. »Da hat jemand seine Nummer gesperrt.«

»Vielleicht Beetschneider. Diese Nummer habe ich gleich fünfmal. Aber dass lässt sich ja ermitteln«, meinte Dollinger. »Die nächste?«

»Kein Eintrag.«

»Noch ein Vorsichtiger. Nicht zu ändern. Weiter.«

»*BigBook*-Filiale München.«

»Sieh mal einer an. Kein Name?«

Farina schüttelte den Kopf. »Ist wohl die Nummer der Zentrale. Keine Durchwahlnummer. Vielleicht hat sie sich ein Buch bestellt?«

»Und die letzte?«

»Korbinian Lehnsdörfer«, hauchte Farina überrascht.

»Dein chronisch kranker Kollege aus dem Vertrieb. Sieh mal einer an. Und er hat sie angerufen.«

»Warte mal«, überlegte Farina und wechselte in die Textverarbeitung. »Hier, bei den Titeln und Exposés. Siehst du? Da hat sie einige mit dem Kürzel ›KL‹ versehen. Und auch noch in grün.«

»Das könnte tatsächlich Korbinian Lehnsdörfer sein«, vermutete Dollinger. »Oder auch nicht.«

»Vielleicht hat ihn die Julia gefragt? Was er von den Titeln hält? Vertriebler und Außendienstler kennen den Buchhandel gut. Die haben oft richtig gute Sensoren für das, was geht und was nicht geht.«

»Keine schlechte Idee. Das würde aber noch lange nicht bedeuten, dass er in alles eingeweiht war, oder?«

»Natürlich nicht. Jeder von uns fragt die. In vielen Verlagen sind die Außendienstler sogar an wichtigen Entscheidungen beteiligt.«

Dollinger sah auf seinen Strafzettel. »Dieser Korbinian hat sie aber hier angerufen. Sag mal, ist der noch immer krankgeschrieben?«

Farina nickte.

»Gut. Könntest du mir eine Kopie von dem Wichtigsten hier machen?«

»Kein Thema«, antwortete seine Tochter und zog einen Stick aus der Tasche. »Aber den Zugriff speichert dann auch der Rechner. Ich glaube, es ist besser, wir sehen uns alles nur an und machen nichts. Das ist so schon alles haarig genug. Ich hab da ein bisschen Angst. Wenn da jemand bewusst nachschaut ...«

»Sie wissen ja nicht, wer es war. Aber du hast Recht. Wenn wir alles Wichtige gesehen haben, fahr ihn wieder runter.«

Es folgte ein letzter Kontrollgang durch die Wohnung und durch das zweite Leben von Julia Semina, dann sah Dollinger durch den Spion in der Eingangstür. Als niemand zu sehen war, schlichen sie sich davon.

»Wie geht es jetzt weiter?«, fragte Farina im Auto.

»Ich fahr dich zurück zum Verlag.«

»Papa!«

»Das war kein Scherz. Ich fahre dich zurück zum Verlag und du sagst kein Wort. Wenn der Mörder tatsächlich im Verlag zu suchen ist, ...«

»Oh, oh! Daran hatte ich gar nicht gedacht«, sagte sie erschrocken.

»Halte einfach deinen Mund und nichts passiert.«

»Und wenn mich jemand fragt?«

Dollinger überlegte kurz.

»Dann sagst du, wir hätten der Polizei helfen müssen.«

»Vorhin war übrigens jemand da und hat die alte Schreibmaschine aus Julias Büro abgeholt«, fiel Farina plötzlich ein.

»Wegen der alten Schreibmaschine«, lächelte Dollinger. »Genau das sagst du.«

»Okay«, nickte seine Tochter. »Und was machst du?«

»Ich sehe mir mal diesen totkranken Korbinian an. Der ist mir zu unsichtbar.«

Dollinger fuhr seine Tochter bis zum Haupteingang des Bürogebäudes. Sie tauschten noch einmal ernste Blicke, dann steppte sie wie ein fröhlicher Teenager auf die Tür zu. Aber sie war nicht fröhlich. Das wusste er nur zu genau.

Kaum hatte sie der Verlag wieder, gab Dollinger auch schon die Adresse seiner neuen Zielperson ins Navi ein. Während der Fahrt wollte er sich eine Strategie überlegen. Vielleicht, dachte er, sollte er ihn so offensichtlich beschatten, dass es ihm auffallen musste. Damit könnte er ihn verunsichern und möglicherweise sogar zu seiner Gesundung beitragen. Lehnsdörfer konnte ja nicht ahnen, wer ihn beauftragt hatte, wer ihn beschattete.

Dann spürte er selbst eine wachsende Verunsicherung. Der Auslöser war nicht Korbinian Lehnsdörfer, sondern der Schlüsselbund in seiner Hosentasche. Bevor er zu neuen Taten schritt, wollte … nein, musste er die Schlüssel loswerden. Natürlich hätte er sie auch abwischen und auf die Straße werfen können. Fall erledigt. Damit würde er aber Schwerdtfeger behindern und den Mörder begünstigen, was nun wirklich nicht in seiner Absicht lag. Er sah nur zwei Orte, die einen Sinn ergaben. Die alte Druckerei und Seminas erste Wohnung.

An der nächsten Ampel löste er sich aus der Bevormundung durch sein Navi und bog rechts ab.

»Bitte wenden Sie! Bitte wenden Sie!«

»Das mache ich ja gerade, du Kindskopf!«, wehrte er sich gegen die emotionslose, androgyne, quäkende Stimme und schaltete das Gerät ab.

Die Wohnung war nicht weit. Nur ein paar Kreuzungen, die ihn nicht weiter aufhielten. Da sich der Verkehr in Grenzen hielt, machte die Fahrt quer durch die Stadt sogar ein bisschen Spaß. Der verging jedoch schnell wieder, als er sein Ziel erreichte und einen Parkplatz benötigte. Dreimal kurvte er um den Block, dann versagte seine Geduld. In einer kleinen Seitenstraße fand er ein freies Fleckchen im Halteverbot.

Mit dem Schlüsselbund in der Hand schlenderte er zum hübsch-hässlichen Wohnblock, vor dem noch immer zwei Einsatzfahrzeuge standen. Die Haustür stand offen, Passanten hielten ab und zu an, um neugierige Blicke zu platzieren.

Wie selbstverständlich betrat Dollinger das Haus und ging die Treppe hinauf. Freundlich grüßte er einen Unbekannten und gelangte ohne Widerstand zur Wohnungstür. Die aber war verschlossen. Der Schlüsselbund musste jedoch in die Wohnung.

Er klingelte nach reiflicher Überlegung. Ein Uniformierter öffnete.

»Ja, wo bleibst du denn, Karl? Wir verhungern hier nämlich und du …«

»Dollinger. Ich würde gerne den Hauptkommissar sprechen.«

Der Beamte sah ihn von oben bis unten an, drehte sich um und rief in die Wohnung: »Das ist gar nicht der Karl!«

Die Antwort kam umgehend in Form eines mehrstimmigen, aber eindeutig atonalen Protestgemurmels.

»Ich hätte gern Herrn Schwerdtfeger gesprochen«, sagte Dollinger, nun mit lauterer Stimme.

»Der wohnt hier nicht. Vielleicht nebenan. Wiederschauen.«
Schon schloss sich die Tür vor seiner Nase. Er klingelte ein
zweites Mal. Wieder erschien der Uniformierte, wieder mit er-
wartungsvoller Miene.

»Sie schon wieder. Ich sagte Ihnen doch, dass hier kein
Schwertträger wohnt.«

»Schwerdtfeger«, korrigierte Dollinger. »Hauptkommissar
Schwerdtfeger.«

Der Polizist drehte sich um und bedachte die Wohnung mit
einer lauten Frage.

»Kennt ihr einen Schwertträger?«

»Schwerdtfeger.«

»Kennt ihr einen Schwerdtfeger? Kommissar soll der sein!«

»Hauptkommissar.«

Die Antwort ließ auf sich warten. Dann meldete sich doch
eine sonore Männerstimme aus dem Off.

»Schwerdtfeger? Nein. Nie gehört. Der muss neu sein.«

»Tut mir Leid, mein Herr, den haben wir hier nicht. Vielleicht rufen Sie mal im Präsidium an. Die Nummer finden Sie
im Telefonbuch. Wiederschauen.«

Ohne auch nur einen Zentimeter in die Wohnung eindringen zu können, war er schon wieder ausgesperrt. Er überlegte
kurz und überlegte es sich anders. Hier hatte er keine Chance.

»He, Sie, dürfte ich mal vorbei?«

Er hatte den Mann gar nicht kommen hören. Ein weiterer
Uniformierter, der prall gefüllte Tüten einer weltbekannten
Fastfood-Kette unter beiden Armen trug. Dollinger räumte
seinen Posten, der ohnehin ein verlorener war.

»Sie? Könnten Sie so nett sein und für mich klingeln?«

Wortlos drückte er auf den Knopf. Sekunden später flog
die Tür auf.

»Ja, Herrschaftszeiten noch einmal! Sind Sie denn närrisch geworden?«, fuhr der eine Uniformierte den anderen an, ohne Dollinger zu bemerken, der bereits erfolgreich den Rückzug angetreten hatte.

»Ach, so ist das?!«, schoss der Versorgungsoffizier postwendend zurück. »Wir sind jetzt also per Sie? Wegen dieser albernen Bemerkung von vorhin? Das war ein Witz, ein blöder! Schorsch! Ich kenn deine Frau doch überhaupt nicht! Ja, dann hol dir doch in Zukunft deine Fritten …!«

Dollinger vernahm ein sonderbares Geräusch. Etwas tendenziell Weiches war auf tendenziell Hartem aufgeschlagen. Zum Glück hatte er den Haupteingang schon erreicht und war in Sicherheit. Vor der noch immer offenstehenden Haustür war ein betagtes Ehepaar mit seinen Rollatoren in Stellung gegangen und sah Dollinger entsetzt an, während es im Treppenhaus immer lauter und atonaler wurde.

»Bestimmt Ausländer«, krächzte die Frau.

»Gastarbeiter«, meinte ihr Mann nach kurzer Geräusch- und Stimmanalyse. »Daran ist dieser Adenauer schuld.«

»Es geht ums Essen und um Frauen«, erklärte Dollinger im Vorbeigehen. »Aber keine Sorge, die Polizei ist schon da.«

»Was hab ich dir gesagt? Gastarbeiter«, fühlte sich der Mann bestätigt und setzte seinen Rollator in Bewegung.

Dollingers Hoffnungen ruhten jetzt auf der alten Druckerei, wo die Schlüssel ja letztendlich auch hingehörten. Wenn er seiner Zielperson noch auflauern wollte, musste er sich beeilen. Er fummelte seinen Autoschlüssel aus der Tasche und beeilte sich.

»Nicht schon wieder!«

Ein Strafzettel begrüßte ihn winkend, den er schnell von der Scheibe zupfte und einstieg. Den Weg nach Schwabing kannte er, das Navi blieb stumm.

Schon der erste Blick beim Einbiegen bestätigte seine Befürchtungen. Die Straße war zugeparkt bis zum Überlauf. Es blieb ihm nur die Einfahrt, in der bereits ein Einsatzfahrzeug der Polizei stand. Aber er hatte keine Wahl. Das grüne Haupttor, gekrönt von dem Schriftzug *Selchinger*, war geöffnet und mit einen Flatterband für unpassierbar erklärt worden. Zur Sicherheit klemmte er den Strafzettel wieder unter das Wischerblatt. Damit war er schon öfter in Erlangen durchgekommen.

Die alte Druckerei lag vor ihm wie eine Drachenhöhle. Die eigentliche Halle, die Druckwerkstatt, versank im Dunkeln, verschwand im Nichts. Ein weit aufgerissenes Maul. Ein Glockenmaul. Das hatte er mal irgendwo gelesen. Er fühlte sich wie Siegfried vor Fafnirs Versteck, wie Bilbo vor Smaug. Aber er hatte noch immer keine Wahl. Noch dazu hatte er gar nicht die Absichten Siegfrieds oder Bilbos. Er wollte keinen Schatz in seinen Besitz bringen, im Gegenteil, er wollte etwas zurückerstatten. Und das hatte noch nicht einmal den geringsten materiellen Wert. Er war also doch nicht Siegfried oder Bilbo, er war Walter Dollinger. Bilbo wäre gar nicht so schlecht gewesen. Aber wie hatte Reinhold Messner es so schön formuliert, die Geschichte spielte in Gartenerde, nicht in Mittelerde. Und auch nicht im Mittelalter, das wiederum Siegfried vorbehalten war.

»Hallo? Ist jemand da? Ich suche Hauptkommissar Schwerdtfeger!«, rief er schließlich in das Höhlenmaul.

Nichts.

Das war er von diesem Laden ja schon gewohnt. Das Industriedenkmal hatte es nicht so mit dem Schall. Es war ein Hort der Stille. Wenn auch der Totenstille.

»Hallo? Jemand zu Hause?«

Nichts.

Was auch sonst.

»Hallo?«

Dollinger riskierte die Überwindung des Flatterbandes und machte ein paar Schritte.

»Hallo? Jemand zu Hause?«

Endlich. Ein Schatten löste sich aus der Finsternis und verwandelte sich allmählich in einen Uniformierten.

»Sie? Was machen Sie da? Haben Sie die Absperrung nicht gesehen? Sind Sie von der Presse?«

»Nein. Ich bin Walter Dollinger. Ich habe die Leiche gefunden.«

»Hier wurde keine Leiche gefunden«, erwiderte der Polizist in rüdem Ton. »Und jetzt verlassen Sie bitte das Gelände.«

»Ich möchte bitte Hauptkommissar Schwerdtfeger sprechen. Er ist für diesen Fall zuständig.«

Der Uniformierte fixierte kurz seine Augen, dann drehte er sich um und rief in die Drachenhöhle: »Du? Schorsch? Kennst du einen Schwertträger?«

Also doch noch ein Déjà-vu.

Die Höhle schwieg.

Dann kam eine Antwort.

»Ja. Den kenn ich. Aber der heißt Schwerdtfeger. Das ist ein neuer Hauptkommissar bei der Kripo. Kommt aus Erlangen. Was ist denn mit dem?«

»Da will ihn einer sprechen.«

»Warte. Ich komm schon.«

Ein zweiter Schatten löste sich aus der Finsternis und wurde zu einem weiteren Uniformierten.

»Sind Sie das?«

»Walter Dollinger. Ich würde gerne Herrn Schwerdtfeger sprechen. Es geht um die Leiche, die ich hier gefunden habe.«

»Hier wurde keine Leiche gefunden. Wie oft soll ich Ihnen das noch sagen. Hier werden nur Spuren gesichert«, hielt ihm der erste Polizist entgegen.

»Doch, doch. Das ist schon richtig«, widersprach der andere. »Hier hat eine Leiche gelegen. Nicht für lange, aber sie war da. Darum ist alles mit Kreide markiert. Rund um die Maschine.«

»Genau. Da hat sie gelegen«, sagte Dollinger erleichtert. »Soll ich es Ihnen zeigen?«

»Nein«, entschied der erste Polizist.

»Ja, gern«, entschied der zweite. »Das interessiert mich. Uns sagt ja keiner was.«

»Schorsch!«

»Jetzt lass mal. Der macht schon nichts. Kommen Sie, Herr …?«

»Dollinger. Walter Dollinger.«

Er folgte Schorsch in die Höhle des Drachen, die gar nicht so dunkel war, wie es von außen schien. Als sich seine Augen an das diffuse Licht gewöhnt hatten, hielt er direkt auf die rechte Druckmaschine zu.

»Hier hat sie gelegen. Auf dem Boden. Ein schockierender Anblick, sage ich Ihnen«, begann er seine kleine Horrorgeschichte, der die beiden Polizisten begeistert lauschten. Er bauschte jede Kleinigkeit auf, garnierte sie mit wilden Spekulationen, kniete sich sogar hin, schilderte die schon fast vakuumartige Stille, beschrieb die Fesseln, den Klebestreifen, den Einstich und die Kanister mit der absolut dunkelschwarzen Druckerschwärze.

»Grauenhaft. Einfach nur grauenhaft. Ich musste einfach noch einmal zurückkommen. Aber jetzt geht es mir schon viel besser.«

»Reden hilft immer«, klopfte ihm Schorsch auf die Schulter.

»Dafür sind wir ja da«, pflichtete ihm der andere Polizist bei. »Das gehört zu unserem Job.«

Als ihn die beiden Uniformierten nach fast einer Stunde schweren Herzens gehen ließen, befand sich der Schlüsselbund nicht mehr in seiner Hosentasche, sondern lag fast genau an jener Stelle, an der er ihn gefunden hatte. Nur leichter zu entdecken.

**18** »Jetzt mach schon, Papa!«

»Ja, ja! Ich komm ja schon!«

»Die warten nicht auf uns. Was glaubst du eigentlich, wie voll das wird? Wenn wir jetzt nicht losfahren, müssen wir stehen.«

»Ich bin gleich fertig!«

»Prostata? Blasensteine?«

»Nein, drei Tassen Kaffee«, antwortete er und betätigte die Spülung.

»Wir müssen noch bis nach Salzburg fahren.«

»Farina. Es ist halb acht. Die Beerdigung beginnt um elf. Das werden wir ja wohl schaffen.«

»Es ist viertel vor acht und jede Menge Urlaubsverkehr«, drängte Farina, die einen geliehenen, schwarzen Hosenanzug trug.

»Dann sollten wir jetzt los.«

»Deine Jacke ist ja voller Flecken«, stellte sie plötzlich fest, als er ins Licht der Flurlampe trat, packte ihren Vater am Ärmel und zog ihn hinter sich her in die kleine Küche. »Wie sieht das denn aus?!«

»Wie sehr du deiner Mutter ähnelst«, bemerkte Dollinger schmunzelnd.

»Typisch. Das sagen alle Väter. Jetzt halt doch mal still!«, meckerte sie und wischte mit einem feuchten Küchentuch über die Flecken, die er nicht unbedingt als solche angesehen hätte.

»Fertig!«

Farina hatte die Verkehrslage richtig eingestuft, die A 8 war wieder einmal überlastet. Truck reihte sich an Truck, die rechte Spur war komplett durch LKW belegt, die sich gegenseitig überholten und sich kaum um Überholverbote scherten. Das übliche Bild also.

»Mensch, Papa! Jetzt gib doch endlich mal Gas! So kommen wir da nie an!«

»Aber du siehst doch, dass ich nicht schneller fahren kann!«

»Das wird ja immer schlimmer! Können die das nicht mal ändern?«, schimpfte sie.

»Dazu müsste das Verkehrsministerium ein innovatives Verkehrskonzept mit einem langen Zeithorizont entwickeln, den Güterverkehr verstärkt auf die Schiene verlagern und die Automobilindustrie und die Autofahrer endlich dazu drängen, … nein, besser zwingen, …«

»Vergiss, es Papa! Es war nur eine rhetorische Frage. Sieh lieber zu, dass du den Kleinbus noch überholst! Es ist schon halb zehn!«

Schweißnass und adrenalingeflutet erreichten sie kurz vor Toresschluss die kleine Kirche in einem Außenbezirk von Salzburg. Auch in diesem Punkt hatte Farina Recht behalten, ihnen blieb nur ein Stehplatz im Freien. Schon nach wenigen Minuten beneideten sie die schnelleren Trauergäste, und das nicht etwa wegen der Sitzplätze auf harten Kirchenbänken, sondern wegen der Kühle in der barocken Kirche. Denn draußen setzte ihnen die Sonne zu.

»Mein Hut liegt zu Hause auf der Ablage der Garderobe«, schnaufte Dollinger. »Da hat er es schön schattig.«

»Apropos Hut«, stieß ihn Farina an. »Schwerdtfeger ist noch später dran als wir.«

Dollinger drehte sich um und sah sofort einen halbroten, behüteten Kopf aus der Menge ragen, der einen in dieser Menge untergetauchten Mitarbeiter mit Vorwürfen überhäufte.

»Könnten Sie sich bitte etwas leiser unterhalten?«, bat eine warme Frauenstimme.

»Nein!«, knurrte Schwerdtfeger.

»Ja, haben Sie denn keinen Respekt vor dem Toten?«, meldete sich eine tiefe Männerstimme zu Wort.

»Nein!«, wiederholte der Hauptkommissar laut. »Ich habe nur vor Lebenden Respekt.«

»Unverschämt!«, schimpfte die Frauenstimme.

»Realistisch!«, konterte Schwerdtfeger. »Und jetzt: Ende der Debatte. Ich bin nicht zu meinem Vergnügen hier, so wie Sie.«

»Frechheit!«, regte sich eine weitere Stimme auf.

»Piefke!«, schloss sich eine vierte an.

Dollinger wandte sich wieder den Trauergästen zu, für die er schließlich die Tortur auf sich genommen hatte. Seine Tochter stand natürlich dem Verlag bei, er aber wollte dem Mörder begegnen. Das Problem bei diesem Unterfangen war allerdings, dass er ihn nicht kannte. Er war sich lediglich ziemlich sicher, dass der Mörder am Grab seines Opfers stehen würde. Aus keinem anderen Grund war auch Schwerdtfeger erschienen.

»Sei dir nicht zu sicher«, flüsterte seine Tochter, als hätte sie seine Gedanken gelesen. »Das ist nur eine Klischeevorstellung. Der Kurzmann wird auf jeden Fall fehlen.«

»Ich weiß, aber auch Klischeevorstellungen können manchmal zutreffen. Erinnere dich nur einmal an meinen letzten Fall in Biberbach ...«

»Ruhe!«, tönte jemand hinter ihnen.

Die Trauerandacht hatte begonnen, ohne dass man draußen auch nur ein Wort verstehen konnte. An eine Beschallung des kleinen Friedhofs hatte niemand gedacht. Die Familie hatte das öffentliche Interesse offensichtlich völlig falsch eingeschätzt. Noch während der Andacht erhielt die Menge weiteren Zulauf. Viele der Trauergäste, darunter auffällig viele junge Menschen, hielten Bücher des ermordeten Autors und Orchideen oder Gemüsepflanzen in ihren Händen. Hier und da wurde still geweint, aber auch laut geheult. Beetschneider war ein Popstar gewesen. Daran wurde Dollinger noch einmal eindringlich erinnert.

In der Kirche wurde gesungen, draußen stimmten nur ein paar kompetente Kirchgänger mit ein. Dollinger hatte andere Sorgen, die Sonne setzte ihm weiterhin zu. Vergeblich sah er sich nach schattigen Plätzen um, er hätte die Versammlung ohnehin nicht verlassen können. Der Autoschweiß mischte sich mit dem Friedhofsschweiß.

Nach einer halben Stunde war die Zeremonie überstanden, die Trauergäste setzten sich in Bewegung. Jetzt bewahrheitete sich die Bibelweisheit von den Letzten, die die Ersten sein würden. Schnell hatten einige der Besucher die vorbereitete Grabstelle ausfindig gemacht und sorgten für rasche Orientierung.

»Los!«, packte Dollinger seine Tochter am Arm und folgte mit ihr den Ortskundigen. Rechts von ihnen startete Schwerdtfeger aus der zweiten Reihe.

»Papa! Das ist immer noch eine Beerdigung!«, beschwerte sich Farina. »Außerdem muss ich zu meinen Leuten.«

Als er das offene Grab erreichte, waren die besten Plätze

zwar schon vergeben, aber auf einen solchen hatte es Dollinger gar nicht abgesehen. Er hatte nicht vor, groß in Erscheinung zu treten, sondern wollte unauffällig beobachten. Hinter einem studentisch wirkenden Paar fand er den idealen Observationsstandort. Schwerdtfeger hatte weniger Glück, half diesem aber nach, indem er den Schneepflug mimte und sich nach vorne kämpfte. Die Protestrufe der Schneemassen waren ihm egal. Als der Pfarrer mit dem Sarg eintraf, verstummten sie sowieso. Blicke wurden gesenkt, Hände gefaltet, Blumen und Gemüse bereitgehalten. Der Pfarrer sprach die bekannten letzten Worte.

Nur Dollinger und Schwerdtfeger, deren Blicke sich ab und zu begegneten, waren nicht bei der Sache, sondern bei einer ganz anderen. Ihre Aufmerksamkeit galt den Lebenden.

Unmittelbar neben dem Pfarrer stand Griseldis von Greifenstein, deren Gesicht hinter einem schwarzen Schleier verborgen war. Ihre Trauerrobe war verblüffend schlicht, ein halblanger, schwarzer Rock mit passender Jacke. In der Hand hielt sie eine schwarze Rose. Auf den großen Auftritt, mit dem Dollinger fest gerechnet hatte, hatte sie verzichtet. Nicht aber auf ihr Gespür für Stil, das er durchaus bewunderte. Auch von Stolz fehlte jede Spur. Als der Pfarrer geendet hatte und sie an die Reihe kam, hoben sich alle Blicke und flogen ihr zu. Aber sie hielt ihnen stand, schwieg einige Sekunden regungslos und warf dann die Rose mit einer eleganten Bewegung auf den Eichensarg. Fotoapparate surrten und klickten, um Zeitungen, Online-Nachrichten, Fanblogs und soziale Netzwerke mit Bildern zu versorgen. Von einer Frau, deren Existenz vielen bislang unbekannt gewesen war.

Nach dem obligaten Schäufelchen Erde machte die Witwe Platz für die Familie, die aus einem Bruder, einer Schwester und deren Ehepartnern und Kindern bestand. Sie waren, wie

Farina im Verlag erfahren hatte, eigens aus Berlin und Saarbrücken angereist.

Die nächsten Blumenspender waren eine Clique von Schulfreunden. Das behaupteten jedenfalls einige Stimmen, die zu ihm ans Ohr drangen. Eine Frau aus der kleinen Gruppe weinte hemmungslos und infizierte umgehend andere Trauergäste. Der Damm war gebrochen.

Rose Fuchs trat ans Grab, ebenfalls in einem halblangen Rock, ebenfalls mit einer schwarzen Rose, aber ohne Schleier. Ihre Miene wirkte wie versteinert, wie eingefroren und verriet Emotionen, die Dollinger überraschten. Die Verlagschefin war schwerer getroffen, als es im Verlag den Anschein gehabt hatte. So schwer, dass ihr Mann, der schräg hinter ihr stand, vorsichtig den Arm um sie legte. Aber das war nicht alles. Falls Dollinger sich nicht irrte, wehrte sich Fuchs kurz gegen die Berührung. Es war nur eine kleine Bewegung, ein Ruck, eine eher unbewusste Abwehrreaktion, bevor sie den Arm dann doch gewähren ließ. Das war noch immer nicht alles, denn sie verharrte lange vor dem Abgrund und musste von ihrem Mann mit sanftem Druck aus dem Blickfeld der Trauernden und Voyeure entfernt werden.

Es folgten die Verlagsmitarbeiter, darunter auch Farina und Theresa. Inzwischen kannte Dollinger einige Namen und Gesichter. Corinna Schievelbusch war wie seine Tochter in einem schwarzen Hosenanzug erschienen und war Opfer des Dammbruchs geworden. Ihre Schminke hatte sich mit den Tränen vereint und bildete schwarze Rinnsale auf ihren Wangen.

Carla Naber hatte sich im Griff. Hinter ihrer Riesenbrille blickten wache Augen ins Grab. Die Pressechefin wirkte distanziert, unnahbar, unbeeindruckt. Irgendwie musste es ihr gelungen sein, einen Schutzwall um sich herum zu errichten, denn ihre Trauermiene war von ihrer alltäglichen kaum zu unterscheiden.

Dollinger wartete auf einen Mitarbeiter des Vertriebs, dem er bislang vergeblich aufgelauert hatte. Korbinian Lehnsdörfer war der Verlagsmitarbeiter, über den er am wenigsten wusste. Ein Phantom, ein Erdgeist, der im Verborgenen lebte, aber Julia Seminas geheime Telefonnummer kannte und sie auch benutzt hatte. Doch er wartete umsonst, der Mann mit dem kaputten Knie war in München geblieben.

Nicht aber Peter Gamsing, ein bekannter Schriftsteller, der mit einer Orchidee am Grab erschien, einen kurzen, larmoyanten Blick hineinwarf, die Blume fallen ließ und wieder verschwand. Gamsing war ein Lieblingsautor seiner Frau Karin. Sonst hätte er ihn nicht erkannt. Er schrieb zeitgenössische Romane und hatte nichts mit dem Gartengenre zu tun.

Kurzmann! Dollinger traute seinen Augen nicht. Im schwarzen Smoking mit ordnungsgemäßer, schwarzer Fliege und schwarzen Lackschuhen, wohlgekämmt und wohlrasiert. Das war Simon Kurzmann. Und doch ein ganz anderer Kurzmann, als der, den er im Café getroffen hatte. Dieser hier war kultiviert, elegant, souverän. Er hatte keine Rose in der Hand, sondern ein Bund Radieschen, dass er in großem Bogen ins Grab schleuderte und sich dann mit einer schwungvollen Bewegung respektvoll und demonstrativ vor dem Sarg verneigte. Ein Fressen für die Reporter, deren Finger auf den Auslösern klebten.

Persönliche Motive schloss Dollinger aus, der Auftritt war einfach zu gut vorbereitet, zu professionell inszeniert. Hier hatte sich ein potenzieller Erbe geschickt präsentiert und die Pole Position für sich reklamiert. Es war eine nachträgliche Stafettenübergabe. Der Schüler verneigte sich vor dem Meister, um dessen Nachfolge anzutreten. Dollinger erinnerte sich an

Kurzmanns Worte im Café. Nichts ändern? Der Tod ändert alles. Und um eine geänderte Wahrnehmung hatte er sich auch bereits gekümmert. Oder ein Verlag, der schnell genug gewesen war.

Ein paar weibliche Fans erschienen am Grab und fütterten es mit Kohlköpfen und Brokkoli. Ihre Augen hatten sie hinter tiefschwarzen Sonnenbrillen verborgen.

Beim nächsten Trauergast handelte es sich um einen Radiomoderator, den Dollinger nur erkannte, weil er ihn schon auf einer Gartenmesse als Werbebotschafter gesehen hatte.

Die Menge wurde langsam unruhig und begann, sich aufzulösen. Nicht alle wählten den Weg vorbei am Grab. Aber eine Frau stach ihm dann doch ins Auge. Trotz Kopftuch und Sonnenbrille hatte er keinen Zweifel, dass sich Ursula Stahl unter die Trauergäste gemischt hatte. Fast im Vorbeigehen schenkte sie Beetschneider noch eine rote Rose und einen schnellen, verborgenen Blick. Den Reportern, die bereits packten, entging die Geste ebenso wie Schwerdtfeger und seinem Gehilfen. Der große Kopf mit dem großen Hut hatte bereits das Friedhofstor passiert. Nur seine markante Stimme war noch gegenwärtig.

Dollinger hatte mit noch mehr Münchner Prominenz gerechnet, die jedoch ferngeblieben war. Sogar auf Gustl Ochsenberger hatte er spekuliert, und wenn es dem Chefredakteur nur darum gegangen wäre, bei Beetschneiders Tod auch ganz sicher zu gehen. Sehr wahrscheinlich hatten zum Verlagstross auch einige namhafte Autoren gehört, die er jedoch nicht kannte. Das konnte ihm Farina aber immer noch erzählen.

Die Menge schmolz wie Butter in der Sonne, die gnadenlos auf seinen Kopf brannte. Das volle Haar seiner Jugend fehlte ihm, doch er harrte aus und zog sich erst mit den letzten Fans zurück, die sich mit dem Abschied am Grab schwer taten.

Zwei Frauen mittleren Alters vergossen noch einige dicke Tränen und streuten ein paar XXL-Radieschen.

Beetschneider hatte in seinen Büchern sooft von der Erde geschwärmt, hatte Humus und den Kompost zum Substrat des Lebens hochstilisiert, hatte den Boden den Füßen entrissen, die rücksichtslos auf ihm herumtrampelten. Er hatte die Gartenerde als lebendiges Wesen beschrieben, als Gaia des kleinen Mannes, als harmonisches Reich von Aberbillionen von Kleinstlebewesen. Die Gartenerde war sein Utopia gewesen. Schneller als gedacht, hatte er dieses Utopia erreicht und war nun auf dem Weg, sich mit ihm zu vereinen.

Dollinger bildete das Schlusslicht und warf als Letzter einen Blick ins Grab. Der Sarg war verschwunden. Das gesamte Angebot eines gut sortieren Gemüsehändlers hatte ihn unter sich begraben. Mehr Utopia ging nicht. Was für ein Abgang. Dollinger begnügte sich mit einer Handvoll Erde als letzten Gruß an einen Unbekannten und machte sich auf die Suche nach seiner Tochter. Hier und da hatten sich kleine Grüppchen auf dem Friedhof gebildet. Eines davon musste aus Verlagsmitarbeitern und Autoren bestehen.

Nach kurzer Suche hatte er das richtige Grüppchen erspäht und es fast schon erreicht, als sein Blick ungewollt aus dem Ruder lief. Wie aus dem Nichts hatte sich eine schwarze Gestalt beim Grab eingefunden, eine Frau, die man auch für Rose Fuchs hätte halten können. Die aber unterhielt sich gerade wenige Meter von ihm entfernt mit seiner Tochter und Beetschneiders Witwe. Mehrmals pendelte sein Blick hin und her. Die Körpergröße, die Figur, die Kleidung, die Haltung, die Frisur, alles passte. Er hob den Kopf und kniff die Augen zusammen. Vom Gesicht konnte er nur eine große Sonnenbrille mit runden Gläsern erkennen.

»Okay, Papa, wir können.«

Die Verlagsversammlung löste sich auf, die Witwe wechselte das Grüppchen. Seine Tochter kam mit einem gequälten Lächeln auf ihn zu. Aber immerhin, es war ein Lächeln.

»Einen Moment noch«, sagte er und schwenkte seinen Blick zurück zum Grab. Die Frau in Schwarz war verschwunden.

»Mist!«, schimpfte er und lief los. »Warte hier! Bin gleich zurück!«

Natürlich. Die heimliche Geliebte, die sich inkognito am Ende verstohlen ans Grab schlich. Die durfte nicht fehlen. Wie konnte er das nur vergessen. Bei einem wie Beetschneider.

Gartenarbeit hält fit. Dollinger brauchte nicht lange, um doch noch einmal am Grab zu stehen. Nach einer halben Drehung hatte er die Frau ausgemacht. Sie passierte gerade den hinteren Ausgang des Friedhofs, eine schmale Pforte in der Mauer gleich neben der weiß gestrichenen Kirche. Das müsste zu schaffen sein. Es waren nur rund fünfzig Meter. In altersgerechter Bestzeit erreichte er die Pforte, wurde aber abrupt ausgebremst. Ein Arbeiter in blauer Montur und mit geschulterter Schaufel stellte sich ihm in den schmalen Weg.

»Bittschön, sans doch vorsichtig!«, forderte ihn der Mann auf und nahm die Schaufel von der Schulter.

An dem wäre er mühelos vorbeigehechtet. Nicht aber an dem kleinen, gelben Bagger, den ein weiterer Arbeiter steuerte.

»Aus dem Weg! Aus dem Weg! Gehen's bitte vorne raus!«, rief der Baggerführer von seinem Thron. »Jetzt san wir an der Reihe.«

Dollinger trat widerwillig zur Seite und ließ den Arbeitern leise schimpfend den Vortritt.

»Danke schön, der Herr.«

Dollinger blieb stumm und zwängte sich an den Raupen-

186

ketten vorbei durch die Pforte. Im Laufschritt erreichte er einen kleinen Parkplatz, von dem in diesem Augenblick ein roter Jaguar älterer Bauart mit Münchner Kennzeichen davonfuhr. Der Rest der schwarzen Buchstaben und Zahlen verschwand hinter einer Ligusterhecke, ohne dass er sie lesen konnte.

»Mist!«

Farina erwartete ihn am vorderen Eingang und blickte demonstrativ auf die Uhr.

»Wo bleibst du denn, Papa? Ich habe der Fuchs versprochen, gleich wieder nach München zurückzufahren. Sie hat alle Mitarbeiter zu einer kleinen internen Trauerfeier eingeladen. Auch wegen der Julia. Da will ich nicht zu spät kommen. Wenn ich das gewusst hätte, wäre ich mit den anderen gefahren. Die hatten noch Platz im Auto.«

»Wir fahren ja gleich«, keuchte er nun doch ein bisschen. »Sag mal, hat die Fuchs eigentlich eine Schwester?«

»Keine Ahnung, Papa. Warum willst du denn das wissen? Du kommst auch immer auf Ideen!«

»Nur so«, antwortete er.

**19** Dollingers allgemeines Interesse an Boulevardzeitungen tendierte gegen Null. Seit er den *Münchner Blitz* kannte, hatte sich das geändert. Noch vor dem Frühstück ging er nach unten und bediente sich an einem der Zeitungsautomaten, die an jeder zweiten Ecke standen.

Beetschneider hatte es wieder auf die Titelseite geschafft. Ein Foto von dem Blumen- und Gemüseschmuck seines Sarges füllte die untere Hälfte. Die Schlagzeile zielte diesmal nicht auf einen Verdächtigen, sondern auf die Fans des Bestsellerautors.

**Blv-Morde: Vegane Grabschändung!**

»Die Radieschen von unten sehen. Das war bislang nur eine harmlose Umschreibung für den Tod. Für Hektor Beetschneider wurde diese allgemein bekannte Periphrase, wie die Umschreibung wissenschaftlich heißt, nun zur traurigen Realität. Bei der gestrigen Beerdigung in Salzburg drängten Hunderte seiner Leser an sein Grab und bewarfen seinen Sarg körbeweise mit Radieschen und Kohlköpfen. Ausgerechnet von den Anhängern des ermordeten Gartenpapstes, die sich gerne als besonders feinfühlig bezeichnen, hätte man eine derartige …«

Dollinger las nicht weiter. Es sah sich aber die beiden Fotos auf der zweiten Seite an. Eines zeigte Griseldis von Greifenstein, die als kühl und unnahbar bezeichnet wurde, auf dem anderen war Simon Kurzmann zu sehen. Sein Auftritt hatte seine Wirkung nicht verfehlt, wofür schon allein das Foto ein Beweis war. Die Bildunterschrift verkaufte ihn als fairen Kollegen, der Beetschneider bei dem einen oder anderen Thema bereitwillig den Vortritt überlassen hätte.

»Tja, so geht das«, kommentierte er und stieg die Treppe wieder hinauf.

»Kaffee?«

»Unbedingt«, antwortete er seiner Tochter, die den Tisch bereits gedeckt hatte. Dafür konnte er ihr die frische Zeitung überreichen.

»Das will ich gar nicht lesen. Und Julias Beerdigung kommt ja auch noch. Gibt es nicht irgendetwas anderes, worüber die schreiben können? Dschungelcamp, Katzenberger oder Frankentatort? Das sind doch auch tolle Themen?«

»Das wird noch eine Weile dauern. Seminas Leiche muss erst noch freigegeben werden.«, erklärte Dollinger. »Der Ochsenberger hat also viel Zeit für viele Titelstorys.«

»Ist ja auch egal. Was hast du heute vor, Papa?«

»Einen weiteren Versuch starten, Korbinian Lehnsdörfer näher zu kommen.«

»Du, über den haben wir gestern bei der kleinen Feier gesprochen. Die sind ganz schön sauer, dass der nicht mit nach Salzburg gekommen ist. Die Fuchs hatte den vorher sogar noch angerufen und ihm Mails geschickt. Die Carla hätte den sogar vor der Haustür abgeholt.«

»Was hat er gesagt?«

»Nichts. Der hat die Mails nicht beantwortet und ist nicht ans Telefon gegangen. Der hat sich einfach taub gestellt«, sagte Farina und biss in eine Toastscheibe mit bitterer Orangenmarmelade.

»Na, hoffentlich ist der nicht auch noch ermordet worden«, unkte Dollinger, der Camembert bevorzugte.

»Nee, ist er nicht. Die Sabine, die vom Empfang, die hat ihn nämlich vorgestern zufällig gesehen. Auf dem Fahrrad. Genau wie wir. Ich glaube, der bekommt Ärger, wenn der nicht bald wieder im Verlag auftaucht.«

»Na, dann werde ich mal sehen, ob ich etwas …«

Sein Smartphone spielte einen Song von Burt Bacharach.

»Neu?«, lächelte seine Tochter.

Dollinger nickte und ging ran.

»Haben Sie gerade etwas vor? Nein, haben Sie nicht! Also kommen Sie auf der Stelle zu mir. Wir müssen reden. Sofort!«, lärmte ihm eine vertraute Stimme ins Ohr.

»Schwerdtfeger?«, hauchte Farina.

»Ja. Aber er hat nicht gesagt, was er will.«

Seine Tochter verlor ihr Lächeln und ließ ihren Toast auf den Teller sinken.

»Ich ahne Schlimmes. Wir hätten nicht in diese Wohnung gehen sollen.«

»Jetzt ist es zu spät«, gab er zu und leerte die Kaffeetasse. »Es ist besser, ich beeile mich. Der wartet nicht gerne. Fahr du in den Verlag und halte den Mund. Falls er irgendetwas gemerkt haben sollte, war ich alleine in der Wohnung. Alles klar? Nur ich war da.«

Farina nickte.

»Gut. Ich ruf dich an.«

Auch an diesem Morgen waren Parkplätze rar. Ihm blieb

wieder nur das Halteverbot, immerhin ein eingeschränktes. Im Präsidium war es ruhig. Nur wenige Menschen waren auf den Treppen und Fluren unterwegs. Schwerdtfeger saß alleine in seinem Büro und rührte in einem Halbliterbecher Kaffee, wo auch immer er sich den beschafft hatte. Er machte kein zorniges, sondern ein bedrücktes Gesicht.

»Dollinger. Gut, dass Sie kommen. Wurde auch Zeit. Setzen Sie sich. Kaffee?«

»Danke, nein.«

»Zwei Punkte«, begann der Hauptkommissar. »Dollinger. Sie sind doch ein guter Beobachter?«

»Ich denke, schon.«

»Na, dann legen Sie mal los.«

»Womit?«

»Womit? Ihre Eindrücke natürlich. Von der Beerdigung!«

Ein bisschen erleichtert erstattete Dollinger Bericht. Noch schwebte der zweite Punkt im Raum. Schwerdtfeger saß wie ein schlaffer Sitzsack in seinem stöhnenden Bürostuhl und folgte aufmerksam seinen Ausführungen. Als er zur Frau in Schwarz kam, geriet der Sitzsack in Wallung und beugte sich vor.

»Ein Münchner Kennzeichen? Kommen Sie, Dollinger! Wenigstens noch einen Buchstaben!«

»Nichts zu machen.«

»Ein roter Jaguar. Eine Limousine. Älteres Modell«, sinnierte Schwerdtfeger und sackte wieder zurück. »Das hab ich doch … wo hab ich denn das … irgendein Zeuge … verflucht noch mal! Mein Gedächtnis war auch schon besser. Aber das findet sich schon. Weiter!«

»Das war's«, sagte Dollinger und spürte seine Aufregung.

»Nicht schlecht. Das war eine echte Hilfe. Mein … Assistent hat nämlich … Lassen wir das. Kommen wir zum nächsten Punkt.«

Jetzt stöhnte Dollingers Stuhl.

»Bei der Sichtung von ein paar Unterlagen, die nichts zur Sache tun, sind wir zufällig auf eine Eigentumswohnung des Opfers gestoßen.«

Dollinger spürte eine plötzliche Trockenheit in seinem Mund.

»Hätten Sie vielleicht nicht doch einen Kaffee?«

»Gleich. Auf dem Gang steht ein Automat«, brummte Schwerdtfeger. »Diese Eigentumswohnung haben wir uns gestern Nachmittag einmal angesehen. Sie ahnen nicht, was wir dort entdeckt haben.«

Die Zunge in Dollingers Mund versuchte vergeblich, die Trockenheit zu lindern.

»Wie sollte ich auch.«

»Genau. Wie sollten Sie auch«, murmelte der Hauptkommissar, sah ihn prüfend an, ließ sich Zeit und begann, mit seinem Bürostuhl sanft zu schaukeln. »Wissen Sie was? Ich zeig sie Ihnen einfach mal. Bin gespannt, was Sie sagen.«

Schwerdtfeger befreite sich umständlich aus seinem Stuhl und setzte sich umgehend und ohne ein weiteres Wort zu verlieren in Marsch. Dollinger blieb nichts anders übrig, als ihm zu folgen. Auf den Kaffeeautomaten konnte er nur einen flüchtigen Blick werfen. Zunächst glaubte er, der Hauptkommissar würde vielleicht doch ein anderes Ziel ansteuern, denn er bog unerwartet hinter dem Präsidium nach links ab. Aber er hatte nur eine andere Route gewählt. Nach ein paar Minuten war klar, dass sie sich auf dem Weg zum Arabellapark befanden. Die Trockenheit in seinem Mund war unerträglich. Er musste husten.

»Erkältet? Kein Wunder. Heute Sonne, morgen Regen«, brummte Schwerdtfeger. »Da vorne ist es.«

Dollinger tat so fremd wie möglich, sah sich um, als wäre er in einer fremden Stadt, in einem fremden Land. Bewusst ging er ein paar Schritte an der Tür zu Seminas Kreativstudio vorbei, vor der Schwerdtfeger bereits zum Stehen gekommen war.

»Wo wollen Sie denn hin? Hier geht's rein.«

Schwerdtfeger kramte in seiner Hosentasche und holte einen einzelnen Schlüssel hervor, der kurz Dollingers Aufmerksamkeit auf sich zog.

»Was haben Sie denn? Ich darf das«, wunderte sich der Hauptkommissar und öffnete die Tür. »Ich bin ja von der Polizei.«

»Hier hat er also gewohnt«, betonte Dollinger, während er das große, auch an diesem Tag lichtdurchflutete Wohnzimmer bestaunte. »Gut verdient hat er ja.«

»Sie sind und bleiben eben ein Amateur«, grinste Schwerdtfeger. »Er hat die Wohnung gekauft. Finanziell kein Thema. Im Gegenteil, gut für die Steuer. Aber er hat sie nicht für sich gekauft, sondern für seine Lektorin.«

»Für die Semina? Also war da doch etwas zwischen …«

»Wieder falsch, Dollinger. Wieder falsch. Kommen Sie, ich zeige Ihnen noch etwas. Sie werden Augen machen.«

Dollinger blieb dem Riesen auf den Fersen, den er nur schwer einschätzen konnte. Er war auf jede Überraschung gefasst. Noch war das Spiel nicht entschieden. Fest stand in jedem Fall, dass er sich wie in einer Zeitschleife fühlte, wie Bill Murray in dem Film mit dem Murmeltier. Bei ihm war es jedoch nicht die Zeit, sondern der Raum. Er konnte den Räumen nicht entkommen, musste immer wieder zu ihnen zurückkehren. Sein persönliches Raum-Zeit-Kontinuum musste eine nachhaltige Störung aufweisen.

»Ihre Chance. Sagen Sie mir, was das hier ist«, grinste Schwerdtfeger im ursprünglichen Esszimmer.

Sein Blick wanderte kurz durch den Raum, dann antwortete Dollinger kühl, denn ihn störte bei aller Sorge der Amateur. »Sieht nach einem sehr luxuriösen Arbeitszimmer aus. In ihrer Wohnung war ja keines. Sie hat also hier gearbeitet. Papiere, Bücher, Coverentwürfe. Ich würde sagen, ein konspiratives Arbeitszimmer, in dem sie ungestört und unbeobachtet die Ideen für Beetschneider entwickelt und seine Texte überarbeitet hat.«

»Volltreffer, Sie Amateur. Aber das ist nicht alles. Wir haben auf ihrem Computer nachgesehen. Und wissen Sie was? Dieser Blumenonkel, der konnte gar nicht schreiben. Jedenfalls nicht besonders gut. Das behauptet jedenfalls unser Experte.«

»Verstehe«, hakte sich Dollinger ein. »Aber sie konnte es.«

»Perfekt. Na, wie finden Sie das? Da denkt alle Welt, der Beetschneider ist ein toller Hecht, aber er ist nur eine Kaulquappe«, sinnierte Schwerdtfeger wie nur er es konnte. »Er hat hier auch nicht gewohnt, sondern sie. An Wochenenden, nehmen wir an. Dann hat sie hier seine Bücher geschrieben.«

Die Trockenheit in seinem Mund war nicht mehr ganz so drückend, aber auch noch nicht verschwunden. Er misstraute noch immer dem Blick des Hauptkommissars.

»Da werden die Fans ganz schön enttäuscht sein.«

»Das ist noch offen«, sagte der Riese. »Ich habe heute Morgen mit dem Staatsanwalt telefoniert. Ich kenn mich mit diesem ganzen Rechtskram ja nicht aus; es interessiert mich auch nicht wirklich. Er meint jedenfalls, dass die Manuskripte und Überarbeitungen wohl Eigentum des Verlags sind. Und der

Verlag entscheidet auch, was davon veröffentlicht wird und was nicht.«

»Ich verstehe. Wenn die das nicht wollen …«

»… muss das nicht zwingend bekannt werden. Zumindest nicht das ganze Ausmaß. Es sei denn, es ist ein Beweis und kommt im Prozess zur Sprache.«

Der Blick des Hauptkommissars gab noch immer nichts preis. Er blieb ein verborgenes Areal, zu dem Dollinger keinen Zugang hatte. Die Pupillen waren träge, die Augen wässrig. Was an diesem Tag in dem erstaunlich blassen Kopf vorging, blieb ihm ein Rätsel. Ein Rätsel, das er nicht mehr länger hinnehmen wollte, hinnehmen konnte. Außerdem musste er etwas trinken, denn die Trockenheit wollte einfach nicht weichen. Seine Zunge gab keine Ruhe. Er hatte genug und wollte Gewissheit.

»Alles schön und gut, Herr Schwerdtfeger. Aber warum zeigen Sie mir das alles hier? Einem Amateur? Einem Behinderer polizeilicher Arbeit?«

Der Riese wurde noch blasser, wankte plötzlich, fiel aber nicht. Das hätten wohl auch mehrere Dollingers nicht geschafft. Es war nur ein leichtes, kaum wahrnehmbares Wanken.

»Dollinger. Sie sind doch eine ehrliche Haut und können etwas für sich behalten.«

Was konnte er anderes tun, als zu nicken.

»Um es kurz zu machen: Ich bin neu in dieser Stadt. Meine Kollegen haben, sagen wir mal, einen anderen Rhythmus. Der Staatsanwalt sitzt mir im Nacken, die Presse sitzt mir im Nacken, der Spenden-Seppi sitzt mir im Nacken. Ach was, ganz München sitzt mir im Nacken. Und jetzt stellt sich auch noch heraus, dass diese Lektorin nicht die Mörderin ist. Verstehen Sie?«

»Sehr gut sogar«, antwortete Dollinger erleichtert. »Auch wenn mir nur meine Tochter im Nacken sitzt.«

»Jetzt hören Sie doch mal mit Ihrer Tochter auf! Die hat doch mit der ganzen Sache nichts zu tun! Die hatte bloß Pech. Dieses blöde Foto. Das wäre dem wahren Mörder nie passiert. Der ist nämlich nicht dämlich. Das ist ja gerade das Problem.«

Dollinger betrachtete den blassen Riesen, der seinen Hut nicht abgesetzt hatte. Ein fleischgewordener Schneepflug, eine lebende Abrissbirne, ein ungehobelter Klotz, der über ein verblüffendes Gespür verfügte, wenn es darauf ankam.

»Wie geht es jetzt weiter?«

»Dollinger. Sie haben meine lieben Kollegen gesehen.«

»Die mit dem anderen Rhythmus«, lächelte er zustimmend.

»Genau die. Müller, Gerlach, Biermann. Alles gute Leute. Bestimmt sogar.«

»Bis auf den Rhythmus.«

»Ich wusste ja, dass Sie das verstehen«, sagte Schwerdtfeger mit ungewohnt leiser Stimme. »Dollinger. Was Sie da im letzten Jahr in Biberbach geleistet haben, das war gar nicht so schlecht. Im Gegenteil. Sie haben sogar unseren Gerichtsmediziner vorgeführt. Und jetzt? Haben Sie die alte Druckerei entdeckt.«

Die Bitte, die bereits aus jedem Satz herauszuhören war, fiel ihm sichtbar schwer. Schließlich richtete sie sich an einen Amateur.

»Was kann ich für Sie tun?«, kam er ihm entgegen.

»Ich will es einmal so formulieren. Sie haben den richtigen Rhythmus. Punkt. Das ist mir im Moment wichtiger als alles, was meine Leute so drauf haben. Machen Sie weiter, Dollinger. Spielen Sie den Privatdetektiv. Von mir aus. Meinen Segen haben Sie. Aber lassen Sie mich mitspielen. Sie sind jeden Tag im

Verlag. Sie sind viel näher dran an den Mitarbeitern. Was immer Sie auch erfahren, rufen Sie mich an. Auch wenn es noch so unwichtig klingt. Warten Sie nicht. Keine Abenteuer. Rufen Sie mich an. Auf dem Handy. Dollinger.«

»Versprochen«, stimmte er zu, hatte jedoch eine Bedingung, die ihm der Hauptkommissar auch umgehend erfüllte. Dollinger wollte wissen, was er wusste.

»Ja, Sie hatten natürlich Recht, es war die Druckerschwärze aus dem alten Schuppen. Mit einem hohen Anteil an Toluol und anderem giftigen Zeug. Was da so drin ist. Und noch etwas. Der Mörder kann mit Spritzen umgehen. Meint unser Mediziner.«

»Was ist mit der Schreibmaschine?«

»Eine Erika. Der lächerliche Abschiedsbrief wurde tatsächlich auf dem Museumsstück geschrieben. In ihrem Büro. Noch etwas?«

Die Frage nach dem Schlüssel lag ihm auf der trockenen Zunge. Alles wollte er dann aber doch nicht mit Schwerdtfeger teilen.

»Haben Sie einen Verdacht?«

»Würde ich Sie sonst fragen, Dollinger?«

**20** Fünf Strafzettel lagen mittlerweile auf dem Beifahrersitz. München war wortwörtlich ein teures Pflaster. Diesmal aber hatte er einen regulären Parkplatz erwischt und den Automaten mit vielen Münzen gefüttert. Fast perfekt war auch sein Standort, der sich keine fünfzig Meter entfernt von der Eingangstür befand. Vor einem Gespräch mit Korbinian Lehnsdörfer wollte er ihn einfach mal beschatten. Er wollte wissen, wie sich so ein chronisch kranker Vertriebsexperte die Zeit vertrieb, während sein Knie heilte. Leider hatte sich Lehnsdörfer offenbar für einen Tag in den eigenen vier Wänden entschieden, denn er hatte sich bislang nicht blicken lassen. Dabei hatte Dollinger bereits vier Stunden investiert. Zu Hause war er, denn Farina hatte von dem Büro einer benachbarten Consulting Agentur aus angerufen und eine Teilnehmerin gemimt, die sich verwählt hatte.

Dollinger rutschte auf dem Fahrersitz hin und her. Störten ihn schon lange Fahrten, so fand er das pure Sitzen am Straßenrand noch quälender. Er hatte sich zwar ein Buch mitgebracht, doch das war zu riskant. Die Zielperson hätte während einer spannenden Stelle schnell entwischen können. Also spielte er mit dem Sendersuchlauf seines Radios. Es war nicht schwer, Beetschneider dabei zu begegnen. Noch immer gab es Nachrufe, aber auch Spekulationen über die beiden Morde hatten Konjunktur, vor allem bei den Lokalradios. Verschwörungstheorien gab es gleich in der Familiengroßpackung. Ein Moderator mit ausgesprochener Kinderstimme konstruierte mühelos eine Verbindung zu Edward Snowden, den Beetschneider, angeblich im letzten Jahr in Moskau, heimlich besucht haben soll. Eine vormittägliche Talkrunde aus Ahnungslosen kam zu dem Schluss, ein global agierender Saatgutkonzern hätte Interesse am Tod des Autors gehabt, der sich mehrfach gegen den Anbau gentechnisch veränderter Pflanzen ausgesprochen hatte.

Er konnte nicht mehr sitzen. Gerade wollte er aufgeben, als sich Lehnsdörfer doch noch erbarmte und aus der Tür stürmte wie Richard Kimble auf der Flucht. Unter seinem Arm trug er ein Fahrrad, auf das er sich routiniert schwang und in die Pedale trat.

Dollinger startete den Motor und verschenkte zwei Euro, die er vor einer Viertelstunde in seinen jüngsten Parkschein investiert hatte. Radfahrer hatten in der Stadt oft entscheidende Vorteile gegenüber Autofahrern. Letztere konnten etwa vor einer roten Ampel nicht einfach absteigen, zum Fußgänger mutieren, den Zebrastreifen benutzen und dann wieder aufsteigen. Lehnsdörfer war einer dieser Mutanten, war einer dieser schnellen Gestaltwechsler und Lückennutzer. Ein paar Kreuzungen und Häuserblocks konnte Dollinger ihm noch folgen, dann verlor er den Anschluss. Es blieb ihm nur ein Experiment. Da Lehnsdörfer auf den Arabellapark zugehalten hatte, nahm er Kurs auf Seminas konspirative Wohnung.

Das Experiment gelang auf Anhieb, was während seines Studiums an der Uni eher selten der Fall gewesen war. Das

Fahrrad des Mutanten, das dank eines knallgelben Aufklebers am Rahmen leicht wiederzuerkennen war, lehnte an einer Hauswand. Trotz seines Tempos konnte Lehnsdörfer noch nicht lange im Haus sein.

Dollinger suchte umgehend einen Parkplatz, brauchte dann aber keinen. Lehnsdörfer platzte nämlich erneut aus einer Haustür und erlitt offenbar einen cholerischen Anfall. Er malträtierte die Pflastersteine mit den Füßen, formte die Hände zu Tatzen, streckte sie dem Himmel entgegen und stieß Schreie aus, die Dollinger allerdings nicht erreichten. Die Entfernung war zu groß. Der Anfall währte nur kurz, dann begann seine Zielperson wie ein Zootier, das an Hospitalismus litt, vor der Wohnungstür hin- und herzulaufen. Es war unschwer zu erraten, dass er gehofft hatte, in die Wohnung zu gelangen.

Der Schlüssel, den Schwerdtfeger benutzt hatte.

Vielleicht hatte er in einem Versteck gelegen, das nun keines mehr war. Oder die Wohnung war inzwischen versiegelt worden.

Wer die Telefonnummer besaß, konnte natürlich auch die Adresse kennen. Lehnsdörfer war also eingeweiht. Wie weit, blieb offen. Auf jeden Fall ein Komplize. Interessanter war die Frage, was er in der Wohnung gewollt hatte. Dollinger sah nur eine Möglichkeit. Lehnsdörfer hatte etwas entwenden wollen, etwa holen wollen. Aber er hatte nicht mit der Entdeckung der Wohnung gerechnet.

Doch warum erst jetzt?

Entweder war es ihm vorhin spontan eingefallen. Oder er hatte einen Anruf, einen Tipp bekommen. Daher die Eile.

Hinter ihm hupte ein Wagen. Dollinger fuhr wieder einmal in eine Halteverbotszone.

Lehnsdörfer suchte noch immer verzweifelt eine Lösung für sein Problem, das sich aus der unzugänglichen Wohnung ergeben hatte. Plötzlich blieb er stehen, bearbeitete sein Handy und telefonierte. Nur zu gern hätte Dollinger gewusst, mit wem.

Das Gespräch dauerte keine Minute und schien Lehnsdörfer beruhigt zu haben. Doch statt sich wieder auf sein Fahrrad zu setzen, ging er zu Fuß weiter.

Zur U-Bahn. Die Station war nicht weit.

Dollinger rollte mit den Augen, stieg aus, schloss den Wagen ab und folgte ihm.

Er hatte richtig geraten, der chronisch Kranke verschwand in der nahe gelegenen U-Bahn-Station. Ohne Mühe konnte er ihn verfolgen, da ihn der Mann noch nie gesehen hatte. Vor der Netzkarte stellte er sich sogar direkt neben ihn und tat so, als würde auch er eine Station suchen. Lehnsdörfer hatte seine auf Anhieb gefunden. Er war Radfahrer, aber auch Münchner. Rotkreuzplatz. Jetzt kannte Dollinger sein Ziel.

Während Lehnsdörfer auf die nächste U-Bahn wartete, ging Dollinger zurück zu seinem Auto, das endlich einmal einem Strafzettel entgangen war. Wenn er die richtige Route wählte, konnte er vor ihm vor Ort sein. Dabei ließ er sich von seinem Navi helfen, das ihn nach Westen leitete. Doch der Verkehr war nicht auf seiner Seite. Er brauchte fast dreißig Minuten, um den Verlag zu erreichen. Seine Hoffnungen richteten sich auf den Fußmarsch vom Rotkreuzplatz in die Albrechtstraße. Er parkte sein Auto und beeilte sich.

Die freundliche Frau am Empfang lächelte ihn an, ohne nach seinem Namen oder seinem Anliegen zu fragen. Er war längst Teil des Geschehens geworden.

»Grüß Gott. Ist Herr Lehnsdörfer gerade gekommen?«

»Vor ein paar Minuten.«

»Danke.«

Dollinger rannte in den Flur. Carla Naber war nicht an ihrem Platz. Aber das war häufig der Fall, da sie ja viele Pressetermine außer Haus hatte. Er brauchte nicht nach Lehnsdörfers Arbeitsbereich zu fragen, er wusste genau, wo er zu finden war. In Seminas Büro. Ohne anzuklopfen, öffnete er die Tür und trat ein.

Der Mann um die Dreißig fuhr zusammen und riss seine Augen auf. Er stand hinter dem Computer, den er offenbar gerade hochgefahren hatte. Er wirkte gehetzt, seine Gesichtsfarbe war schwer zu beschreiben, aber definitiv fahl. Sein kleiner Kopf steckte noch immer in einem grauen Fahrradhelm.

»Wer sind Sie? Was wollen Sie hier?«, zischte Lehnsdörfer.

»Dollinger. Ich ermittle in den beiden Mordfällen. Was wollen Sie hier?«

»Ach so, ja«, antwortete der Mann sichtlich nervös. »Die Mordfälle. Entsetzlich. Wirklich entsetzlich.«

»Was Sie hier machen, Herr Lehnsdörfer, habe ich gefragt!«

Ein weiteres Mal zuckte sein Gegenüber zusammen, antwortete aber nicht.

»Dies ist das Büro von Julia Semina, wie Sie wissen. Es ist nur nicht versiegelt, weil schon alle Spuren gesichert worden sind. Die Polizei sieht es dennoch nicht gerne, wenn es betreten wird.«

»Ich habe einen Schlüssel«, entgegnete Lehnsdörfer.

»Interessiert mich nicht. Ich möchte wissen, was Sie hier machen.«

»Ich … ich suche nur ein paar Zahlen. Ja, ich brauche … die genaue Seitenzahl von Beetschneiders letztem Buch. Für den Herbstkatalog.«

»Der ist aber längst erschienen. Liegt vorne am Empfang. Für alle Interessierten. Kostenlos.«

»Ich habe mit den Morden nichts zu tun. Ich habe ein Alibi«, wehrte sich der in die Enge Getriebene.

»Sie haben aber auch die Telefonnummer einer Appartementwohnung im Arabellapark, die sie vor einer halben Stunde aufsuchen wollten.«

Das saß. Dollinger hatte einen Volltreffer gelandet. Lehnsdörfer starrte ihn verblüfft an.

»Mit wem haben Sie im Arabellapark telefoniert?«

Sein Opfer sah ihn weiterhin an, ohne seine Frage zu beantworten. Dann erschütterte ein plötzlicher Anfall das Büro. Nicht ganz so heftig wie der im Arabellapark, aber laut genug.

»Ich habe nichts mit der Sache zu tun, verdammt noch mal! Ich habe der Julia nur ein bisschen geholfen, das ist alles! Ein paar Tipps, ein paar Zahlen! Mehr nicht!«

»Das bezweifele ich ja gar nicht«, versuchte Dollinger, ihn zu beruhigen. »Dennoch möchte ich wissen …«

»Was ist denn hier los?«, stand plötzlich Rose Fuchs in der Tür. Hinter ihr tauchten schnell weitere Gesichter auf, darunter auch das von Farina.

»Sieh an, der Herr Lehnsdörfer gibt sich die seltene Ehre!«, sagte die Verlagschefin mit spitzem Ton. »Ist Ihre schwere Knieverletzung endlich verheilt?«

Der Druck wuchs schnell und wurde schließlich zu groß. Der halbe Verlag drängte in das Büro und wollte der spontan von der Verlagschefin anberaumten Hinrichtung des lange vermissten Vertriebsexperten beiwohnen. Rose Fuchs gab dem Druck nach und kam auf Dollinger zu, der zwei Schritte zur Seite ausweichen musste.

Der Delinquent nutzte seine Chance. Unvermittelt ging er in die Knie und zog den Stecker der Steckerleiste aus der Wand. Im Aufstehen schob er sich am Schreibtisch vorbei, stieß Dollinger und Fuchs unsanft zur Seite und überrumpelte die Mitarbeiter, die keinen Widerstand leisteten. Nicht zuletzt, weil sie gar nicht wussten, um was es überhaupt ging.

»Festhalten!«, rief Dollinger dem Flüchtigen noch hinterher, aber es war längst zu spät.

»Unmöglich, dieser Mann!«, rief Rose Fuchs. »Den will ich hier nicht mehr sehen! Der ist gefeuert!«

»Was war denn los, Papa?«, fragte Farina, die sich mittlerweile bis zu ihrem Vater vorgearbeitet hatte.

»Erzähle ich dir später. Kannst du den Rechner wieder hochfahren? Vielleicht verrät er uns ja, was Lehnsdörfer gesucht hat. Ich rufe Schwerdtfeger an.«

Während die Diskussion des Vorfalls in Fahrt kam, schob Farina den Stecker zurück in die Dose und startete den Rechner. Dollinger hatte sein Smartphone bereits im Anschlag, als sich die Verlagschefin vor ihm aufbaute.

»Lieber Herr Dollinger. Klären Sie mich doch bitte einmal auf! Am besten in meinem Büro.«

»Sofort. Nur ein kleiner Anruf.«

»Hat der nicht Zeit?«

»Nicht, wenn es um Mord geht, Frau Fuchs. Aber lassen Sie uns schon mal in ihr Büro gehen. Vielleicht kann ich ja das eine mit dem anderen verbinden.«

Sie ließen die Mitarbeiterversammlung hinter sich und wechselten in das Büro mit dem Riesenschreibtisch. Nach dem Schließen der Tür trat Ruhe ein, die zum Telefonieren bestens geeignet war. Schwerdtfeger meldete sich nach dem ersten Klingelton.

»Dollinger. Ja, es ist wichtig. Gut. Die Kurzfassung: Ich habe den Verlagsmitarbeiter Korbinian Lehnsdörfer dabei beobachtet, wie er in Seminas … schicke Wohnung gehen wollte. Anschließend hat er sich im Verlag an ihrem Rechner zu schaffen gemacht. Als ich ihn gestellt habe, ist er geflohen. Ja genau, der chronisch Kranke. Die Adresse haben Sie ja. Frau Fuchs gibt Ihnen eine Personenbeschreibung.«

»Wie bitte? Ich …?«

Dollinger reichte ihr das Smartphone und verließ ihr Büro, um zu seiner Tochter zu gehen. Zwar tagte da noch immer die Versammlung, aber die Diskussion zeigte spürbare Verschleißerscheinungen. Einige Lektoren waren bereits wieder auf dem Rückweg in ihre Büros.

»Wie sieht es aus, Farina?«

»Schlecht. Der Rechner hat nichts wiederhergestellt. Entweder, er war noch nicht soweit, oder er hat ein Programm benutzt, dass diese Funktion nicht hat. Aber das glaube ich nicht.«

»Was könnte er gesucht haben? Die Polizei hat doch Kopien von allen Dateien gemacht und nichts Interessantes gefunden?«

»Vielleicht hätten sie das Ding doch lieber mitnehmen sollen? Andererseits, die Julia war doch extrem vorsichtig und hat alles Wichtige nur auf ihrem Rechner … zu Hause gehabt.«

»Aber hat das auch Lehnsdörfer gewusst?«, gab Dollinger zu bedenken.

Die Versammlung war beendet. Dafür stand Rose Fuchs wieder in der Tür, Dollingers Smartphone in der Hand. Sie machte nicht gerade einen begeisterten Eindruck und schwenkte das Handy provokant hin und her.

»Sie sind mir ja einer.«

»Ja, das bin ich. Sieht ganz danach aus«, sagte Dollinger und nahm ihr das kleine, flache Gerät ab.

»Klären Sie mich jetzt auf? In meinem Büro?«

»Gerne«, lächelte Dollinger.

Farina warf ihrem Vater einen sorgenvollen Blick hinterher.

Aber Dollinger lächelte.

**21** »Ich freu mich so, dass du nicht mehr zu den Verdächtigen gehörst«, sagte Karin Dollinger und nahm ihre Tochter in den Arm.

»Und ich freu mich so, dass du gekommen bist«, strahlte Farina.

»Geht leider nur am Wochenende.«

»Besser als nichts.«

»Was für eine Woche. So ganz alleine. Nichts gegen das Telefon, aber ich fühl mich manchmal völlig ausgeschlossen«, beschwerte sich Karin. »Ihr erlebt jeden Tag Abenteuer …«

»Abenteuer?«, wehrte sich Farina. »Das sind doch keine Abenteuer! Also für mich bestimmt nicht! Für Papa vielleicht.«

Dollinger schüttelte den Kopf, hielt sich jedoch mit verbalem Widerspruch zurück.

»Was hab ich dir gesagt? Es gefällt ihm«, stellte Farina fest.

»Was ich wirklich unheimlich finde, ist der Wandel von diesem Schwerdtfeger«, sagte Karin und setzte sich an den kleinen Tisch in der Küche.

»Der muss ganz schön verzweifelt sein«, meinte Farina und stellte ihrer Mutter eine Tasse Kaffee hin.

»Ja, ein bisschen unheimlich ist das schon«, gab Dollinger zu. »Das mit der Verzweiflung ist gar nicht mal so falsch. Die haben den armen Mann ja nicht nur befördert, die haben den auch aus seinem angestammten beruflichen Umfeld herausgeholt und in ein fremdes Biotop verpflanzt.«

»Na und? Wen interessiert das denn?«, mokierte sich Farina. »Das ist doch heute ganz normal. Hab ich auch gemacht, wie euch sicherlich aufgefallen ist.«

»Aber du bist nicht in seinem Alter und auch nicht diesem öffentlichen Druck ausgesetzt«, verteidigte Dollinger den Haupkommissar. »Wenn der nicht bald liefert, wird er es in Zukunft schwer haben.«

»Zum Glück hat er ja dich engagiert«, meinte Farina spitz.

»Er hat mich nicht engagiert, er hat mich um Unterstützung gebeten«, entgegnete Dollinger. »Und glaubt mir, das ist ihm verdammt schwer gefallen. Der musste über seinen eigenen Schatten springen, der bekanntlich sehr mächtig ist.«

»Ich dachte, das ist eher jemand, der springen lässt«, setzte Farina nach.

»So, jetzt ist aber gut«, schaltete sich Karin wieder ein. »Sagt mir lieber, was wir heute und morgen unternehmen. Jazz, Oper, Ausstellung, Kabarett, Cocktails?«

»Freakshow«, antwortete Farina. »Papa hat beschlossen, dass wir zu einer Buchvorstellung gehen. Josef Sedlmayr stellt seine Memoiren vor. Heute Abend. Bei *BigBook*.«

»Der Spenden-Seppi?«

»Jjjja!«

»Na gut. Klingt auch irgendwie … spannend«, maulte Karin.

»Darum komme ich auch nicht mit«, erklärte Farina. »Das ist mir nämlich viel zu spannend. Ich brauche aber Entspannung und gehe darum mit Theresa ins *Pacha*. Ich muss mal raus aus allem.«

»Schade. Ich bin ja auch wegen dir gekommen«, meinte Karin und sah ihre Tochter mütterlich besorgt an.

»Aber du bist ja morgen auch noch da.«

»Also gut. Gehen wir zum Spenden-Seppi«, stöhnte sie. »Wenn es der Wahrheitsfindung dient?«

»Das dauert nicht lange. Hinterher gehen wir noch einen Cocktail trinken«, versicherte Dollinger. »Versprochen.«

»Das hört sich schon viel besser an. Sagt mal, was ist denn jetzt mit diesem Korbinian Dingsda?«

»Lehnsdörfer«, verbesserte Farina.

»Was soll schon mit ihm sein?«, antwortete Dollinger. »Für den ersten Mord hat er ein Alibi, und klingeln an einer Haustür im Arabellapark ist nicht verboten.«

»Und die Sache im Verlag?«

»Lehnsdörfer ist ja Verlagsmitarbeiter. Im Moment jedenfalls noch. Als solcher darf er auch andere Büros außer seinem eigenen betreten«, erklärte Farina. »Gestohlen hat er nichts. Also. Außerdem hat er sich hinter seinem Anwalt verkrochen, und das ist keiner von der schlechten Sorte. Übrigens sein Onkel.«

»Ja, und zu diesem Onkel ist er nämlich hin, als er vor mir geflüchtet ist, der arme, kranke Mann«, ärgerte sich Dollinger. »Er sieht sich natürlich als Opfer böswilliger Verleumdungen und finsterster Intrigen.«

»Mit anderen Worten, der ist erst einmal raus aus der Nummer«, stellte Karin fest.

»Sieht ganz danach aus«, nickte Dollinger. »Es sei denn, sein erstes Alibi wackelt. Da die beiden Einstiche wohl von derselben Person ausgeführt wurden, spricht alles für einen Täter. Ob es noch Komplizen gab, ist eine offene Frage.«

»Nicht aber die, ob ich noch unter die Dusche gehe«, sagte Karin. »Ich bin ja gleich von der Arbeit losgefahren.«

»Gut. Machen wir uns frisch und stürzen wir uns ins Münchner Nachtleben!«

»Auf zum Spenden-Seppi!«

»Von wegen. Auf ins *Pacha*«, konterte Farina.

Das Erdgeschoss des *BigBook*-Stores war gut besucht, aber nicht ausverkauft. Statt der Paletten und Displays standen nun Stühle für die Gäste bereit, von denen die meisten bereits Platz genommen hatten. Auf dem Podium war Josef Sedlmayr ins Gespräch mit Linda Benedikt vertieft, als Dollinger mit seiner Frau eintraf. Neben ihnen stapelten sich auf einem kleinen Tisch zehn oder zwölf Bücher. Davor waren weitere so platziert, dass man das Cover sehen konnte. Ein Cover in Postergröße schwebte über dem Podium. Neben dem Tisch wartete ein Mikrophon auf das Unvermeidliche.

»*Ein Leben für den Wähler*. Toller Titel«, meinte Karin. »Und sieh dir mal das Foto an. Was hätte der ohne Bildbearbeitung gemacht? Da muss man ja dreimal hinschauen. Der ist ja nicht wiederzuerkennen.«

»Da in der Mitte sind noch ein paar Plätze frei«, stellte Dollinger fest und kämpfte sich durch eine Gruppe Unentschlossener.

Rechts und links vom Podium waren mehrere Reporter und Fotografen in Stellung gegangen. Zwei Serviererinnen im Dirndl standen an Tabletts mit Sekt und Orangensaft bereit und strahlten um die Wette. Lautsprecher berieselten das Publikum mit dezenter alpenländischer Musik.

»Das wollen wir uns wirklich antun?«, flüsterte Karin. »Das geht alles von unserer Lebenszeit ab.«

»Ich weiß. Aber ich bin nun einmal sehr neugierig. Dass er

das ausgerechnet hier macht und nicht etwa in seiner Partei-zentrale oder gleich im Landtag?«

»Das wundert dich? Dies ist eine Riesenbuchhandlung mit-ten in der Stadt. Was findest du daran merkwürdig?«

»Ja, ja«, gab Dollinger zu, der bereits den Landtagsabge-ordneten und die Buchhändlerin ins Visier genommen hatte. »So gesehen ist das schon in Ordnung. Was glaubst du, kennen die sich gut?«

Karin brauchte eine Weile, bevor sie ihr Urteil fällte.

»Sie kennen sich. Schon lange. Aber gut? Ich weiß nicht.«

»Danke.«

Das Licht ging aus, nur das Podium blieb verschont. Die Show konnte beginnen. Linda Benedikt trat ans Mikrofon und wartete noch eine halbe Minute, bis im umfunktionierten Ver-kaufsraum Ruhe eingekehrt war. Sie setzte ein routiniertes Lä-cheln auf und begrüßte das Publikum. Dollinger sah sich um. Die hinteren Reihen waren nicht besetzt, das Interesse geringer als vermutet. Immerhin war es der landesweit bekannte Spen-den-Seppi. Andererseits gab es in München viele Bühnen, die gleichzeitig bespielt wurden.

»… und jetzt verstehen Sie, meine Damen und Herren, wa-rum es mir so eine große Freude ist, Ihnen heute Abend nicht den Landtagsabgeordneten Josef Sedlmayr vorzustellen, son-dern den Menschen Josef Sedlmayr. Denn unser Seppi, ich darf doch Seppi sagen, ist immer Mensch geblieben. Ein Mensch mit all seinen Schwächen, aber vor allem auch mit seinen Stärken. Diese Stärken sind es, die wir in dieser schwierigen Zeit …«

»Wo hab ich denn das schon mal gehört?«, flüsterte Karin.

»Nirgends. Du musst dich irren. Das sind absolut neue und originelle Worte«, flüsterte Dollinger zurück.

Nach dem einführenden Vorschusslob und einem Auftrittsapplaus trat Josef Sedlmayr ans Mikrofon, bedankte sich und legte nach. Wie immer trug er Tracht.

»Viele von Ihnen werden sich sicherlich fragen, warum jemand in meinem Alter schon seine Memoiren vorlegt.«

»Stimmt«, nickte Dollinger.

»Dafür gibt es gute Gründe, meine Damen und Herren. Gründe, die mit Ihnen zusammenhängen, mit meinen treuen Wählern. Denn es sind nicht nur meine Memoiren, es sind auch die Ihren! In einer Demokratie stehen schließlich die Bürger und Wähler im Mittelpunkt und nicht die Abgeordneten. Sie sind nur das Werkzeug der Wähler, wenn ich das mal so sagen darf.«

Verhaltener Applaus.

»Ich will einfach einmal eine Seite aufschlagen und ein paar Zeilen lesen, damit Sie verstehen, was ich meine.«

Der Mensch Josef Sedlmayr blätterte in seinem Buch, zog ein Lesezeichen heraus und begann zu lesen. Blitzlichter zuckten. Die Fotografen hatten es auf Bilder abgesehen, auf denen er sein Buch lesend in den Händen hielt.

»Das Jahr 2011 war ein besonders schweres Jahr. Nicht nur für mich, für alle von uns. Es war das Jahr der großen …«

Dollinger hatte es auf Linda Benedikt abgesehen, die im Halbschatten am rechten Rand des Podiums stand und das Spektakel verfolgte. Hatte sie eben noch ihren Gast als Ausnahmemenschen verkauft, wirkte sie nun desinteressiert an dessen Ausführungen. Ihr suchender Blick war auch nicht auf Sedlmayr gerichtet, sondern auf das Publikum. Ganz so, als würde sie einen Gast vermissen oder noch mit seinem Erscheinen rechnen. Dollinger erinnerte sich an den Umschlag, den sie Rose Fuchs übergeben hatte. Ihm kam auch die Frau in Schwarz in den Sinn, der er auf dem Friedhof begegnet war. Wie gehörten diese Bilder zusammen? Gehörten sie überhaupt zusammen?

»... war es wieder einmal mein Verdienst, diese wichtige Entscheidung herbeigeführt zu haben. Aber damit nicht genug, denn in der folgenden Debatte um den neuen Flughafen habe ich immer wieder darauf hingewiesen, wie schnell man heutzutage ...«

Schnelligkeit. Sedlmayr hatte es auf den Punkt gebracht. Der Mörder war schnell. Er mordete schnell, verschwand schnell, reagierte schnell und transportierte schnell, wobei er an die Leiche von Julia Semina dachte. Ein Schwächling kam auch nicht Frage, es sei denn, zwei Schwächlinge.

»... konnte ich trotz meiner Bescheidenheit einfach nicht ausschlagen. Also bin ich auf das Angebot des Ministers eingegangen und habe mich höchstpersönlich um den Fall gekümmert. Mit Erfolg. Denn wie Sie alle wissen, bin ich alles andere als ein Schwarzseher.«

Aber Dollinger sah jetzt schwarz. Die Frau in Schwarz. Nur war sie nicht in Schwarz, sondern in Bordeauxrot gekleidet. Wieder hätte er sie fast für Rose Fuchs gehalten, denn Körpergröße, Frisur und Figur stimmten. Eine attraktive Frau, deren Alter er nur schwer einschätzen konnte. Sie schlich rechts an den Stuhlreihen vorbei auf das Podium zu. Dollinger ließ sie nicht aus den Augen.

Ein sanfter Tritt traf ihn.

»Kennst du die?«

»Schön wär's.«

»Danke für das Kompliment!«, murrte Karin. »Dieses München bekommt dir nicht. Das hätte ich wissen müssen.«

»Karin, das ist die Frau ...«

»Ich sehe, dass das eine Frau ist. Das ist ja auch nicht zu übersehen.«

»Es ist die Frau in Schwarz!«

»Komisch? Ich sehe rot!«

»Jetzt hör mir doch mal zu! Es könnte die Frau sein, die ich nach der Beerdigung am Grab gesehen habe!«

»Um Ausreden warst du nie verlegen.«

»Darf ich um etwas mehr Ruhe bitten!«, spuckte Sedlmayr erbost ins Mikrofon, um gleich darauf mit seinen Erinnerungen fortzufahren.

Dollinger und seine Frau kehrten zum Schweigen zurück, verfolgten aber gleichermaßen die Frau in Rot, die inzwischen das Podium erreicht hatte, wo sie von Linda Benedikt freudig in Empfang genommen wurde. Dollinger hatte sich also nicht geirrt, die Filialleiterin hatte auf einen Gast gewartet. Beide Frauen steckten kurz ihre Köpfe zusammen, um dann hinter dem Vorhang zu verschwinden, der als Dekoration vor die Regale gehängt worden war.

»… konnte ich die in mich gesetzten Hoffnungen am Ende doch noch erfüllen, was ich auch meiner verstorbenen Frau zu verdanken habe. Sie war es auch, Gott hab sie selig, die mich dann ein Jahr später …«

Am Ende seiner Lesung schlug Josef Sedlmayr sein Buch zu und verneigte sich vor seinen Wählern und Bewunderern. Wieder hielt sich der Applaus in Grenzen, reichte aber aus, um den Spenden-Seppi in einen strahlenden Sieger zu verwandeln. Kaum hatte er sich ein zweites Mal verneigt, erhoben sich einige der Zuhörer und klatschten lautstark. Bravorufe ertönten und rissen nun doch fast alle Anwesenden mit. Dollinger und seine Frau erhoben sich ohne große Begeisterung, um nicht aufzufallen.

Nach der dritten Verbeugung verließ Linda Benedikt ihr Versteck und kehrte auf die Bühne zurück.

»Na? Habe ich Ihnen zu viel versprochen? Unser Seppi bleibt eben unser Seppi!«

Applaus. Bravorufe. Blitzlichter.

»Alle Bücher sind bereits signiert. Wer eine persönliche Widmung haben möchte, für den steht unser Herr Sedlmayr gleich zur Verfügung«, lachte Benedikt ins Mikrofon. Hinter ihr begrüßten sich der Landtagsabgeordnete und die Frau in Rot herzlich und mit Wangenküsschen. Ein kurzer Blick ins Publikum, dann zogen sie sich hinter den Vorhang zurück.

»*Ein Leben für den Wähler. Erinnerungen eines Aufrechten*. Heute exklusiv bei uns! Der offizielle Erscheinungstermin ist der kommende Montag. Also, meine Damen und Herren, greifen Sie zu. Solange der Vorrat reicht!«, pries Benedikt das großformatige Buch an, das sie den Objektiven der Fotoapparate entgegenstreckte.

Dollinger entging die Geste der Filialleiterin, denn er ließ den Vorhang nicht aus den Augen, der plötzlich Beulen bekam. Hände oder Ellenbogen mussten am Werk sein. Unvermittelt trat Sedlmayr zurück ins Rampenlicht, strahlte aber nicht, sondern stritt sich mit der Frau in Rot. Zu verstehen war kein Wort, aber seine Miene sprach Bände. Der Spenden-Seppi war stinksauer.

»Jetzt komm schon! Wo bleibst du denn?«, drehte sich die Benedikt zu ihm um und zog ihn vors Mikrofon. Die Frau in Rot blieb zurück, während Sedlmayr verblüffend schnell in den Siegermodus wechselte. Ein Profi, der sein Geschäft verstand.

Für ein paar Sekunden kehrte die Buchhändlerin hinter den Vorhang zurück, erschien dann aber mit der Frau in Rot.

Ernste Gesichter, soweit Dollinger das von seiner Position aus erkennen konnte. Küsschen. Eine Umarmung. Schnell noch ein Buch als Abschiedsgeschenk. Der Gast stieg vom Podium und zwängte sich an Reportern und drängelnden Enthusiasten vorbei in Richtung Ausgang.

Das konnte Dollinger nicht zulassen. Er stand auf, wurde aber von seiner Frau sanft lächelnd zurückgehalten.

»Karin, ich muss wissen, wer diese Frau ist!«

»Hat sie etwas mit dem Mord zu tun?«

»Was dachtest du denn! Das ist die Unbekannte vom Friedhof!«

Seine Frau gab ihren Widerstand auf, aber es war bereits zu spät. Die Frau in Rot war nicht mehr zu sehen.

»Mist! Hast du etwa geglaubt, ich würde mich für diese Frau interessieren?«

Nun wurde Karin zur Frau in Rot. Zumindest im Gesicht.

»Natürlich nicht! Das war nur so ein … nicht ganz ernst gemeinter Reflex.«

Während sich Dollinger wieder setzte, stellte sich Sedlmayr den Fragen des Publikums und der Journalisten. Vor allem auf den Titel hatten es einige Kritiker abgesehen, denen Sedlmayr jedoch gelassen entgegentrat.

»Dass ausgerechnet Sie die leise, bayerische Ironie nicht erkennen, hätte ich nicht erwartet. Wenn Sie mich für einen Vertreter des tödlichen Ernstes halten, habe ich allerdings etwas falsch gemacht. Das gebe ich unumwunden zu. Oder ich bin ganz tief drinnen doch ein Preuße!«

Das Publikum goutierte die schlagfertige Antwort mit einigen spontanen Lachern. Die Stimmung hob sich, die Dirndl und der Sekt machten die Runde.

»Wie standen Sie zu Hektor Beetschneider?«, rief einer

216

der Reporter in die aufgetaute Runde. Lachen und Gemurmel verstummten. Sedlmayr versuchte, die Frage mit einem klassischen Trick abzuwehren.

»Die nächste Frage, bitte!«

»Wie standen Sie zu Hektor Beetschneider?«

Jetzt musste er antworten. Nicht nur Dollinger war gespannt. Das tägliche Bombardement des *Münchner Blitzes* hatte seine Spuren in der Öffentlichkeit hinterlassen. Auch bei Sedlmayr. Er kämpfte kurz, verlor dann aber jene Form der Selbstbeherrschung, die Freiherr Adolph Knigge einmal sehr treffend und sehr französisch als Contenance bezeichnet hatte.

»Ich weiß genau, was Sie wollen!«, polterte der Spenden-Seppi los. »Sie wollen mir ans Bein pinkeln! Aber von Ihnen lasse ich mir diesen schönen Abend nicht kaputtmachen! Nicht von Ihnen! Das ist Schnee von gestern und hat nichts mit seinem Hinscheiden zu tun! Für das Scheitern des Bauvorhabens seinerzeit war nicht ich verantwortlich, sondern das Baureferat. Das Risiko war Herrn Beetschneider wohlbekannt!«

»Er soll Ihnen gedroht haben!«, rief der Journalist, der auch für die provokante Frage verantwortlich gewesen war.

»Mir gedroht haben? Mir kann man nicht drohen! Mir nicht! Womit denn? Bei mir ist alles sauber!«

Zwei, drei Lacher konterkarierten Sedlmayrs Statement. Zu oft schon hatte es seine Immobilienfirma in die Schlagzeilen geschafft, und das nicht nur beim *Münchner Blitz*.

»Der Beetschneider und ich, wir haben uns immer bestens verstanden«, setzte er die Abwehrschlacht fort. »Warum hätte er mir also drohen sollen?«

»Sagen Sie es uns!«

»Da gibt es nichts zu sagen!«

»Das Wolpertingerhaus im Arabellapark!«

»Da war ich eben schneller als die Konkurrenz! Das war alles ganz legal! Das habe ich schriftlich vom zuständigen Gericht! So, und jetzt ist Schluss damit! Aus und vorbei! In der Angelegenheit ist alles gesagt! Liebe Gäste, liebe Freunde. Bitte gehen Sie nicht, ich stehe Ihnen sogleich für persönliche Widmungen zur Verfügung.«

Sedlmayr zog sich kurz hinter den Vorhang zurück, um seine Fassung zurückzugewinnen. Linda Benedikt assistierte ihm dabei.

»Das Kreativstudio!«, raunte Dollinger. »Der Komplex gehört garantiert dem Spenden-Seppi.«

»So ein Zufall«, sagte Karin.

# 22

»So ein Glücksfall! Die Karin!«, sagte Hagedorn überrascht und nahm Dollingers Frau in den Arm. »Das hat mir der Walter gar nicht erzählt, dass er dich mitbringt.«

»Was mich betrifft, ist er manchmal etwas vergesslich«, meinte Karin.

»Quatsch. Es sollte eine Überraschung sein«, entgegnete Dollinger.

»Na, die ist dir aber gelungen. Kommt rein.«

Natürlich ließ es sich der Grafiker nicht nehmen, Karin durch seine Wohnung zu führen, von der sie sich sehr beeindruckt zeigte.

»Und das mitten in Schwabing«, wiederholte sie bestimmt dreimal.

»Tja, das geht heute nicht mehr«, erklärte Hagedorn.

Das Highlight der kleinen Führung war natürlich das Atelier.

»Über den Dächern von Nizza«, kommentierte Karin die Lage und den Ausblick.

»Ja, so fühle ich mich manchmal auch. Ich hier oben ... und die Welt da unten. Mir gefällt's«, meinte Hagedorn und holte noch eine dritte Tasse. »Der Kuchen reicht jetzt natürlich nicht. Das sind die Schattenseiten deiner Überraschung. Aber ich verzichte gern. Bin eh zu dick. Setzt euch doch.«

»Ich möchte mir erst noch ein paar von deinen Entwürfen ansehen«, wandte Karin ein. »Die sind ja einmalig. Wo hast du das gelernt?«

»In meiner frühen Jugend. Bevor ich studiert habe, wollte mein Vater, dass ich etwas Richtiges lerne. Also habe ich bei *Böckl & Krantz* eine Grafikerlehre absolviert.«

»Fantastisch!«, staunte Karin. »Da ist eines besser als das andere!«

»Ich danke dir. Walter? Warum hast du sie nicht schon früher mitgebracht. Sie hat einen Blick für die Arbeiten eines Genies.«

Dollinger verzichtete auf eine Entgegnung und sah sich die Entwürfe an, die Hagedorn für das Jubiläum des *Münchner Blitzes* gemacht hatte.

»Hast du mit ihm gesprochen?«

»Ja, hab ich. Das war gar nicht so einfach. Der Gustl hat mich ganz komisch von der Seite angesehen. Ich hab es gemacht, wie du gesagt hast. Ich habe eine Zeitung dort auf den Tisch gelegt. Direkt bei seinen Entwürfen. Wir sind quasi drüber gestolpert.«

»Was hat er gesagt?«

»Der Beetschneider, der hat vor seiner Karriere auch für den Gustl gearbeitet«, berichtete Hagedorn. »Der Ochsenberger-Verlag hat ja nicht nur den *Münchner-Blitz*, sondern auch mehrere Fachblätter für alles Mögliche. Und für irgend so ein Magazin von denen hat der Beetschneider geschrieben.«

»Sieh mal einer an«, staunte Dollinger.

»Omnia continentia sunt«, meinte Karin.

»Das habe ich nicht mehr drauf«, gestand Hagedorn.

»Alles hängt zusammen«, übersetzte Karin.

»In diesem Mordfall ganz bestimmt sogar«, stimmte Dollinger zu. »Man kann nur staunen.«

»Vergiss bitte den Münchenfaktor nicht. Das ist ein Dorf, das weißt du doch. Zugegeben, ein sehr großes Dorf. Aber nichtsdestotrotz immer noch ein Dorf. Mit Berlin oder Hamburg kann man München nicht vergleichen.«

»Vielleicht aber mit Biberbach«, spottete Dollinger. »Da kennt auch jeder jeden und hat schon Geschäfte mit ihm gemacht. Aber zurück zu Beetschneider und Ochsenberger.«

»So richtig ist er damit nicht rausgerückt«, mühte sich der Grafiker. »Wenn ich aber eins und eins zusammenzähle, dann bin ich ziemlich sicher, dass der Beetschneider damals etwas mit seiner Frau gehabt hat. Das ist natürlich schon eine Weile her. Aber, so wie ich das sehe, muss das den Gustl schwer gekränkt haben.«

»Verletzte Mannesehre«, diagnostizierte Karin. »Das lässt sich nur mit Mühe kurieren.«

»Danach sieht es aus«, fuhr Hagedorn fort. »Der Gustl, der hasst jedenfalls den Beetschneider. Selbst nach seinem Tod. Was immer da genau vorgefallen ist.«

»Ein Hass mit einem weiten Horizont«, meinte Dollinger. »Wenn er jeden, der dem Beetschneider mal über den Weg gelaufen ist, zum Tatverdächtigen abstempelt.«

»Ich glaube, da geht es um etwas anderes«, vermutete Hagedorn. »Ich glaube, der Gustl will nur beweisen, dass es viele Menschen gibt, die gute Gründe hatten, Beetschneider ebenfalls zu hassen.«

»Nicht schlecht«, sagte Karin, die sich noch immer die Entwürfe ansah.

»Meinst du meine Arbeit?«

»Die auch.«

»Du glaubst, er will im Grunde weiter nichts, als seinen Hass teilen?«, fragte Dollinger.

»Ich bin kein Psychologe«, antwortete Hagedorn. »Aber das ist es, was ich denke.«

»Andere hatten auch Gründe, Beetschneider zu ermorden«, begann Dollinger laut nachzudenken. »So wie der Ochsenberger. Er rechtfertigt so den Mord. Oder?«

»Irgendwie schon«, stimmte ihm sein alter Verhandlungspartner zu.

»Auf Kosten anderer«, ergänzte Karin.

»Er war eingeladen, ist aber nicht gekommen«, dachte Dollinger weiter nach. »Klar, wegen Beetschneider. Den Auftritt vom ehemaligen Lover seiner Frau wollte er unbedingt verpassen. Außerdem war Beetschneider kein kleiner Journalist mehr, sondern ein Star.«

»Das hat ihn ganz besonders gestört«, fügte Hagedorn hinzu. »Das ist ja auch klar. Erst macht er sich an seine Frau ran, dann kommt er ganz groß raus. Das war wohl zu viel für den Gustl.«

»Ist denn seine Frau attraktiv?«, fragte Karin.

»Die Hermine? Das kannst du aber laut sagen. Noch dazu ist die zehn Jahre jünger als der Gustl. Und ich sage euch, der hat die Eifersucht erfunden.«

»Damit haben wir zum Glück nichts zu tun«, merkte Karin an.

»Bestimmt nicht«, brummte Dollinger.

Karin überhörte die Bemerkung ihres Mannes und blieb bei den Entwürfen und den Dächern von Nizza. Und denen von Schwabing.

»Weißt du, wie lange die Affäre gedauert hat?«

»Das wird mir der Gustl auf die Nase binden«, schüttelte

Hagedorn den Kopf. »Ich sage euch: Wie der mich angesehen hat, als ich nur den Namen Beetschneider erwähnt habe. Da sitzt etwas ganz tief bei dem.«

»Er war nicht da«, nahm Dollinger den Faden wieder auf. »Aber mindestens einer seiner Leute. Ein oder zwei Fotografen. Woher hätte er sonst die vielen Fotos gehabt?«

»Er hat die bestimmt instruiert«, schlug Karin vor. »Der eine hat die üblichen Bilder gemacht, der andere die kompromittierenden.«

»Dann hätte er aber wissen müssen, dass Beetschneider an diesem Abend ermordet wird«, brachte Dollinger den Gedanken zu Ende.

»Das ist nicht gesagt«, wandte seine Frau ein. »Er könnte eine ganz andere Kampagne gegen Beetschneider geplant haben. Vergiss nicht, im Oktober wird sein neues Buch vorgestellt.«

»Stimmt auch wieder«, gab Dollinger zu. »Mit den passenden Bildunterschriften hätte er aus den Fotos auch etwas ganz anderes machen können. Außerdem: Wir kennen ja nur die paar Fotos, die er nach dem Mord abgedruckt hat. Das ist doch nur eine gezielte Auswahl für seine Kampagne.«

»Schwerdtfeger müsste doch die Fotos haben?«, meinte Karin und kam endlich zu den beiden Männern an den Tisch, aber nur, um sich eine Tasse zu holen und damit zum Automaten zu gehen.

»Entschuldige bitte«, sprang der Gastgeber auf, nahm ihr die Tasse ab und übernahm den Automaten. Karin lächelte und setzte sich.

»Ja, die Fotos würde ich gerne sehen. Die Fotos – «, wiederholte Dollinger nachdenklich und richtete dann seinen Blick auf seinen alten Partner. »Du, Lutz?«

»Ja, ich bin immer noch da.«

»Du hast nicht zufällig ein Foto von Ochsenbergers Frau?«

»Von der Hermine? Ich? Nein, das tut mir Leid. Ich habe mit der nie etwas gehabt. Was willst du mit dem Foto?«

»Das interessiert mich jetzt auch«, sagte Karin neugierig.

»Die Frau in Rot. Die Frau in Schwarz. Die Frau auf der Jubiläumsfeier, die niemand kennt. Ich möchte wissen, ob sie es ist.«

»Ich verstehe kein Wort«, murrte Hagedorn.

»Kannst du auch nicht«, pflichtete ihm Karin bei. »Selbst ich habe den Überblick über seine Frauen längst verloren. Jedes Mal, wenn ich zu Besuch komme, treffe ich auf eine neue.«

»Ich glaube nicht an den Plural. Es könnte auch nur eine sein«, sagte Dollinger und klärte den Grafiker über seine Beobachtungen auf. Besonders dramatisch schilderte er natürlich das geheimnisvolle Erscheinen der Unbekannten auf dem Friedhof in Salzburg.

»Das wäre ja eine Sache«, staunte Hagedorn. »Aber warum sollte die Hermine das machen?«

»Wegen diesem Beetschneider«, rollte Karin mit den Augen. »Das ist doch ganz einfach. Stell dir vor, da ist immer noch etwas gelaufen. Oder wieder etwas. Vergiss nicht, der Beetschneider hat mit der Zeit deutlich an Anziehungskraft gewonnen. A star was born. Do you know, what I mean?«

»Aber wie kriegen wir das raus?«, fragte sich Dollinger.

»Also den Gustl, den könnt ihr nicht fragen. Der springt euch sofort an die Kehle, der legt euch auf der Stelle um«, meinte Hagedorn.

»Hattest du nicht gesagt, dein Gustl sei ein humorvoller Mensch, der die Welt nicht so eng sieht?«

»Die Welt nicht«, ruderte der Grafiker zurück. »Andere Dinge schon.«

»Ist schon gut. Sag mir lieber, was die so beruflich macht. Oder ist die Verlegerfrau von Beruf?«

»Die Hermine? Nein, die hat sogar ihre eigene Praxis.«

»Ärztin?«

»Heilpraktikerin.«

»Gar nicht mal so schlecht«, freute sich Dollinger. »Das wäre doch etwas für dich, Karin.«

»Für mich? Das ist doch wohl eher dein Ressort!«

»Da bin ich anderer Ansicht«, grinste Dollinger und kümmerte sich endlich um den Kuchen, den Hagedorn gekauft hatte. »So von Frau zu Frau. Von Beetschneider-Versteher zu Beetschneider-Versteher. Da hat man doch schnell eine gemeinsame Basis gefunden. Hattest du nicht neulich erst wieder Probleme mit deinem Reizdarm?«

»Ich? Ich habe nie Probleme mit meinem Gedärm!«, wehrte sich seine Frau, die längst wusste, dass sie verloren hatte. Doch ein Argument hatte sie noch auf Lager. »Okay, dann kümmere dich mal um einen Termin. Ich hoffe allerdings, sie hat auch sonntags Sprechstunde. Du weißt, was in der Woche alles auf mich zukommt.«

»Ha!«, lachte Hagedorn. »Du bist mir vielleicht ein Detektiv. Ich fürchte, du wirst dich selbst um den Reizdarm kümmern müssen.«

Dollinger nahm noch ein Stück Kuchen und dachte an den roten Jaguar. Er könnte Schwerdtfeger fragen. Aber die Antwort würde nicht ausreichen. Ihm blieb keine andere Wahl, er musste sich Ochsenbergers Frau mit eigenen Augen ansehen.

»Sieht so aus, als hätte ich tatsächlich Probleme mit meinem Darm«, brummte er. »Wird dringend Zeit, dass ich mich da beraten lasse. Da soll es doch diese tolle Heilpraktikerin geben. Fehlt bloß noch, das die im Arabellapark residiert.«

»Da muss ich dich enttäuschen, die sitzt irgendwo am Rotkreuzplatz«, sagte Hagedorn.

»Das klingt auch nicht schlecht. Und das Imperium von dem Ochsenberger?«

»Der hat vor Jahren neu gebaut. In Unterföhring«, antwortete der Grafiker mit einem Stück Kuchen im Mund. »Alles unter einem Dach. Und weit weg von der Innenstadt. Aber den Sicherheitsabstand braucht man auch.«

»Sag mal, Ochsenberger und der Spenden-Seppi? Gibt es da irgendeine Verbindung?«, fragte Dollinger?

»Die zwei?«, erschrak Hagedorn fast. »Du machst Witze! Nach dem Beetschneider kommt beim Gustl gleich der Sedlmayr. Das ist die Nummer zwei auf seiner Abschussliste. Der Gustl lässt keinen Pressetermin von dem aus. Oder er schickt einen seiner Pinscher.«

»Das haben wir gemerkt«, sagte Karin. »Wir waren gestern bei seiner Buchpräsentation.«

»Was ist im Fall Sedlmayr der Grund für seine Ablehnung? Auch seine Frau?«

»Das Grundstück in Unterföhring. Da gab es … Unstimmigkeiten zwischen den beiden«, wusste Hagedorn. »Mehr weiß ich auch nicht. Ging wohl um viel Geld.«

»Was wird eigentlich aus Beetschneiders Geld?«, fragte Karin. »Das ist doch auch ein gutes Motiv, oder?«

»Soweit ich weiß, erbt alles seine Frau. Sie hatten ja keine Kinder«, erklärte Dollinger.

»Das dürfte nicht wenig sein«, vermutete Karin. »Und es wird noch mehr werden. Das neue Buch wird garantiert sein größter Erfolg. Dann die Wohnung im Arabellapark. Da kommt einiges zusammen.«

»Stimmt. Das wäre eine passende Kandidatin«, sagte Dollinger, stand auf und ging mit seiner Tasse zum Kaffeeautomaten. »Die Sache hat nur einen Haken. Das heißt, eigentlich sind es gleich drei.«

»Als da wären?«

»Diese Griseldis von Greifenstein soll selbst nicht zu den Ärmsten gehören.«

»Pech für sie«, murrte Karin. »Weiter.«

»Beetschneider war großzügig und hat sie bestens mit Moos versorgt. Wie auch immer deren Beziehung war, sie hat wohl nicht besonders darunter gelitten. Sagt Rose Fuchs.«

»Blöd. Richtig blöd. Warum hab ich den nicht genommen?«, stichelte Karin liebevoll. »Haken Numero drei?«

»Sie war zur Tatzeit in Salzburg auf einer Vernissage.«

»Schade. Dann wirst du dich doch anderen Frauen zuwenden müssen«, stichelte sie weiter. »Und ich hatte so gehofft, dich von dieser Hermine fernhalten zu können.«

»So ein Reizdarm ist eine wirklich lästige Angelegenheit«, versicherte Dollinger und hob die Tasse an den Mund. »Ich werde mir gleich morgen früh einen Termin geben lassen.«

»Pass bloß auf, dass du dem Gustl nicht in die Quere kommst«, warnte Hagedorn. »Mit dem ist nicht zu spaßen.«

»Und ich dachte, der versteht Spaß?«

»Aber nicht diese Art!«

# 23

»Herr Dollinger? Frau Ochsenberger ist jetzt für Sie da.«

Die Praxis war ein Traum. Nicht nur Beetschneider konnte Geld in die Hand nehmen, wie er im Arabellapark gesehen hatte, seine neue Heilpraktikerin konnte es auch. Ob es allein ihr Geld gewesen war, wusste er natürlich nicht. Der Praxis sah man ja nicht die Herkunft des Geldes an, sondern nur das Geld selbst, seinen Tauschwert, seine Macht. Schon die Größe der Praxis war ungewöhnlich und geeignet, selbst gewieften Zahnärzten die Tränen in die Augen zu treiben. Das Wartezimmer war eher ein Wellnessbereich, den nicht einmal jedes bessere Hotel vorzuweisen hatte. Das Mobiliar war aus Massivholz und garantiert Handarbeit. Das war nicht von der Stange, auch nicht von einer teuren, die Stühle und Regale, deren geschwungene Formen anthroposophischen Vorbildern folgten, hatte zweifelsfrei ein Möbeltischler gebaut. Orchideen standen an ungewöhnlichen Stellen. Das trug die Handschrift von Britta von der Heyden. Oder die einer anderen Trägerin des schwarzen Feng-Shui-Gürtels. Unsichtbare Duftspender umgarnten die Wartenden mit exotischen Düften, während die Regale Fachliteratur und Magazine zu sämtlichen Themen bereithielten. Sofern sie die Gesundheit betrafen.

»Bitte gehen Sie ins Lotuszimmer. Die erste Tür rechts«, sagte eine freundliche Assistentin.

Dollinger folgte ihr mit gemischten Gefühlen und bewunderte zugleich den breiten Flur, dessen Wände mit Zeichnungen von Orchideenblüten geschmückt waren. Verhaltene elektronische Klänge begleiteten ihn in ein außergewöhnliches Sprechzimmer ohne den üblichen Schreibtisch. Hermine Ochsenberger erwartete ihn an einem Stehpult wie Weiland Johann Wolfgang von Goethe. Nur war dieses Stehpult ein modernes. Wieder gab es Regale, Düfte und Orchideen. Ein einziges Relikt erinnerte dann doch noch an den Zweck des Zimmers und den Beruf der Frau. Sie trug einen weißen Kittel.

»Ich grüße Sie, Herr Dollinger. Bitte entschuldigen Sie, aber Sie kommen mir bekannt vor. Sind wir uns schon einmal begegnet? Vor gar nicht allzu langer Zeit?«

Er fasste die Frage als Aufforderung auf und vermaß ihr Gesicht und ihre Frisur, kam aber zu keinem Ergebnis. Er hatte die Frauen immer nur von Weitem gesehen und nie ihre Stimmen gehört. Immer hatten sie Sonnenbrillen oder Kopftücher getragen oder sogar beides. Auch die Frau in Rot. Jetzt stand er vor der Frau in Weiß und wusste nicht weiter. Nur eines stand fest. Hagedorn hatte nicht gelogen, Hermine Ochsenberger war eine äußerst attraktive Frau. Beetschneiders Interesse an ihr war nachvollziehbar.

»Ich fürchte, ich muss Sie enttäuschen. Ich bin nicht mal aus München. Ich komme aus Biberbach. Bei Erlangen.«

»Sie besuchen jemanden«, diagnostizierte die Heilpraktikerin, die die Vierzig noch nicht erreicht hatte oder sie zu verbergen wusste. »Ihren Sohn? Ihre Tochter?«

»Stimmt«, antwortete er verwundert. »Woher wissen Sie das?«

»Ich habe es geraten. Darin bin ich sehr gut.«

Sie war attraktiv, keine Frage. Aber auf ihn hatte sie keine Wirkung. Die Stimme, die Kopfbewegung, die leicht nervösen Augen, der unruhige Stift in ihrer Hand, der weiße Kittel. Eine kühle, eine rationale Aura umgab diese Frau, die ihm nicht gefiel. Aber das war natürlich sehr subjektiv.

»Legen Sie sich bitte hin.«

Dollinger hatte die Liege gar nicht bemerkt, die hinter der Tür stand. Ein schlichtes Holzgestell, auf dem eine dünne Matratze lag. Eher eine Decke, die er nicht als besonders bequem empfand.

»Entspannen Sie sich«, forderte ihn die Heilpraktikerin auf. »Sie sind ja völlig verkrampft.«

Dollinger gab sich größte Mühe, unverkrampft zu wirken. Keine leichte Aufgabe, wenn man auf einem besseren Brett lag. So musste sich eine Pritsche in einem miesen Gefängnis anfühlen.

»Schon besser. Ruhig atmen.«

Das hatte er schon länger vorgehabt. Endlich hatte er Gelegenheit dazu. Nur der süßliche Duft störte ihn.

»Sehr gut. Und jetzt sagen Sie mir, was Ihr Körper Ihnen mitteilt.«

»Ich habe einen Reizdarm.«

»Die Diagnose, die Sie im Internet gefunden haben, interessiert mich nicht. Was teilt Ihr Körper Ihnen mit?«

Das war gar nicht so einfach. Aber dann fand er doch eine Antwort.

»Er versteht meine Nahrung nicht, falls Sie das meinen.«

»Sehr gut formuliert«, lobte ihn die Frau in Weiß, die neben ihm stehen geblieben war. Im ganzen Lotuszimmer gab es keinen Stuhl.

»Darf ich?«

Dollinger nickte und schon spürte er ihre Finger in seinem Gesicht, an seinem Hals, auf seinem Bauch. Ihre Augen näherten sich den seinen, bis sie vor seinen Augen verschwammen.

»Wie sieht es denn mit Ihrer Ernährung aus? Fast Food? Pizza? Pommes Frites?«

»Weder noch.«

»Fleisch? Schweinefleisch?«

»Wie kommen Sie jetzt darauf?«

»Sie sind doch aus Franken?«

»Ach so, ja, verstehe. Nein, eher weniger. Kaum noch.«

Ihre Augen bohrten wieder in seine und ließen sich Zeit, ihre Hände wanderten an seinem Körper auf und ab.

»Wie sieht es mit Eiern aus?«

»Sonntags. Ab und zu Rührei zum Frühstück.«

»Zucker? Weißmehl?«

»Na ja, was man so zum Kochen braucht.«

Der bohrende Blick wurde kräftiger, der Zugriff der Hände gieriger.

»Was Ihnen fehlt, ist Rohkost und Gemüse. Brokkoli, Rote Bete, Weißkraut, Rotkraut, Radieschen, Salate. Ballaststoffe. Lassen Sie vor allem den Zucker und das Weißmehl weg. Wenn es geht, nur Biokost. Am besten natürlich aus dem eigenen Garten. So frisch wie möglich. Könnten Sie das einrichten?«

»Ja, ich habe tatsächlich einen kleinen Garten. Da könnte ich durchaus mehr …«

»Na, wunderbar! Dann nutzen Sie ihn! Gartenarbeit ist gesund! Und Ihr Körper wird Ihnen schon bald ganz andere Mitteilungen machen. Außerdem habe ich da noch etwas für Sie. Ein Pulver nach eigener Rezeptur.«

Die Frau in Weiß ließ von ihm ab und ging zurück zu ihrem Stehpult.

»Was haben Sie denn jetzt festgestellt?«

»Sie haben tatsächlich das, was man in der Schulmedizin einen Reizdarm nennt. Die Ursache ist eine langjährige Fehlernährung. Aber Sie können da leicht mit Rohkost gegensteuern. Einen Buchtipp habe ich auch noch für Sie.«

Das war das Stichwort, nach dem er gesucht, auf das er gewartet hatte.

»Was halten Sie eigentlich von diesem Beetschneider? Sie wissen schon, der kürzlich ermordet wurde?«

Ihr Blick versuchte, keine Fragen zu stellen.

»Wollen Sie eine ehrliche Antwort?«

»Natürlich.«

»Esoterischer Unfug, wenn Sie mich fragen. Vergessen Sie es. Das hat nichts mit dem zu tun, was ich hier mache«, betonte sie mit Nachdruck.

»Sind Sie ihm Mal begegnet? Rein zufällig?«

»Nein«, antwortete Sie, ohne auch nur einen Sekundenbruchteil zu zögern. »Hier ist Ihr Pulver. Dreimal täglich einen Esslöffel in einem Glas Wasser auflösen und langsam trinken. Morgens, mittags, abends. Ein Festmahl für die Darmflora, sage ich Ihnen. Und hier ist mein Buchtipp.«

Die attraktive, aber auch strenge Frau reichte ihm eine große Tüte, die man für eine Mehltüte hätte halten können, und einen bunten Flyer.

»Lassen Sie Ihrem Körper Zeit. Gute Besserung. Falls Sie später noch immer Probleme haben, kommen Sie einfach wieder. Machen Sie es gut, Herr Dollinger.«

Die Rechnung, die ihm die Assistentin überreichte, verlangte von ihm eine überraschend niedrige Summe, die er sofort beglich. Im Wartezimmer saßen zwei Patienten. Das Geld, das Sie in die Hand genommen hatte, musste aus einer anderen Quelle stammen.

Dollinger fuhr nicht zurück zur Wohnung seiner Tochter, sondern ins Präsidium. Er fand sogar einen Parkplatz. Viel hatte er Schwerdtfeger allerdings nicht zu verkünden. An Ochsenbergers Frau war er kläglich gescheitert. Mit dieser sonderbaren Art konnte er nichts anfangen. Sie war ihm zu hart, zu unnahbar, zu glatt. Er hätte doch Karin schicken sollen. Immerhin hatte sie geleugnet, Beetschneider zu kennen. Aber das konnte man kaum ein Ergebnis nennen.

Die Schreibtische in Schwerdtfegers Büro waren alle besetzt. Es wurde telefoniert und geschrieben. Der Hauptkommissar schaukelte auf seinem Suhl langsam vor und zurück und machte ein Gesicht wie eine alte Makrele. Als er ihn sah, kroch er aus seinem Stuhl und kam ihm entgegen.

»Na, Dollinger? Alles im Lot? Sie sehen blass aus. Kommen Sie. Wir gehen auf den Flur. Kaffee?«

Inzwischen wusste er, wo der Automat stand. Er warf zwei Euro in den Schlitz und die Maschine begann zu arbeiten. Der Kaffee war gar nicht einmal schlecht.

»Neuigkeiten?«, fragte ihn der Hauptkommissar leise. »Haben Sie die Frau in Schwarz gefunden?«

»Das nicht. Aber es gibt jetzt auch noch eine in Weiß. Hermine Ochsenberger. Ob es sich um ein und dieselbe Frau handelt, weiß ich nicht. Sie könnte es aber sein. Oder aber auch nicht.«

»Hermine Ochsenberger?«, brummte Schwerdtfeger. »Das trifft sich gut. Warten Sie hier.«

Der Riese mit Hut ging zurück in sein Büro und kehrte mit einem Ausdruck zurück.

»Die älteren, roten Jaguare mit Münchner Kennzeichen.«

»Mehr, als ich gedacht hatte«, wunderte sich Dollinger und stieß im unteren Drittel auf den Namen, mit dem er gerechnet hatte.

»Immerhin. Dann ist die Frau in Weiß auch die Frau in Schwarz. Sie war am Grab«, stellte Dollinger fest.

»Nicht so voreilig, Sie Amateur. In diese Falle sind schon viele Ermittler getappt. Übersehen Sie niemals den Zufall. Auch wenn ich glaube, dass Sie Recht haben. Nur hilft uns das nicht weiter. Es ist nicht verboten, sich ans Grab eines Verflossenen zu stellen. Sie hat sich nicht vor mir oder vor Ihnen versteckt, sondern vor ihrem Mann. Wir stecken fest Dollinger. Und um drei steht hier dieser Sedlmayr wieder auf der Matte.«

»Das war ja zu erwarten. Nach dem Abend bei *BigBook*«, meinte Dollinger.

»Aber jetzt macht der richtig Dampf. Der wird unangenehm«, schnaufte Schwerdtfeger.

»Gibt es nicht eine DNA-Spur?«

»Sie sehen zu viel Krimis. So leicht ist das nicht. Der Beetschneider war übersät mit dem Zeug. Den hat ja auch jeder abgelutscht. Das können Sie vergessen. Bei der Semina läuft die Suche noch. Das kann dauern.«

»Was machen wir?«

»Reset. Alles von vorne. Wir müssen etwas übersehen haben. Nehmen Sie diesen Stick mit. Die Fotos von Ochsenbergers Leuten. Nichts Interessantes. Sehen Sie sich nochmals Ihr Schaubild an, ich das unsrige. Vielleicht entdecken Sie ja doch noch etwas. Fahren Sie in den Verlag und sehen sich nochmal um. Fragen Sie Ihre Tochter. Wir telefonieren.«

Ohne Gruß drehte er sich um und stapfte zurück in sein Büro, um sich in seinen Sessel fallen zu lassen. So hatte er den

Mann noch nie gesehen. Er war nicht geschlagen, aber ange-schlagen.

Dollinger befolgte den Vorschlag des Hauptkommissars und nahm sich in der Wohnung seiner Tochter die Grafik mit den Bleistiftkreisen vor. Er vergrub sich in die unzähligen Fotos, zu denen jetzt auch noch die von Schwerdtfegers Stick gekommen waren. Er machte Häkchen und Kreuze und zeich-nete Pfeile, die Kreise miteinander verbanden.

Das Ergebnis war das bereits bekannte. Fast alle auf dem Schaubild kamen nicht als Mörder in Frage. Eine Handvoll blieb übrig, die jedoch von der Polizei derart seziert worden war, dass auch sie ausschied. Blieben also noch die vier Unbe-kannten, die nicht identifiziert werden konnten.

Dollinger stand auf und wischte das Poster mit einer schnel-len Armbewegung vom Küchentisch.

»Reset!«, fluchte er. »Aber mich einen Amateur nennen! Wir haben etwas übersehen. Nicht ich, der sieht zu viele Kri-mis! Kurz vor Schluss fällt bei allen Schlauköpfen der Gro-schen. Natürlich! Der Käserest im Blumentopf! Die Zahn-bürste auf dem Schreibtisch! Die Katze in der Waschmaschine! Wie konnten wir das nur übersehen? Jetzt ist alles klar! Der amputierte Chauffeur im Rollstuhl war's, denn er hat seine Behinderung nur vorgetäuscht!«

Langsam öffnete sich die Tür. Mit trauriger Miene trat seine Tochter ein, die gerade von ihrer Arbeit nach Hause zurück-kehrte.

»Was ist denn, Papa? Was hast du?«

»Nichts ist, Farina. Absolut nichts.«

**24** Als Dollinger aus der engen Duschkabine stieg, war seine Tochter schon im Verlag. Nach ein paar Gläsern Wein am Abend hatte er auf den Wecker verzichtet und ausgeschlafen.

Wie auch schon an den letzten Tagen ging er zunächst zum Zeitungsautomaten, um sich den *Münchner Blitz* zu besorgen. Ausnahmsweise hatte es Beetschneider nicht auf die Titelseite geschafft, dafür aber Josef Sedlmayr, dessen Memoiren dem Chefredakteur nicht einmal im Ansatz gefielen. Vor allem, dass der Landtagsabgeordnete weder seinen allgemein bekannten Spitznamen erwähnte noch den Grund für diese Namensgebung, störte Ochsenberger. Beetschneider wurde mit keinem Wort bedacht, was noch lange nicht bedeutete, dass er unter Radieschen, Blumen und Kohlköpfen die ewige Ruhe gefunden hatte.

Beim Frühstück versuchte er, seinen Ermittlungen wieder einen Sinn zu geben, den diese ein bisschen verloren hatten. Seine Tochter war ja offiziell von der Liste der Verdächtigen getilgt worden. Und wie es aussah, würde sich die Aufklärung der Morde doch noch eine Weile hinziehen. Andererseits konnte er sich nicht Wochen bei seiner Tochter einquartieren. Nicht nur, weil die Wohnung nicht ganz so groß war wie die Luxussuite von Julia Semina.

Nach zwei Tassen Kaffee und drei Toastscheiben kehrte allmählich sein Optimismus zurück. Er strich das Poster wieder glatt, öffnete am Laptop die Fotodateien und ging mit einem Bleistift und einem Block an den Start. Reset. Statt zum x-ten Mal die Positionen der Gäste auf dem Fest durchzugehen, erstellte er eine neue Liste mit Verdächtigen und nahm dabei keine Rücksicht auf Alibis. Hinter den Namen notierte er mögliche Motive. Eine Kinderliste. Wir spielen Detektiv. Aber ihm sah ja niemand über die Schulter. Also spielte er entspannt und bewusst auch ein bisschen infantil mit Motiven und Tathergängen.

Mitten im Spiel spielte auch sein Handy, und zwar die vertraute Melodie von Burt Bacharach.

»Hören Sie zu, Dollinger. Wir haben jetzt die Wohnung von oben bis unten auf den Kopf gestellt. Ich mache es kurz. Die Semina hat doch etwas mit dem Beetschneider gehabt. So, wie es aussieht, aber erst seit ein paar Monaten. Wir glauben, die haben mehrere Wochenenden gemeinsam verbracht, um an dem neuen Buch zu arbeiten. Dabei muss es passiert sein.«

»Das ist ja ein Ding. Und niemand hat etwas geahnt!«

»Sie werden ihre Gründe gehabt haben. Aber die Briefe sind eindeutig. Waren übrigens gut versteckt.«

»Keine Mails? SMS? WhatsApp?«

»Der Rechner ist sauber. Briefe, Dollinger, handschriftliche Briefe. Aus gewöhnlichem Papier«, murrte Schwerdtfeger. »Das hinterlässt heutzutage die wenigsten Spuren und kann leicht und für immer gelöscht werden. Tolle Erfindung. Und romantisch dazu. Aber der Albtraum aller Datenschnüffler.«

Dollinger versuchte sofort, die neue Lage zu bewerten, tat sich jedoch schwer. Die Lektorin war bestimmt nicht das erste Verhältnis des Blumenverstehers, dessen Ehe schon lange nicht besonders konservativ war. Wahrscheinlich hatte er immer schon gewildert, wie Hermine Ochsenberger zeigte. Dennoch war er überzeugt, dass diese Entdeckung ein wichtiges Puzzleteil war. Beetschneider und Semina hatten ihre junge Beziehung geheim gehalten. Dafür mussten sie gute Gründe gehabt haben.

Der Verlag.

Das neue Buch.

Der Verlagswechsel.

Dollinger setzte sich wieder an den Spieltisch und ließ die Kugel kreisen. Schwerdtfegers Anruf hatte aus dem großen Roulettekessel eine kleine Schüssel gemacht.

Dollinger schloss die Augen.

Der Verlagswechsel.

Der Verlagswechsel.

Seine Lektorin war zugleich seine Co-Autorin.

Und seine neue Geliebte.

Bestimmt hätte er sie mitgenommen. Ohne sie hätte Beetschneider den Neustart nicht nur aufs Spiel gesetzt, er hätte ihn definitiv in den Sand gesetzt. Er war von ihr abhängig. Sie hatte ihn erschaffen, nur sie beherrschte den Stil, für den er berühmt war. Jeder fremde Lektor hätte ihn sofort entlarvt. Er wäre aufgeflogen. Rausgeflogen. Sie waren ein Duo, das auch nur als Duo hätte den Verlag wechseln können.

Neustart. Reset.

Darum ging es. Das war das Motiv.

Er öffnete seine Augen und sortierte einige Fotos und Namen neu. Endlich kam Bewegung in die Sache. Die Liste der potenziell Verdächtigen fiel in sich zusammen. Ihm wurde schlagartig bewusst, er hatte sich durch den Münchenfaktor verwirren lassen. Aber das hatte für den Fall keine Bedeutung. Alles hing eben doch nicht mit allem zusammen. Bestimmte

Leute einer bestimmten Schicht kannten sich eben in München. Na und? So war das eben.

»Mist!«

Die wenigen verbliebenen Kandidaten hatten einen entscheidenden Nachteil, der aus dem Buchstaben A resultierte, der hinter ihren Namen vermerkt war. Das A stand für Alibi.

»Ganz einfach: Eines ist falsch. Eine andere Lösung gibt es nicht. Ein großer Unbekannter ist nicht im Spiel, wir kennen alle Akteure. Bestimmt sogar. Wenn es etwas gibt, was wir übersehen haben, dann ist es das. Die Alibis.«

Dollinger nahm sein Handy und ließ es Schwerdtfegers Nummer wählen.

»Dollinger? Was gibt es? Machen Sie schnell, ich bin auf dem Weg zum Staatsanwalt.«

»Gut. Wir müssen die Alibis überprüfen. Eines muss falsch sein.«

»Das werden meine lieben Kollegen nicht gerne hören.«

»Egal. Glauben Sie mir. Einer lügt.«

»Darüber reden wir später, Dollinger«, schmetterte ihn der Hauptkommissar ab. Nicht einmal die Namen wollte er wissen.

Mit welchem sollte er anfangen?

Er ließ seinen Bleistift wie das Schwert des Damokles über seiner Liste kreisen. Oder wie die Kugel im Kessel. Rien ne va plus. Mitten in der Bewegung hielt er inne. Die Kugel rührte sich nicht mehr. Die Zahl war ihm egal. Nur die Farbe zählte. Noir.

»Griseldis von Greifenstein.«

Die großen, dunklen Augen.

Long Cool Woman in a Black Dress.

Aber nicht die Kugel hatte entschieden, sondern sein Kopf.

Jedenfalls einige Abteilungen in diesem Kopf. Auch wenn noch so viel dagegen sprach.

Dollinger schnappte sich den Laptop und begann, in den Salzburger Zeitungen zu stöbern. Der Bericht über die Vernissage war schnell gefunden.

»Mist!«, wiederholte sich Dollinger. »Sie würde so gut passen.«

Er lehnte sich zurück und kaute auf seiner Unterlippe.

»Dann eben nicht.«

Er war im Begriff, die Seite wieder zu schließen, als er einen winzigen Fleck entdeckte. Vergrößern ließ sich die Seite nicht, aber es gab ja die ordinäre Lupe. Sie reichte aus, um unter dem Foto der Witwe rechts neben der Bildunterschrift, zwei Wörter eher zu ahnen als zu entziffern. Foto: Privat.

Das war es also. Das hatten sie übersehen. Nicht den Käserest, nicht die Zahnbürste, nicht die Katze.

Er rief die Seite der Galerie auf, klickte auf Kontakt und wählte die Nummer. Jetzt brauchte er Geduld. Die aber wurde am Ende belohnt. Eine nicht besonders freundliche Frauenstimme meldete sich.

»Dollinger. Walter Dollinger aus München. Ich bin Journalist und schreibe gerade einen längeren Artikel über Griseldis von Greifenstein.«

»Ich kann Ihnen ihre Mobilnummer nicht geben. Tut mir Leid. Das hat sie mir verboten. Die ist schon belagert genug. Lassen Sie sie doch in Ruhe, junger Mann.«

»Es geht mir doch gar nicht um ihre Nummer!«

»Nicht? Na was wollen Sie dann?«

»Ein aktuelles Foto. Das von ihrer jüngsten Vernissage würde mir gut gefallen. Da sieht man auch eines ihrer aktuellen Bilder.«

»Ach so«, sagte die Frauenstimme erleichtert. »Das ist gewiss kein Problem. Das hat der Anton gemacht. Unser Haus- und Hoffotograf, wenn Sie so wollen. Das überlässt er Ihnen bestimmt. Die Nummer kann ich Ihnen freilich geben. Die steht ja sowieso im Telefonbuch.«

Der Anton war schon schwerer zu erwischen. Dollinger brauchte mehrere Anläufe, um den rasenden Fotoreporter kurz interviewen zu können. Aber schließlich hatte er doch Erfolg.

»Ja, dös Foto meinens. Dös können Sie freilich hoben.«

»Wie aktuell ist denn das? Ich meine, wann haben Sie das aufgenommen? Doch schon während der Vernissage? Oder? Das wäre mir schon wichtig.«

Dollinger spürte seine Schläfe. Das Adrenalin war zurück.

»Ned ganz«, gestand der Mann. »Ober des spült keine Rolle ned.«

»Es stammt also nicht von der Vernissage?«

»Doch, irgendwie schon. I hab es halt am Nachmittag gemocht. Da war dös Licht halt besser und hab ka Blitz braucht. Der spiegelt sich halt immer in die Bilder. Des sieht doch beschissen aus. Wenn's mich scho frogen.«

Am Nachmittag. Am Abend aber war die A 8 selten überlastet. Da waren die LKW und die Urlauber schon durch.

Dollinger rief die Zeitungsseite wieder auf. Die Künstler der Gemeinschaftsausstellung hatten bis tief in die Nacht gefeiert.

»Die ist einfach zu spät gekommen. Wenn sie unmittelbar nach dem Mord nach Salzburg zurückgefahren ist, hat sie sich noch in die Runde einreihen können. Oder sie hat am Nachmittag schon beim Vorspiel ihr Glas erhoben, hat sich dann zurückgezogen und ist später wieder erschienen. Sekt am Nachmittag hat schon manchen aus der Bahn geworfen. Später schwört dann jeder, sie den ganzen Abend gesehen zu haben.«

Dollinger wählte die Nummer des Hauptkommissars. Die Mailbox. Der Staatsanwalt musste ihn noch immer in der Mangel haben.

Der Neustart.

Natürlich.

Beetschneider musste ihn, konnte ihn nur mit Julia Semina geplant haben. Die plötzlich auch seine Geliebte war.

»Passt trotzdem alles nicht zusammen«, kritisierte er seine eigene Hypothese.

Dollinger jonglierte mit Puzzleteilen, die sich einfach nicht zu einem klaren Bild zusammenfügen ließen. Ohne Erfolg. Also versuchte er es mit neuen, mit fiktiven Teilen.

»Der Neustart sollte auch ein privater werden. Keine Affäre, etwas Festes. Beetschneider wollte sich scheiden lassen. So einfach ist das. Doch Griseldis und er haben damals einen Ehevertrag unterzeichnet. Warum auch immer. Vielleicht, weil er ein Habenichts war, sie aber ganz gut betucht.«

Er holte tief Luft und fühlte sich fantastisch.

»Weiter. Das hat sich im Laufe der Zeit geändert. Sie hat ihr Geld durchgebracht, er ist ein reicher Mann geworden. Bei einer Scheidung geht sie leer aus. Nicht aber, wenn es ein schönes Testament gibt.«

Dollinger drückte auf die Wahlwiederholung. Endlich war Schwerdtfeger wieder frei.

»Was gibt es denn, Dollinger. Und kommen Sie mir nicht mit den Alibis. Die haben meine Leute überprüft.«

»Haben Sie nicht. Jedenfalls nicht das von Griseldis von Greifenstein.«

»Dollinger!«, donnerte der Hauptkommissar los. »Die Witwe war es nun ganz bestimmt nicht. Welcher Teufel hat Sie denn da wieder geritten? Ach so, wegen der kleinen Lektorin! Das schlagen Sie sich aus dem Kopf, Mann! Das war für den Beetschneider doch nur eines seiner vielen amourösen Abenteuer. Der hat doch jede Blume am Wegesrand gepflückt. Wenn das ein Motiv gewesen wäre, läge der seit Jahren unter der Erde und seine Frau würde längst hinter Gittern versauern. Ihr Eifersuchtsmotiv können Sie vergessen, Sie Amateur! Basta!«

»Warten Sie!«, rief er in das unsichtbare Mikrofon seines Smartphones. »Sie sind es, die etwas vergessen! Jetzt hören Sie mir doch mal zu! Schwerdtfeger!«

Aber der Hauptkommissar hatte das Gespräch bereits beendet. Dem Ton seiner Stimme nach zu urteilen, hatte ihn der Staatsanwalt geviertelt. Dollinger bemühte dennoch die Wahlwiederholung. Aber Schwerdtfeger war für ihn nicht zu sprechen.

Er brauchte jetzt einen Kaffee. Eile war ja nicht geboten. Sollte er tatsächlich richtig liegen, wartete die schwarze Witwe in Salzburg in aller Ruhe die Testamentseröffnung ab. Kinder hatten die beiden nicht, also würde ihr alles oder zumindest doch ein Großteil zufallen. Fluchtgefahr bestand also nicht. Es würde sowieso schwer fallen, ihr den Mord nachzuweisen.

Dollinger setzte sich mit der Tasse Kaffee an den kleinen Tisch. Diesmal schob er das Poster und seine Listen vorsichtig zur Seite. Nach dem ersten Schluck machten sich Zweifel breit. Andere Abteilungen in seinem Kopf als jene, die vorhin für Griseldis von Greifenstein plädiert hatten, meldeten sich zu Wort.

Alles war konstruiert. Von ihm konstruiert. Aufgrund eines Zeitungsfotos. Dann hatte es dieser Anton eben am Nachmittag gemacht. Es war keinerlei Beweis dafür, dass die Künstlerin nicht doch ununterbrochen in der Galerie gestanden hatte, um ihre Bilder zu präsentieren.

Dollinger stand auf und begann, in der Küche auf und ab zu laufen. Er musste warten. Warten, bis Schwerdtfeger ihm wieder Gehör schenkte und einen seiner Leute nach Salzburg delegierte. Bis dahin blieb alles reine Spekulation.

Oder sollte er selbst nach Salzburg fahren und sich dort als der Journalist ausgeben, der nach dem Foto gefragt hatte? Die Idee gefiel ihm spontan. Das war immer noch besser, als in der Wohnung seiner Tochter die Zeit totzuschlagen. Je länger er darüber nachdachte, umso mehr reifte der Entschluss.

Die Melodie von Burt Bacharach.

Schwerdtfeger.

»So, jetzt hören Sie mir einmal zu!«

»Was hast du denn jetzt schon wieder, Papa?«, fragte Farina erschrocken.

»Äh, ich dachte, es sei Schwerdtfeger. Entschuldige bitte. Was gibt es?«

»Ich habe gerade in einer meiner Schubladen einen merkwürdigen Umschlag gefunden. Ich dachte zuerst, es seien ein paar Kopien, die Theresa für mich gemacht hatte. Ich hab mich schon gewundert, warum sie mir die in die Schublade gelegt hat und nicht auf den Schreibtisch. Aber bei Theresa kann das schon mal vorkommen. Es waren aber nicht die Kopien. Es war ein Brief von Griseldis von Greifenstein an Julia. Den muss die Julia hier versteckt haben. Und da sie ja tot ist und der Brief offen …«

»… konntest du nicht widerstehen. Jetzt mach schon! Spann mich nicht auf die Folter!«

»Du wirst Augen machen! Die Julia, die hat doch etwas mit dem Beetschneider gehabt«, erzählte Farina. »Aber seine Frau ist irgendwie dahintergekommen und hat der Julia diesen Brief geschrieben. Einen echt bösen Brief. Im Juli schon.«

»Weiter!«

»Sie solle die Finger von ihm lassen und lauter wirres Zeug. Dass sie ihre Karriere zerstören und ihrem Mann einen neuen Lektor besorgen würde. So ganz blick ich da nicht durch. Und weißt du was das Blöde ist? Ausgerechnet heute kommt die Greifenstein noch zu uns in den Verlag. Wegen der alten Unterlagen von ihrem Mann. Korrekturfahnen und so. Die Fuchs wollte ja alles in den Reißwolf stopfen. Aber ich habe gedacht, vielleicht will sie die Sachen haben. Zur Erinnerung. Da hab ich sie am Vormittag angerufen. Das ist mir jetzt aber irgendwie peinlich. Nachdem ich den Brief gelesen habe. Was soll ich der denn sagen? Soll ich ihr den zurückgeben?«

»Auf keinen Fall! Und kein Wort, hörst du? Ich bin schon unterwegs«, flehte Dollinger seine Tochter an. »Geh zu Theresa ins Büro und warte dort auf mich. Sprich nicht mit der Greifenstein. Geh ihr aus dem Weg. Stell ihr die Unterlagen in den Empfang. Ich bin gleich bei dir.«

»Was ist denn los, Papa? Geht es dir gut?«

»Später, Farina. Das dauert jetzt viel zu lange. Bis gleich.«

Dollinger überlegte fieberhaft.

Schwerdtfeger!

Der Hauptkommissar ging nicht ran.

# 25

Der Autoschlüssel.
In der Jackentasche war er nicht.
Wo hatte er ihn gestern hingelegt?
Auf den Tisch.

Dollinger ging zurück, fand aber keinen Schlüssel. Auf dem Tisch lagen nur das umgedrehte Poster und seine Listen. Auf den Sitzflächen der Stühle befanden sich nur die blauen Kissen.

Er schloss kurz die Augen und grub in seinem Gedächtnis.

Natürlich. Sein kleiner Wutausbruch! Er hatte alles vom Tisch gewischt, also auch die Autoschlüssel. Aber er hatte alles auch wieder aufgehoben. Der Fußboden war nackt.

»Das gibt es doch nicht! Ausgerechnet!«

Er ging in die Knie und sah unter die wenigen Möbel.

Endlich blinkte etwas unter einem schmalen Schrank. Dollinger zog den Besen aus seiner Ecke und stocherte mit dem Stiel im Untergrund herum. Es dauerte lange, bis das befreiende Geräusch ertönte. Er war auf die Schlüssel gestoßen. Eine schwungvolle Bewegung und … die Schlüssel wechselten den Schrank.

Eigentlich war jetzt der nächste Wutausbruch fällig, doch dafür fehlte ihm die Zeit. Zweiter Versuch. Dollinger ging jetzt vorsichtiger und ruhiger vor. Statt einer kräftigen Bewegung führte er den Stiel jetzt behutsam durch die Unterwelt und förderte die Schlüssel erfolgreich ans Tageslicht.

»Na bitte. Geht doch.«

Nichts ging. Denn München war dicht wie seine Nase während einer seiner allergischen Anfälle. Der Verkehrsfunk nahm überhaupt kein Ende. Demonstrationen, Freundschaftsspiele, Radrennen, U-Bahnpannen. Er hatte einen jener Tag erwischt, an denen man partout nicht ankam, ganz egal, welche Route man auch wählte.

Flüche tropften aus seinem Mund, während ihn selbst grüne Ampeln zurückhielten, weil Kreuzungen blockiert waren. Erst nach guten zwanzig Minuten kam er auf die Idee, das Navi einzuschalten, das ihm umgehend einen altbekannten Vorschlag machte.

»Bitte wenden Sie! Bitte wenden Sie!«

»Ja, wie denn?!«

Aber dann lotste ihn das Gerät doch über ruhigere Nebenstraßen zur Albrechtstraße. Schweißnass stieg er aus dem Auto, das er bis vor die Haustür gefahren hatte. Er stürzte die Treppe hinauf und erreichte pustend den Empfang, der nicht besetzt war. Einen Karton oder Aktenordner konnte er auch nicht entdecken. Die Gräfin musste alles abgeholt haben. Oder Farina war gar nicht dazu gekommen.

Carla Naber war auch nicht an ihrem Platz. Mit fliegenden Schritten nahm er den Flur und öffnete die Tür, ohne anzuklopfen.

»Hallo, Herr Dollinger! Das ist aber nett«, begrüßte ihn Theresa. »Wie kann ich Ihnen helfen?«

»Eigentlich hatte ich Farina hier erwartet.«

»Tut mir Leid, die war nur ein paar Minuten hier, dann hat sie einen Anruf erhalten und ist wieder in ihr Büro gegangen.«

Dollinger machte auf dem Absatz kehrt und riss die Tür von Farinas Büro auf. Sekunden später stand er bereits wieder vor Theresa.

»Sie ist nicht da. Haben Sie eine Idee?«

Fast gleichzeitig ließ er sein Handy wählen.

»Nein. Ich dachte, sie wäre in ihrem Büro? Vielleicht ist sie zum Klo?«

»Könnten sie schnell mal nachsehen? Ach ja, war Griseldis von Greifenstein hier?«

»Nicht, dass ich wüsste«, antwortete Theresa und erhob sich langsam und mit fragendem Blick. »Was ist denn überhaupt los?«

»Schauen Sie bitte nach.«

Farina meldete sich nicht. Schließlich schaltete sich die Mailbox ein. Dollinger überlegte kurz, hinterließ dann aber doch keine Nachricht. Theresa kehrte kopfschüttelnd zurück.

»Danke. Ist Frau Fuchs im Haus?«

»Nein. Die ist mit der halben Mannschaft zu einem Kick-off-Meeting. Für den Frühjahrskatalog. Jens und Sabrina sind noch da. Was ist denn los?«

»Schwer zu sagen. Ich weiß es nicht, Theresa. Falls Farina wieder auftaucht, soll sie mich sofort anrufen. Wie lange sind Sie noch hier?«

»Etwa zwei Stunden.«

»Danke. Ich melde mich wieder«, sagte er und huschte aus dem Büro. Im Vorbeiflug öffnete er noch ein paar Türen, fand aber nur leere Räume vor. Am Empfang blieb er stehen, konzentrierte sich und lief zu Farinas Büro zurück.

»In einer Schublade, hat sie gesagt.«

Die Auswahl war nicht groß, die Suche erfolglos. Auf dem Schreibtisch lagen Ausdrucke, Texte und ein paar Bücher. Er nahm den Hörer ab und drückte die Wahlwiederholung. Im

Display erschien seine Handynummer. Dollinger sah auf die Uhr und versuchte es noch einmal mit der Nummer seiner Tochter, diesmal von ihrem Apparat aus.

Die Mobilbox.

»Nicht gut. Gar nicht gut«, summte er nervös und wählte anschließend die Nummer von Schwerdtfegers Büro. Endlich erwischte er ihn.

»Hier ist Dollinger. Es ist wichtig.«

»Na gut, Sie lassen sich ja doch nicht aufhalten.«

»Ich bin mir ziemlich sicher, dass Griseldis von Greifenstein die Mörderin ist.«

»Dollinger. Sie verrennen sich da in etwas.«

»Sie war hier im Verlag. Ich habe die Befürchtung, dass sie meine Tochter in ihre Gewalt gebracht hat.«

Schwerdtfeger schwieg.

»Haben Sie mich verstanden? Sie hat meine Tochter!«

»Kommen Sie her, Dollinger. Kommen Sie her.«

Eine Alternative hatte er ohnehin nicht. Das Risiko, die schwarze Witwe anzurufen, war ihm zu groß.

Der Verkehr leistete erneut heftigen Widerstand, den auch die anderen Autofahrer spürten. Das Hupen hatte zugenommen, einige Fahrer spielten provokativ mit ihren Gaspedalen. Dann öffnete sich auch noch der Himmel. Nach einigen wenigen dicken Tropfen, den üblichen Vorboten, prasselte heftiger Regen auf die Windschutzscheibe und verschlang die Sicht. Für kurze Zeit kam der Verkehr völlig zum Erliegen. Erst als sich der Regen wieder ein bisschen zurücknahm, setzten sich die Fahrzeuge vor ihm in Bewegung.

Das Präsidium. Dollinger verzichtete auf eine lange Parkplatzsuche und stellte sich einfach hinter das letzte Einsatzfahrzeug. Schweißnass und regennass stürmte er die Treppe hinauf.

»Wo bleiben Sie denn, Dollinger?«, empfing ihn Schwerdtfeger mit hummerrotem Kopf. »Waren Sie unterwegs noch etwas essen?«

»Bestimmt nicht. Draußen ist der Teufel los!«

»Das weiß ich länger als Sie. Was glauben Sie, warum ich Polizist geworden bin? Also, ziehen wir uns wieder auf den Flur zurück. Von Anfang an.«

In einer ruhigen Ecke lieferte Dollinger eine kurze Zusammenfassung seiner Vermutungen und seiner vergeblichen Suche nach seiner Tochter. Schwerdtfeger verzog keine Miene und verfolgte stoisch seine Ausführungen.

»Dollinger. Ich verstehe Sie ja. Aber Sie täuschen sich. Die von Greifenstein haben wir gründlich abgeklopft. In einem liegen Sie allerdings richtig. Die hat nichts mehr auf dem Konto. Das steckt alles in dieser Galerie in Salzburg. Das ist nämlich ihr Laden, und der läuft schlecht. Aber das ändert nichts an ihrem Alibi. Fragen Sie den Gerlach. Der war mit einem österreichischen Kollegen vor Ort.«

»In ihrer Galerie? Bei ihren Freunden? Das können Sie doch knicken!«

»Dollinger. Jetzt halten Sie mal die Luft an. So einfach, wie Sie sich das denken, ist das nicht. Bei uns braucht man Beweise. Hieb- und stichfeste Beweise. Fakten. Indizien. Spuren. Keine Gedankenspiele. Kein Was-wäre-wenn«, pumpte der Riese auf dem Flur. »Wie oft muss ich Ihnen das noch sagen?«

»Ist das Verschwinden meiner Tochter etwa auch nur eine Fiktion?«, hielt ihm Dollinger lautstark entgegen.

»Bestimmt nicht. Sie können sie nicht erreichen. Aber wurde sie deshalb gleich entführt? Was sollte Beetschneiders Witwe von ihr wollen?«

»Briefe zum Beispiel.«

»Moment, ich dachte, Ihre Tochter hat nur einen gefunden. In dem sich die Gehörnte bei der erfolgreichen Konkurrenz auskotzt?«

»Was aber wäre, wenn dies nicht der einzige Brief ist?«, argumentierte Dollinger. »Wenn es weitere gäbe, ebenso gut versteckt. In den anderen Büros. Briefe, die Griseldis von Greifenstein belasten würden. Julia könnte sie als eine Art Faustpfand versteckt haben. Als Druckmittel, als …«

»Sie sind der König des Konjunktivs, Dollinger«, schnaufte der Hauptkommissar. »Warum sollte sie denn erst diese verräterischen Briefe schreiben und dann ihren Mann ermorden? Völliger Blödsinn!«

»Weil sie zu dem Zeitpunkt, als sie die Briefe geschrieben hat, den Mord noch gar nicht geplant hatte! Da hat sie noch nicht gewusst, um was es wirklich ging, nämlich um die ganze Torte!«

Schwerdtfeger schwieg und dachte sichtbar nach. Sein rotes Gesicht begann zu arbeiten wie ein gestürzter Himbeerpudding bei einer leichten Erschütterung.

»Weil Sie es sind, Dollinger. Ich werde das Handy Ihrer Tochter orten lassen. Das dauert allerdings ein paar Minuten. Oder auch länger.«

»Was ist mit dem Handy von der Greifenstein? Die Nummer habe ich.«

Schwerdtfeger nickte, blieb aber im Puddingmodus.

»Ich wollte schon immer mal ein paar Takte mit meinem Salzburger Pendant plaudern. Der soll sich diese Galerie noch mal vornehmen. Aber richtig. Mehr geht nicht, Dollinger. Der Staatsanwalt hat den Verlag im Visier. Und mich. Nur in umgekehrter Reihenfolge.«

Dollinger sah den Riesen mit Hut an, der nicht aus seiner

Haut konnte. Für den Moment hatte er wahrscheinlich alles erreicht, was bei Schwerdtfeger möglich war. Jetzt kam es darauf an, das Erreichte nicht zu gefährden.

»Danke. Jetzt fühle ich mich schon besser.«

»Fahren Sie in Ihre Wohnung. Vielleicht sitzt sie längst am Küchentisch und wartet auf Sie. Handys können spinnen, Dollinger. Na los, fahren Sie. Ich melde mich, falls es Neuigkeiten gibt.«

Dollinger stieg in seinen Wagen, der offenbar niemanden gestört hatte, und fuhr los. Allerdings hatte er sich für ein ganz anderes Ziel entschieden, das er Schwerdtfeger nicht hatte preisgeben wollen. Er stürzte sich ins Getümmel und arbeitete sich Ampel für Ampel bis nach Schwabing vor.

Das Tor der alten Druckerei zierte noch immer ein Flatterband, das sich losgerissen hatte und seinem Namen alle Ehre machte. Oder losgerissen wurde. Für sein Auto fand der diesmal sogar einen regulären Parkplatz.

Aus reiner Gewohnheit vermied er das Tor und schlüpfte wieder in den Dschungel. Hier kannte er sich aus, hier war er in seinen vertrauten indianischen Jagdgründen. Dank des Regens, der sein Hemd und seine Hose längst vollständig überschwemmt hatte, brauchte er sich um die Augen der Nachbarschaft nicht zu kümmern. Sturzbäche und Regengischt erschwerten die Sicht.

Der schmale Pfad empfing ihn freundlich. Es hatten ihn längst so viele Menschen passiert, dass der Efeu vorläufig aufgegeben hatte. Die Tür fand er unverschlossen vor. Auf Geräusche brauchte er auch nicht zu achten, der Regen schluckte alles. Im Gebäude verwandelte sich dieser Vorteil jedoch in einen Nachteil, denn jeder Lauschangriff war zwecklos. Das diffuse Licht war dank des Wetters auch zurückgekehrt.

Er spielte das Spiel vom ersten Feld an. Vorsichtig inspizierte er die Toiletten, um nicht in eine Falle zu tappen. Die zweite Tür zur Druckwerkstatt war ebenfalls nicht verschlossen. Die beiden Polizisten hatten es nicht so genau genommen.

Der Regen hämmerte auf die Fenster im Dach, als wären die Scheiben Trommelfelle. Dollinger duckte sich und ging mit kleinen Schritten nach rechts. Er wollte erst die Büroräume in Augenschein nehmen, die sich besonders gut als Versteck eigneten. Erst recht, nachdem die Polizei das Interesse daran verloren hatte.

Im Vorbeigehen angelte er sich eine Art Hammer von einer Ablage. Besser als gar keine Waffe. Er richtete sich vor der Tür auf, holte tief Luft und stieß sie mit einem Ruck auf. Nicht einmal dieses Geräusch war zu hören. Aber es war auch niemand da, der es hätte hören können. Das Büro war so verlassen wie das seiner Tochter im Verlag. Konnte er bei seinem letzten Besuch seine Suche an dieser Stelle abbrechen, musste er heute weitermachen. Die Spinnweben an der Tür zu den hinteren Räumen hatten ihre Bedeutung durch den Einsatz der Polizei verloren.

Er wählte dieselbe Methode, baute sich auf und riss die Tür auf, um in den unbekannten Raum zu stürmen. Das Überraschungsmoment verpuffte jedoch wie beim ersten Mal. Das kleine Kabuff, eine Art Teeküche, war unbewohnt.

Die nächste Tür. Raum für Raum kämpfte sich Dollinger durch den stillgelegten Betrieb, ohne auf eine Spur seiner Tochter zu stoßen. Er hatte sich geirrt. Mit wilden Fantasien im Kopf zog er sich zurück, vergaß aber die Werkstatt nicht. Die Polizei hatte sie gründlich inspiziert. Staub und Spinnweben waren Raritäten geworden. Die Kanister waren nicht mehr da. Die alte Druckerei war nicht mehr die alte.

Dollingers patschnasses Gesicht erhielt eine salzige Note. Die Tränen wären niemandem aufgefallen. Er aber schmeckte sie.

Wo war seine Tochter?

Im Arabellapark in dem sündhaft teuren Appartement?

Unwahrscheinlich. Da war schon Korbinian Lehnsdörfer gescheitert. Und Farina hatte keinen Schlüssel.

Seminas Altbauwohnung?

Hatte der Mörder längst durchsucht.

Beetschneiders Münchner Zweitwohnung?

Hatte die Polizei auseinandergenommen und versiegelt.

Dollinger marschierte durch die Werkstatt und dachte an die Briefe. Hinter denen war sie her. Es gab bestimmt nicht nur einen. Das hoffte er jedenfalls. Die musste sie unbedingt in die Finger bekommen, um nicht doch noch alles zu verlieren, was sie durch die Morde gewonnen hatte.

Sein Handy wurde aktiv. Er zögerte keine Sekunde, ohne auf die Nummer zu schauen.

»Dollinger. Haben Sie Ihre Tochter gefunden?«

»Leider nicht.«

»Beide Handys sind abgeschaltet. Wir können sie nicht orten. Aber diese Tatsache kann ich nicht ignorieren. Wir klappern mal die diversen Wohnungen ab. Man kann ja nie wissen. Die alte Druckerei haben Sie ja schon unter die Lupe genommen.«

»Wie kommen Sie …?«

»Der Regen, Dollinger. Das Prasseln auf dem Dach. Fahren Sie jetzt nach Hause. Vielleicht ist sie da.«

Dollinger biss sich auf die Lippe und marschierte noch ein paarmal mit salzigen Wangen auf und ab.

Die Briefe.

Falls es sie gab.

Er hatte es doch Schwerdtfeger selbst erklärt. Die Briefe hatte Julia Semina im Verlag versteckt. Dorthin hatte sie Griseldis wahrscheinlich auch geschickt. In den Verlag. Nicht nach Hause und nicht in den Arabellapark. Ihr Mann hätte sie dort abfangen können.

Der Verlag.

Er sah auf die digitale Uhr seines Smartphones.

Dort war jetzt niemand mehr. Feierabend. Eine bessere Gelegenheit, nach den Briefen zu suchen, gab es nicht. Farina hatte einen Schlüssel.

Und Dollinger eine Eingebung.

**26** Alles wiederholte sich. Das Leben bestand aus Redundanz. Das war nicht nur schlecht. Es hatte auch Vorteile. Wiederholungen boten Sicherheit, verlässliche Muster und Orientierung. Dollinger fehlte wieder einmal die Zeit, sich mit derartigen Fragen zu befassen. Er ging stattdessen in die Knie. Der schwarze Boden war sauber wie frisch gewischt. Er drehte seinen Kopf langsam zur Seite. Dort lagen sie, die Schlüssel von Julia Semina. Wo er sie deponiert hatte. Natürlich hatte die Polizei sie nicht gefunden. Sie hatte ja auch nicht danach gesucht. Der Hammer, oder was immer es war, reichte bequem aus, den Schlüsselbund aus seinem Versteck unter der Druckmaschine hervorzuholen. Ein kleiner Stoß, und schon hielt er das Objekt seiner Begierde in der Hand.

Vier Schlüssel. Auto, Wohnung, Wohnung, irgendwas.

Es war der letzte, der etwas kleinere Schlüssel. Das wusste er inzwischen von Farina.

Dollinger hatte genug von der Druckerei und verließ sie in der Absicht, es nicht zu einer weiteren Wiederholung kommen zu lassen. Draußen gab sich der Regen große Mühe, ihn zu ertränken, hatte jedoch keinen Erfolg. Er wusch die Tränen aus seinem Gesicht, die ihn nun nicht mehr behinderten. Ein letztes Mal zwängte er sich durch den schmalen Pfad, vorbei an abgeknickten und abgebrochenen Efeuranken.

Der Regen war warm. Dollinger fror nicht. Als er sich ins Auto setzte, reagierte der Sitz mit einem schmatzenden Geräusch.

Manche Probleme lösen sich von selbst. Der Verkehr hatte sich normalisiert, viele Fahrer ihre Ziele erreicht. Mühelos gelangte er in die Albrechtstraße, fuhr am Verlagsgebäude vorbei und parkte außer Sichtweite. Der Regen machte es ihm leicht, unerkannt ins Gebäude zu gelangen. Er spannte seinen Regenschirm auf und folgte zwei Männern, die ebenfalls bis zum Haupteingang gingen, um dort das Klingelschild zu befragen. Wortlos stapfte er an ihnen vorbei und faltete seinen Schirm zusammen.

Er schüttelte sich wie ein Hund und zog sich in eine verschwiegene Ecke im Eingangsbereich zurück. Jetzt hatten sich auch die beiden Männer entschieden und wählten den rechten, hinteren Bereich des Gebäudes.

Dollinger ließ sein Smartphone wählen.

»Sie sind im Verlag. Es brennt Licht in einem der Büros. Sie sucht weitere Briefe.«

»Warten Sie auf uns! Gehen Sie da auf keinen Fall rein, Dollinger! Ich bitte Sie! Denken Sie an Ihre Tochter! Wir sind gleich da! Zehn Minuten! Fünfzehn Minuten!«

Dollinger zog das Schlüsselbund aus seiner nassen Hosentasche und wog es in seiner Hand. Zu seinen Füßen hatte sich eine kleine Pfütze gebildet. Er zog seine bei jedem Schritt quietschenden Schuhe aus und nahm die Treppe in Angriff. Erst nach einigen Stufen verursachten seine nassen Socken keine Geräusche mehr. Nach der Hälfte des Aufstiegs legte er eine Pause ein. Im Gegensatz zur Druckerei hatten hier sensible

Ohren wieder eine wichtige Funktion. Ein guter Schallschutz hielt hier auch die akustischen Eigenschaften des Regens fern.

Er horchte in das Treppenhaus hinein.

Nichts.

Schnell setzte er seinen Aufstieg fort, bis die Eingangstür rechts oben vor ihm auftauchte. Im Empfang war es dunkel. Schwerdtfeger hatte Recht, die Täterin war nicht dumm. Mit Sicherheit hatte sie die Tür abgeschlossen. Das schützte vor Einbrechern und unliebsamen Überraschungen. Das Aufschließen war allerdings kaum ohne ein Geräusch zu bewerkstelligen. Da half nur ein weiteres Geräusch. Er zog sein feuchtes Handy aus der Brusttasche, wählte Farinas Büronummer und steckte das Handy sofort wieder zurück.

Die letzten Stufen.

Nichts und niemand bewegte sich hinter der Scheibe der Eingangstür.

Er hatte sich nicht geirrt, der Schlüssel passte. Sie hatte tatsächlich abgeschlossen. Er ließ die Tür offen, zog den Schlüssel ab und übergab ihn der Hosentasche. Dann beendete er die Bemühungen des Handys und schaltete es stumm.

Der Schreibtisch im Empfang bot eine gute Deckung. Nachdem er sich etwas beruhigt hatte, spitzte er seine Ohren.

Ganz entfernt tat sich etwas, ohne dass er das Geräusch bestimmen konnte. Fest stand nur, dass er nicht alleine war.

Seine Augen hatten sich an die Dunkelheit gewöhnt. Das harte Training in der alten Druckerei hatte sich gelohnt. Er riskierte einen schnellen Blick in den kurzen Gang, der zu Carla Nabers Arbeitsplatz führte. Auch dort stand ein Schreibtisch.

Ein letztes Aufhorchen.

Kleine, flinke Schritte trugen ihn in den Gang.

Etwas fiel auf den Boden. Weiter hinten. In einem der Büros.

Kleine, flinke Schritte trugen ihn wieder zurück in sein Versteck.

»Mist!« zischte er fast unhörbar.

Er musste sie unbedingt erwischen, wenn sie nicht in Farinas Nähe war. Die Frau in Schwarz mit den großen, dunklen Augen durfte ihn natürlich gar nicht erwischen. Das Überraschungsmoment war alles, was er zu bieten hatte.

Im Verlag war wieder Stille eingekehrt.

Diesmal wurden seine kleinen, schnellen Schritte nicht gestört und er erreichte den Schreibtisch der Pressechefin. Er verschanzte sich erst einmal in einer Ecke mit Plakaten und Werbematerial, um seinen Atem zu beruhigen. Atemtechnik. Dafür gab es bestimmt auch einen Ratgeber. Atemtechnik in brenzligen Situationen.

Auf dem Schreibtisch stapelte sich ebenfalls Werbematerial. Auf einem Buch standen bunt bemalte Dosen. Upcycling las er mit Mühe auf dem Buchrücken. Stricknadeln. Zu welchem Ratgeber die gehörten, war nicht schwer zu erraten. Viel interessanter fand er das links daneben liegende Buch und die Muster, die Carla Naber für irgendeinen Pressetermin beschafft hatte. Ein buntes, breit gefächertes Angebot. Selbst gemacht natürlich. Wer konnte da widerstehen?

Klappern und rumpeln.

Das hörte sich ganz nach Suchen an. Die Briefe waren offenbar gut versteckt. Dollinger zog das Handy aus der Brusttasche. Schwerdtfeger ließ auf sich warten. Aber er wollte nicht länger warten und stopfte das Handy vorsichtig und richtig herum zurück in die Tasche. Müsste gehen. Jetzt noch der Griff in die Box, die auf dem Schreibtisch stand.

Fertig.

Er pirschte sich vor bis zum Gang und erforschte mit seinem Blick die Dunkelheit. Am hinteren Ende, in Farinas Büro, brannte Licht, das durch einen schmalen Spalt der minimal geöffneten Tür fiel.

Was blieb ihm anderes übrig.

Auf nassen, leisen Sohlen näherte er sich der Tür, hinter der kein Wort gesprochen wurde. Das Klappern stammte von Schubläden oder Regalfächern.

Er holte noch einmal Luft. Dann trat er mit dem rechten Fuß gegen die Tür.

Links saß Farina mit riesigen, roten Augen und einem breiten Klebestreifen über dem Mund. Ihre Hände waren mit Kabelbindern gefesselt. Rechts stand Griseldis von Greifenstein mit riesigen, dunklen Augen und einer Aktenmappe in der Hand. Zu spät bemerkte Dollinger die Spritze mit dem schwarzen Tod, die einsatzbereit auf dem durchwühlten Schreibtisch lag.

Durch den Fußtritt fehlte ihm die geeignete Startposition. Er versuchte zwar einen Ausfallschritt, aber die Frau in Schwarz war schneller. Sie ließ die Mappe fallen, schnappte sich die Spritze und sprang zu seiner Tochter, die ihn flehend ansah.

»Wen haben wir denn da? Den kleinen Privatdetektiv. Er hat sich nassgemacht. Seine Schuhe hat er auch vergessen. Und seine Pistole. Die hätten sie mitbringen sollen.«

Die Kanüle war nur Millimeter vom Hals seiner Tochter entfernt, die ihren Kopf vergeblich zur Seite neigte.

»Sie haben auch so verloren«, entgegnete Dollinger. »Anton hat die Sache mit dem Foto längst gebeichtet.«

Griseldis von Greifenstein zuckte mit ihren langen Wimpern. Die Nachricht schien ihr nicht zu gefallen. Doch sie fing sich wieder.

»Na und? Dann hat er das Foto eben vorher gemacht. Auf der Vernissage war ich trotzdem. Ich habe gute Zeugen.«

Dollinger schüttelte den Kopf.

»Ach so? Sie meinen diese kleine Spritze hier? Die habe ich gerade Ihrer Tochter abgenommen. Sie ist nämlich die Mörderin. Die Beweise wird die Polizei auf ihrem Schreibtisch finden. Das ist alles, was sie finden wird. Wir zwei haben nämlich noch etwas vor. Pardon, wir drei. Ich kann Sie hier ja schlecht zurücklassen. Das wird nicht ganz einfach, aber es wird schon gehen.«

»Ihre Mühen sind vergeblich. Sie sind längst aufgeflogen«, widersprach Dollinger mit aufwendig gespielter Ruhe. »Sie kommen nicht einmal aus dem Gebäude heraus.«

»Weil die Polizei es umstellt hat?«, lachte die Gräfin. »Und um mir das mitzuteilen hat man Sie geschickt. Barfuß durch den Regen. Wie ein Obdachloser? Ein Clochard? Das klingt plausibel.«

»Und dennoch ist es so. Ihr Erbe ist damit passé.«

»Ist es nicht«, wurde die schwarze Witwe spitz. »Ich werde in die Wohnung einziehen! Verlassen Sie sich darauf! Diese Schlampe. Er wollte sie doch glatt heiraten. Eine kleine Lektorin. Den großen Hektor Beetschneider. Was hat die sich bloß eingebildet?«

»Den kleinen Hektor Beetschneider«, widersprach Dollinger erneut. »Die eigentliche Autorin war nämlich Julia Semina. Ob Sie es nun wahrhaben wollen oder nicht. Sie hat einen Großteil der Texte geschrieben.«

»Lächerlich! Was erzählen Sie da? Hektor hat alles selbst geschrieben. Haben Sie überhaupt eines seiner Bücher gelesen?«

»Nein. Sie haben mich nie interessiert.«

»Dann können Sie sich auch kein Urteil erlauben! Dieses billige Flittchen eine Schriftstellerin? Wem wollen Sie denn das erzählen? Mein Mann war ein Genie. Punkt!«

»Warum haben Sie ihn dann ermordet?«

»Weil er mir alles nehmen wollte. Da habe ich ihm alles genommen. Es gab keine andere Lösung.«

»Aber er hat Sie doch immer großzügig versorgt«, warf er ein, ohne die Spritze aus den Augen zu lassen.

»Hat er, hat er. Bis vor ein paar Wochen. Da hat er mir den Geldhahn zugedreht. Das war sie. Diese … Sumpfkuh! Er hat von meinem Geld gelebt. Jahrelang. Jetzt hab ich ein Anrecht auf sein Geld. Aber er verliebt sich in dieses Göre.«

»Da ist Ihnen plötzlich der alte Ehevertrag wieder eingefallen. Bei einer Scheidung wären Sie leer ausgegangen.«

»Sie können sich gar nicht vorstellen, wie leer! Soll ich Ihnen die Bilanzen meiner kleinen Unternehmen zeigen?«

»Diese Sorgen sind Sie jetzt los«, pokerte Dollinger. »Im Gefängnis können Ihre Gläubiger Ihnen nichts anhaben. Und jetzt geben Sie mir die Spritze!«

Die großen, dunklen Augen begannen zu funkeln. Dollinger kam die Formulierung von dem in die Enge getriebenen Raubtier in den Sinn. Aber dieser Vergleich traf nicht wirklich zu. Das Funkeln reichte nicht ganz.

»Frau von Greifenstein. Das Gebäude ist längst umstellt. Ich bin nur etwas schneller gewesen. Geben Sie mir die Spritze!«

Farina begann zu winseln. Tränen aus riesigen, angsterfüllten Augen kullerten über ihre Wangen. Die schwarze Witwe stand vornübergebeugt neben ihr. Keine gute Körperhaltung. Lange konnte man es so nicht aushalten.

Dollinger begann zu husten. Ablenkung war das ganze Geheimnis. Das musste ein Magier beherrschen. Ein regelrechter

Hustenanfall. Seine linke Hand fummelte in der nassen Brust-tasche herum und holte ein Taschentuch hervor.

Plötzlich klingelte das Telefon im Büro.

Eine kurze Berührung der Wahlwiederholung.

Griseldis von Greifenstein drehte ihren Kopf zur Seite und sah zum Telefonapparat. Ein Reflex. Weiter nichts.

In diesem Augenblick holte Dollinger aus und warf ihr die Muster ins Gesicht, die er sich in der Presseabteilung ausgelie-hen hatte.

Die Gräfin schrie auf, ließ die Spritze fallen und fasste sich mit beiden Händen ins Gesicht. Darauf hatte Dollinger gewar-tet. Er machte einen Satz nach vorn und kickte die Spritze ins Aus. Die Mörderin schrie noch immer. Blut rann ihre Finger und ihre Arme herunter.

Mit einer schnellen Handbewegung riss er seiner Tochter den Klebestreifen vom Mund und zerrte sie aus dem Stuhl.

»Papa! Die wollte mich umbringen!«, weinte sie los. »Hörst du? Die wollte mich glatt umbringen!«

Dollinger fand auf dem Schreibtisch eine große Papiersche-re, mit der er die beiden Kabelbinder durchtrennte. Die Schere behielt er in der Hand. Aber er brauchte sie nicht mehr. In die-sem Augenblick erschien die Infanterie. Zunächst hörte man sie allerdings nur. Von kleinen, schnellen und leisen Schritten hatten die noch nichts gehört. Schon gar nicht der Anführer der wilden Horde, der endlich in der Tür stand und fast den gesamten Türrahmen ausfüllte.

»Dollinger! Bin ich froh, Sie Amateur! Wie geht es Ihrer Tochter?«

Farina lag in seinen Armen und schluchzte.

»Gut«, antwortete er. »Das wird schon wieder. Aber unsere Gräfin hat es erwischt.«

Erst als Schwerdtfeger den Rahmen räumte, konnten Müller und Gerlach eingreifen. Sie stürzten sich auf Griseldis von Greifenstein, als könnten sie ihre Überführung nachträglich noch für sich verbuchen. Gemeinsam setzten sie die Verletzte auf den Stuhl, auf dem eben noch Farina gelitten hatte.

»Das sieht aber böse aus«, meinte Müller. »Zum Glück haben wir den Notarzt gleich mitgebracht.

Das Stichwort kam auf den Punkt. Im selben Augenblick erschienen zwei Frauen in orangefarbenen Noteinsatzuniformen in Farinas Büro und nahmen sich der Gräfin an. Vorsichtig zogen sie ihr die blutigen Hände vom Gesicht.

»Was ist das denn?«, fragte die ältere der beiden Frauen überrascht.

»Nymphen, Trockenfliegen, Streamers, Nassfliegen, Hairwings«, antwortete Dollinger. »Die gibt es vorne in der Presseabteilung. Basiswissen inklusive.«

»Angelhaken?«, brummte Schwerdtfeger.

»Das hören Fliegenfischer aber nicht sehr gerne«, meinte Dollinger.

Mit einer Pinzette zog die Ärztin einen Haken nach dem anderen aus der Haut der Frau in Schwarz, deren große, dunkle Augen nicht mehr funkelten, sondern in eine Ferne starrten, die es in dem kleinen Büro gar nicht gab. Ihre Schreie waren verstummt. Apathisch saß sie auf dem Stuhl und ließ die Behandlung über sich ergehen.

»Sie schrecken wohl vor gar nichts zurück, Dollinger«, staunte der Hauptkommissar, der sich die Notoperation nicht entgehen ließ.

»Wenn sich der Einsatz lohnt.«

Farina wischte sich die Tränen aus dem Gesicht, um ein anderes zu betrachten.

»Da kann ich gar nicht hinsehen«, meinte sie und wandte sich gleich wieder ab.

»Halten Sie still«, ermahnte die Ärztin ihre Patientin. »So, das ist schon der Letzte.«

Ihre Assistentin tupfte noch eine gelblich-rote Flüssigkeit auf die Wunden und brachte noch ein paar Pflaster an, dann war Griseldis von Greifenstein bereit, ihr neues Quartier aufzusuchen.

»Müller? Erklären Sie ihr diesen Rechtskram. Dann nehmen Sie sie mit.«

»Sie fährt mit uns«, erklärte die Ärztin. »Wir sind noch nicht fertig.«

»Müller? Sie fahren auch mit! Gerlach? Sie nehmen sich der Angelhaken und der Spritze an!«

»Dollinger? Sie kommen …«

»Bestimmt nicht! Morgen vielleicht. Aber für uns ist jetzt Schluss!«

# 27

»Jetzt mach schon, Papa!«

»Ja, ja! Ich komm ja schon!«

»Warum dauert das bei dir immer so lange? Ich möchte die Fuchs nicht warten lassen.«

»Bin schon fertig«, sagte Dollinger, als er aus dem Bad kam. »So gut wie neu.«

»Bis auf die Zahnpasta in deinem Gesicht«, entgegnete Farina, zog ihren Vater zurück ins Bad und wischte ihm den weißen Fleck von der Wange.

»Immer noch besser als Angelhaken.«

»Hör bloß auf. Davon habe ich letzte Nacht schon wieder geträumt«, stöhnte Farina. »Nicht von dieser Spritze. Nein, von den Angelhaken.«

»Bedanke dich bei Carla Naber. Wenn die so ein spitzes Zeug so offen herumliegen lässt?«

»Andererseits bin ich froh, dass es keine Häkeldeckchen waren«, sagte Farina mit ernster Miene.

»Du hättest auf mich hören sollen.«

»Ich weiß. Aber wenn die dich anruft und auf Trauer macht? Sie hat mir einfach leidgetan. Ich wollte sie nur ein bisschen trösten. Dann hat sie den Brief gesehen. Ich hatte ihn nach unserem Gespräch vergessen. Er lag noch auf dem Schreibtisch.

Da war ihre Trauer plötzlich wie weggeblasen. Und plötzlich hatte sie dann die Spritze in der Hand. Dann ist sie mit mir ins Lager in den Keller. Bis alle weg waren.«

»Lass mal. Die hat uns allen etwas vorgemacht«, gab Dollinger zu. »Vor allem Schwerdtfeger.«

»Wie bist du eigentlich auf sie gekommen?«

»Das kann ich gar nicht so genau sagen«, antwortete er. »Ich glaube, es war die Zeitung, die mich von Anfang an gestört hat. Die hatte sie viel zu griffbereit auf dem Tisch liegen. Was man schwarz auf weiß besitzt, kann man getrost nach Hause tragen. Wie ein Schulkind den Impfpass. Die war so stolz auf ihr Alibi, dass sie es jedem unter die Nase gehalten hat.«

»Weil sie es mit so viel Mühe arrangiert hatte«, fuhr Farina fort. »Das musst du verstehen. «

»Na ja, und dann natürlich die generelle Frage nach den Alibis. Eines musste einfach falsch sein. Da war ich mir sicher. Ich habe dann wohl auf das vermeintlich beste getippt. Gedruckt und tausendfach verteilt. Mit Druckerschwärze. Unanfechtbar. Das war zu perfekt. Wäre sie es nicht gewesen, hätte sie vielleicht den Abend vor der Glotze verbracht. Wann man ein Alibi benötigt, kann man ja nicht ahnen.«

»Wohl wahr. Wenn ich gewusst hätte, dass der Beetschneider schon halbtot ist, wäre ich bestimmt nicht mit der Theresa zum Cateringzelt gegangen. Nur um mich dann so toll ablichten zu lassen«, meinte Farina. »Aber von der Gräfin war wirklich nichts zu sehen, das muss man der lassen.«

»Der erste Mord war ein Meisterstück«, stimmte ihr Dollinger zu. »Damit meine ich nicht nur das Alibi, sondern alles. Ein kriminelles Gesamtkunstwerk.«

»Sag mal, bewunderst du die etwa?«

»Mach dir keine Sorgen«, lächelte ihr Vater. »Ich bin da

ganz objektiv. Also: Ort und Zeitpunkt waren bestens gewählt. Viele Zeugen, aber denen ist sie sehr geschickt aus dem Weg gegangen. Niemand hat sie gesehen. Dafür hat sie genau gewusst, dass diese vielen Zeugen auch viele potenzielle Täter darstellen. Die Polizei würde lange Zeit beschäftigt sein und sie aus den Augen verlieren oder gar nicht auf die Liste der Verdächtigen setzen.«

»Die Spritze als Tatwaffe«, fuhr Farina fort und schob sich vor den Spiegel. »Als Diabetikerin war sie in Übung und auch schnell. Die Druckerschwärze hatte symbolische Bedeutung.«

»Oder künstlerische«, schlug Dollinger vor und kämpfte um den besten Platz vor dem schmalen Spiegel. Sein Jackett saß irgendwie noch nicht richtig.

»Sonst wäre es kein Gesamtkunstwerk«, nickte seine Tochter. »Doch was ist mit der Julia? Das war kein Meisterstück.«

»Weil dieser Mord nicht geplant war. Griseldis von Greifenstein ist eine gute Planerin, kann aber nicht improvisieren. Sieh dir ihre Bilder an. Da gibt es keinen spontanen Pinselstrich. Jeder Farbtupfer sieht aus wie berechnet.«

»Wie ein Pixel.«

»Von mir aus.«

»Aber warum wollte sie die Julia ursprünglich verschonen?«, fragte Farina und kämmte sich den Pony.

»Du denkst an Rache? Die hat sie doch perfekt geübt. Julia hat ihr den Mann genommen. Im Gegenzug hat unsere schwarze Witwe ihr ebenfalls den Mann genommen, und zwar für immer. Doch damit nicht genug. Sie hat der Julia auch noch all sein Geld, ihre Karriere, ihren Lover und ihre persönliche Zukunft genommen. Wozu also ein zweiter Mord?«

»Ja, wozu? Nur wegen der blöden Briefe, die sie nicht hat rausrücken wollen?«

»Keineswegs. Ich vermute, die Julia hat eins und eins zusammengezählt und hat die Gräfin erpresst. Als ihr klar wurde, dass sie völlig leer ausgeht, hat sich die Julia um einen kleinen Anteil von der Beute bemüht. Mit den Briefen als Druckmittel.«

»Diese Briefe? Randvoll mit Eifersucht, zugegeben, aber mehr auch nicht.«

»Vielleicht. Aber wenn Schwerdtfeger sie in die Finger bekommen hätte …«

»Okay«, gab Farina nach. »Jetzt lass mich auch mal. Ich seh ja gar nichts!«

»Du hättest dir einen größeren Spiegel kaufen sollen«, murrte Dollinger. »Jedenfalls hat die Gräfin eines gewusst: Erpresser hören so schnell nicht auf. Also hat sie beschlossen, auch die Julia umzubringen.«

»Äußerst dilettantisch.«

»Allerdings. Der vorgetäuschte Selbstmord samt Abschiedsbrief, zwischen Tür und Angel im Verlag geschrieben, war ein Gesamtfehlerwerk. Sie hätte die Julia einfach verschwinden lassen sollen. Die Polizei hätte sie noch Jahre auf der Fahndungsliste geführt.«

»Mensch Papa! Sieh mal auf die Uhr!«

Sie rannten die Treppe herunter und liefen zum Auto. Trotzdem ließ es sich Dollinger nicht nehmen, noch schnell in einen Zeitungsautomaten zu greifen.

»Papa!«

»Ja, ja. Kannst du fahren?«

»Das ist sowieso besser. Du bringst es glatt fertig und liest während der Fahrt die Zeitung.«

»Ihh! Der Sitz ist ja ganz nass!«, rief Farina, als sie sich setzte. »Meine Hose!«

»Sorry. Das hatte ich ganz vergessen.«

»Mensch, Papa! Jetzt kann ich mich umziehen. Das schaffen wir nie!«

»Fahr jetzt los. Irgendjemand wird schon einen Föhn haben. Es ist ja bloß Wasser.«

Widerwillig startete Farina den Wagen und drückte auf den Startknopf. Dollinger freute sich über die guten Kritiken, die ihm sogar Gustl Ochsenberger gönnte. Selbst zwei Tage nach der Verhaftung von Griseldis von Greifenstein war er auf der Titelseite vom *Münchner Blitz* verewigt.

## BLV-Morde:
### Privatdetektiv setzte seltene japanische Kampfkunst ein

»Das lasse ich mir einrahmen«, strahlte er und las mit großen Augen, was die Reporter, die er übersehen haben musste, in Farinas Büro alles erlebt und beobachtet hatten. Vor allem der Nahkampf mit der Mörderin war ihm entgangen. Oder entfallen. »Karin wird Augen machen!«

»Die wird dir die Hölle heiß machen. Die weiß nämlich genau, dass das hätte schief gehen können. Bring ihr einen großen Blumenstrauß mit, wenn du nachher fährst. Ich packe dir im Verlag noch ein paar Gartenbücher ein.«

»Blumen?«

»Hast du etwas Besseres?«

»Etwas für die Gesundheit. *Hermines heilende Hefen.* Ein Festmahl für die Darmflora.«

»Das ist nicht dein Ernst, Papa!«

»Nein. Die habe ich nämlich schon Schwerdtfeger vermacht. Wenn jemand die braucht, dann er.«

Dollinger schlug die zweite Seite auf und schüttelte den Kopf.

»Jetzt halt dich fest. Deine Chefin war tatsächlich die Schnellste.«

»Oh, nein. Nicht der Kurzmann! Das darf nicht wahr sein! Und ich muss den lektorieren! Die ganzen Titel von der Julia. Der Kurzmann. Den habe ich jetzt jahrelang auf dem Schreibtisch.«

»Wer sagt das denn?«

»Du! Steht doch in der Zeitung. Die Fuchs war die Schnellste.«

»Beim TSV 1848. Gestern. Der Fitness-Parcours.«

»Jetzt reicht es aber, Papa!«

»Ich muss dich doch irgendwie aufheitern nach dieser schrecklichen Sache.«

»Das ist dir perfekt gelungen«, schnaufte Farina und gab Gas. Bis zum Verlag war es nicht mehr weit.

\*\*\*

© Andreas Riedel

# SYNDIKAT

## Die Autorengruppe deutschsprachige Kriminalliteratur

Das Syndikat wurde 1986 mit dem Ziel gegründet,
die deutschsprachige Kriminalliteratur zu fördern,
Öffentlichkeitsarbeit zu betreiben und den
Kontakt zwischen den Autoren zu fördern.
Jedes Jahr veranstaltet das Syndikat
ein großes Krimifestival, die *Criminale*.

Inzwischen zählt das Syndikat über 800 Mitglieder
aus Deutschland, Österreich und der Schweiz.
Mitglied können nur professionelle Autorinnen und Autoren
werden, um für ein entsprechendes Niveau zu sorgen.

Näheres unter: www.das-syndikat.com